KB111944

딥블루

딥블루

초판 1쇄 인쇄일 2015년 11월 23일
초판 1쇄 발행일 2015년 11월 26일

지은이 | 김레인
펴낸이 | 김기선
편집장 | 김은지

펴낸곳 | 와이엠북스(YMBOOKS)
출판등록 | 2012년 7월 17일 (제382-2012-000021호)
주소 | 서울 도봉구 노해로 379, 1005호(창동, 대성빌딩)
전화 | 02)906-7768 / 팩스 | 02)906-7769
E-mail | ymbooks@nate.com

ISBN 979-11-322-3542-2 03810

값 7,000원

딥블루

김레인 중편소설

YMBOOKS ROMANCE STORY

목차

#Prologue

끝이라곤 보이지 않아서 저기 먼 곳엔 뭐가 있는지 도통 알 수가 없어. 올려다보면 늘 헤아릴 수 없는 푸르름만이 밀려올 뿐.

가끔씩은 원인 모를 반짝거림에 물살이 요동치곤 했다.

그리고 그 어느 날의 물살에 소녀는 결심했다.

나는, 나만큼은 언젠가 꼭 한번 바다 밖으로 나가보아야지.

그 아무도 감히 입에 담지 못하는 금기를, 또 순결한 꿈을 말하는 소녀는 아름다웠다. 바다를 담고 있는 푸른빛 눈동자가 일렁임과 동시에 소녀의 눈이 해사하게 휘었다. 이내 소녀는 작게 속삭였다.

"인간들의 세계에 가보고 싶어……."

금방이라도 바다의 끝에 닿을 것만 같은 기분에 소녀는 높게 뻗은 팔을 차마 거두지 못했다. 손 틈으로 푸른 물살이 흘렀다. 시원한 느낌. 소녀는 싱그럽게 웃으며 눈을 감아 내렸다.

얼마 지나지 않아 작은 물고기들이 하나둘씩 그녀의 주위로 모여들었다. 소녀는 굳이 눈을 뜨지 않아도 그들이 왔음을 눈치챌 수 있었다. 자그마한 생명들이 빙글빙글 제 주위를 돌며 보채듯 자신의 이름을 부르는 것도 당연히, 알고말고.

린아, 린아.

"응?"

린아, 린아.

"응, 말해봐."

소녀는 한쪽 눈만 살짝 뜨고는 어서 말해보라는 듯 귓가에 손을 가져다 댔다. 그 작은 손짓에 신이 난 작은 생명들은 기다렸다는 듯 조잘거렸다.

그렇게 누워 있지만 말고 놀아줘.

어제처럼 재미있게 놀아줘.

심심해, 린아. 어서 놀아줘.

소녀는 작은 생명들이 짐짓 귀찮은 체하면서도 두 눈을 반짝 뜨고 몸을 일으켰다.

"그런데 너흰 왜 매일 나한테만 놀아달라고 해? 언니들도 많은데."

그렇게 말하면서도 소녀는 상기된 얼굴을 하고 있었다. 너랑 노는 게 제일 재밌으니까. 네가 우리를 제일 즐겁게 해주니까. 그런 대답을 해주었으면 좋겠어. 소녀의 눈망울에 기대감이 잔뜩 차올랐다.

작은 생명들은 뭐 그리 당연한 걸 묻느냐는 듯 종알종알 대답했다.

네 언니들은 다들 바빠.

린아, 성년이 되기까지 한참 남은 네가 제일 한가로우니까 그런 거지.

그것보다 빨리 놀아줘, 빨리.

"뭐야, 그런 거였구나."

듣고 싶었던 대답은 끝내 나오지 않았다. 소녀는 여린 어깨를 축 늘어뜨렸다.

"너흰 너무 솔직해."

부끄럽게, 그런 건 줄도 모르고. 내가 좋은 줄로만 알았어. 소녀는 제 조그마한 얼굴을 가린 채 눈을 꼭 감았다 떴다.

오해해버린 스스로가 부끄러워 두 손을 거두기가 힘들었지만 계속 이러고 있을 순 없었다. 지금 이 순간에도 쉴 새 없이 뭔가를 말하는 생명들이 있었다. 소녀는 어쩔 수 없다는 듯 웃음을 터뜨리곤 이리 따라오라는 듯한 손짓을 해 보였다.

파앗.

연한 색을 띠는 꼬리가 힘차게 물살을 쳐낸다. 그와 동시에 소녀가 저 먼 곳을 향해 헤엄치기 시작했다.

물살을 가르는 소녀는 거침이 없었다. 그녀의 뒤로 물방울이 방울방울 생겨났다. 작은 생명들은 저마다의 기분 좋은 소리를 내며 소녀를 뒤쫓았다. 조그마한 지느러미가 바삐들 움직였다.

소녀의 헤엄은 유려했으며, 눈을 뗄 수 없을 정도로 아름다웠다.

그래, 그 헤엄만이 전부였다.

웃음소리는 끊일 줄을 몰랐으며 소녀는 사나운 물살마저도 한

가득 품에 안았다.

그렇게 얼마 동안 정신없이 바다를 헤쳐 나갔던가.

소녀는 순간 달라진 바다의 온도에 헐떡이는 숨을 고르며 자리에서 멈춰 섰다. 싸한 적막이 소녀를 덮치기까지는 오랜 시간이 걸리지 않았다.

"어?"

그제야 주위를 둘러본 소녀는 자신이 생각보다 멀리 와버렸음을 깨닫곤 화들짝 놀라 입을 꾹 다물어버렸다. 작은 생명들도 보이지 않았다.

저도 모르게 신이 나버린 게 분명했다. 하루 이틀도 아니건만 그랬다. 푸른 바다를 헤엄치고 있다는 사실만으로 너무나도 좋아서, 마치 커다란 품에 안긴 것만 같아서…….

맞닿은 바다는 전보다 조금 더 따뜻했다. 그 온도가 낯설었다. 하지만 싫지 않아.

소녀는 천천히 고개를 들어 위를 바라보았다.

이내, 소녀의 눈이 커다랗게 뜨인다. 꼭 닫혔던 입술이 툭하고 열린 건 금방이었다.

"저게, 뭐야?"

눈부셨지만 감히 눈을 감을 수는 없었다. 소녀는 벅차오르고 만다. 아직 채 터져 나오지 못한 환호성이 소녀를 먹먹하게 적셨다. 기도가 막혀버린 것만 같아. 그럼에도 소녀는 단 한마디도 할 수 없었다.

대체 저것은 무엇일까.

무엇이기에 저리도 아름다운 것이야.

밝은 빛 무리가 이리저리 쪼개지어 남실거린다. 이제까지 본 적 없던 밝은 색채, 눈물이 날 만큼 호화로운 시각적 충격. 소녀는 두 손으로 제 입을 틀어막는다. 푸른빛의 두 눈동자에 눈물이 고인다. 흐르지 못한 눈물은 기꺼이 바다가 된다.

아마도 여기는, 그토록 아득했던 바다의 끝이 아닐까.

"하아……."

두근. 두근. 두근.

거센 심장 소리가 소녀를 뒤흔든다. 소녀는 홀린 듯이 수면을 향해 헤엄쳐 가기 시작했다.

"여기, 하아, 내가! 내가 여기에 왔어!"

달아오른 소녀의 얼굴은 터질 듯한 흥분감을 담고 있었다. 순수한 음성은 바닷결에 흐르다 이내 소멸되었으나 그때의 소녀는 이미 수면에 닿기 직전이었다.

촤앗! 촤라락.

수면을 막 뚫고 나온 어린 소녀는 그때에 처음, 제 푸른 눈동자에 낯선 세상을 담을 수 있었다.

말도 안 되는 세상이 눈앞에 펼쳐져 있었다. 소녀의 흰 얼굴이 속절없이 흐르는 눈물에 젖어간다. 소녀는 목이 꺾이도록 세상을 올려다보았다. 입안으로 느껴지는 공기의 맛이 한없이 달다.

그때, 한가로운 바람이 새빨갛게 달아오른 소녀의 얼굴을 스쳐 갔다.

소녀는 멍한 얼굴로 제 얼굴색과 닮은 석양을 바라보았다. 나는, 저렇게나 정열적이고 뜨거운 색채가 존재함에 이 바깥세상을 열망했었던 모양이야.

소녀는 존재하는 모든 것에 감탄을 흘렸다. 시간만이 희미해져 갔다.

이미 시간은 흐르지 않는지도 모른다. 그저 소녀의 옆을 부유하고 있을 뿐인 걸지도.

그 와중에도 세상은 변화를 거듭해갔다. 놀랍게도, 타는 듯한 석양이 모습을 감추고 검은 먹구름이 밀려와 하늘을 덕지덕지 뒤덮어버린 것은 순식간이었다.

소녀는 그 변화 하나하나를 똑똑히 눈에 새겼다. 빗방울이 떨어지는 모습까지도, 아로새겨 넣었다.

"응?"

상냥하던 바다가 화를 내듯 요동치기 시작한 그때였다. 소녀는 불현듯 느껴지는 날카로운 생명력에 어여쁜 미간을 찌푸렸다.

한 번도 느껴본 적 없었던 새로운 종류의 생명력, 무척이나 다급하고 간절하다.

더 재볼 것도 없었다. 소녀는 주저 없이 생명력이 느껴지는 곳을 향해 헤엄쳐 갔다. 있는 힘껏 꼬리를 차올렸다.

헤아리기 힘들 정도로 오랜 시간을 정신없이 헤엄쳤을 때였다. 저 아래에, 희끄무레하고 작은 손이 보였다. 잡아달라는 듯 발버둥 치는 생명의 빛은 점점 꺼져가고 있었다. 소녀는 애써 초조함을 감추며 그를 향해 손을 뻗었다.

조금만 더.

조금만.

더.

"하아……."

소녀는 가까스로 그 작은 손을 꽉 마주 잡았다. 그때에 느낀 것은 말로 표현 못할 충족감이었다. 소녀는 생명을 소중하게 품에 안고 다시 육지를 향해 몸을 돌렸다. 어렴풋이 보았던 작은 섬으로 가기 위해서였다. 호흡은 자꾸만 흐트러져갔지만 소녀는 쉬지 않고 헤엄쳤다. 계속, 계속 나아갔다.

확실히 소년의 생명은 거의 다해 있었다. 당장에 숨을 거두어도 전혀 이상할 게 없었다. 그러나 아직은 맞닿은 피부에 온기가 남아 있었다. 작게나마 호흡도 하고 있었다. 그런 생명을 어떻게 놓아버릴 수가 있을까.

소녀는 젖은 모래 바닥에 소년을 조심스레 눕혔다. 파리하게 질린 소년이 안쓰러워 어깨를 꼭 안았다 놓아보아도 소년은 미동조차 없었다.

"눈을 떠봐."

귓가에 속삭여봐도 대답해주지 않는다.

무섭도록 고요했다. 소녀의 얼굴에 수심이 깊어진 것은 어쩌면 당연한 일이었다.

소녀는 주위를 한번 쭉 둘러보았다. 이 세상은 형용할 수 없을 정도로 아름다웠고, 모든 것에 존재의 의미가 있었다. 그러나 문득 느껴진 감정이 있다면, 그것은 외로움.

이 세상은 바다와 달리 외로움으로 가득 찬 고독한 공간이었다. 소녀는 대화를 나눌 이가 필요했다. 그것으로 미동조차 않는 소년에게 생명을 불어넣어줄 이유는 충분했다.

소녀의 푸른 눈동자가 소년을 한가득 담아낸다. 소녀는 떨어지는 빗줄기에도 개의치 않고 소년의 머리칼을 가만가만 넘겨주다가 천천히 고개를 숙였다. 이내 소녀는 소년의 차갑게 식은 입술 위로 다정히 입을 맞추었다. 그것은 생명을 불어넣어주는 상냥함이었고, 체온을 나눠주는 따스함이었다.

곧 꺼질 듯한 촛불처럼 위태롭던 소년의 생명은 오래지 않아 불꽃처럼 활활 타오르기 시작했다.

눈을 꼭 감고 입을 맞추고 있던 소녀는 제가 불어넣은 생명이 소년에게 온전히 전해졌음을 깨닫고는 눈을 들어 소년의 눈을 바라보았다.

검다. 저렇게 검은 것은 이 드넓은 세상에 더는 없을 것이 분명할 거란 생각이 들 정도로 소년의 눈동자는 새까맣다.

몽롱한 눈으로 위를 올려다보고 있는 소년과 눈이 마주친 소녀는 그제야 입술을 떼어내곤 환하게 웃었다.

"드디어 일어났구나?"

"……."

"기다리고 있었어. 너무나 외로웠거든."

소년은 꿈을 꾸듯 소녀를 바라보았다.

소년에게 있어 소녀는 무척이나 비현실적인 존재였다. 단순히 그녀가 꼬리를 가졌다는 것 때문만이 아니었다.

소년은 이제껏 느껴보지 못했던 감정들이 휘몰아치고 있음을 느꼈다.

분명 소녀가 준 것일 테지. 익숙지 못한 모든 감정을 죄 자신에게 불어넣어준 걸 거다. 소년의 심장 위로 생명력과 함께 낯선 감정마저 피어난다. 훗날 만발해버리고 말, 그런 감정이었다.

비가 그치니 밤이 되었다. 달빛에 소녀의 물빛 꼬리는 신비롭게 반짝였다.

기적이 일어난 밤이었다.

결코 있어서는 안 되는 금기의 기적이 일어난 밤.

왜 그땐 미처 몰랐던가.

인간세계에 인어공주로 알려진 바 있는 '릴레'는 왕자에게 버림받은 뒤 생명력을 모두 그에게 바치곤 물거품이 되어 사라졌었다는 사실을.

또한 악에 받친 릴레가 결코 풀 수 없는 저주를 내린 뒤 죽었다는 사실을.

잔인한 인간에게 감히 생명력을 나눠주지 말라.

어리석은 사랑은 나로 끝나게 해다오…….

인간에게 생명력을 나눠준 인어는 영원히 고통받게 되리라.

소녀는 너무나 어려 그 저주를 몰랐다.

그로 인한 고통을 감당하기에도 소녀는 너무나 어렸다.

#1

"……제가 할게요."

스틱 하나면 자동으로 앞으로 나가는 휠체어를 왜 굳이 밀어주겠다는 것인지 이해할 수 없었다. 서린은 곤란한 듯 미간을 찌푸리며 이제 그만해도 좋다는 뜻으로 휠체어를 밀고 있는 남자를 뒤돌아 응시했건만 그는 전혀 아랑곳하지 않으며 계속해서 휠체어를 앞으로 밀 뿐이었다.

"중간에 어디로 새실지 모를 일이잖습니까."

"저는 9살 먹은 어린애가 아니잖아요. 길 정도는 잘 찾을 수 있어요."

"아가씨가 9살짜리 어린애보다 길을 못 찾는 길치라는 것쯤은 모든 고용인들이 알고 있는 사실입니다."

"길을 조금 못 찾긴 하지만……."

"조금이 아닐 텐데요."

그의 날카로운 지적에도 서린은 얼굴색 하나 변하지 않은 채로 조용히 반박했다.

"그래 봤자 복도잖아요. 여기는 도로 한복판이 아니에요."

"도로 한복판만큼 넓은 복도죠. 억지는 이제 그만 피우심이 어떨까 하는데요."

너무나 당연한 것을 말하듯 평온한 음성에 서린은 그가 쉬이 자신을 놓아주지 않을 것임을 직감했다. 이럴 땐 포기하는 것이 상책이었다. 가볍게 한숨을 내쉬며 등받이에 몸을 기댄 그녀는 천천히 눈을 감았다.

그녀에게 있어서 도르륵, 도르륵 하는 바퀴 굴러가는 소리는 더 이상은 의식할 수 없을 정도로 익숙한 것이었다. 인생의 반 이상을 이 기구 위에서 보냈으니 당연한 것일지도 몰랐다.

"곧 파티장에 도착할 예정입니다."

"……몇 시쯤에 여기서 나갈 수 있나요?"

그 어떤 생기도 느껴지지 않는 목소리였다. 마치 죽을 날을 받아놓은 환자가 담당의에게 '저는 며칠이나 더 살 수 있나요.' 쯤을 묻는 듯한 목소리에 휠체어를 밀던 그는 잠시 멈추어 서서 얌전해진 서린을 물끄러미 내려다보았다.

그러나 그런 시선도 잠시 그는 감정이 배제된 목소리로 능숙히 답했다.

"아마 파티는 밤 10시쯤 끝날 것입니다. 공식적인 시간이야 그렇지만 대부분의 파티가 그러하듯 12시쯤 막을 내릴 것으로 보이니 적어도 11시까지는 이곳에 계셔야 합니다."

"지금 시간은 몇 시죠?"

"오후 5시 42분, 23초를 막 지났습니다."

그렇다면 적어도 다섯 시간은 이곳에 있어야 한다는 얘기였다. 서린은 감은 눈을 뜨지 않은 채 입매를 일그러뜨렸다.

이런 종류의 파티들은 그녀에게 아무런 감흥도 주지 못했다. 파티에서 넘쳐나는 사람들이 웃고 떠드는 소리, 그들이 취해가는 소리, 천박함을 가리기 위한 잡다한 클래식 음악 중 마음에 드는 것은 단 하나도 없었다.

그럼에도 주요 인사들이 여는 파티에 꼬박꼬박 참여하는 것은 그녀의 아버지가 그렇게 하길 원하기 때문이었다.

자신의 가문에 있어 약점으로밖에 인식되지 않을 자신을 왜 그렇게 대외적으로 내보이고 싶어 하는 것인지는 이해할 수 없었지만 사실 그가 하는 일 중에 이해가 가는 일은 또 뭐가 있었던가. 이젠 그저 그러려니 하는 수밖에 없었다.

"……다섯 시간 동안 뭘 하죠."

그 음성이 너무나도 공허해 휠체어를 끌고 가던 그는 방금 전과는 달리 쉽사리 대답을 할 수가 없었다. 그 무거운 공백에 그녀는 애초부터 적절한 답이 없다는 것쯤은 잘 알고 있었다는 듯이 꽤나 자조적인 웃음을 지으며 고개를 내저었다. 대답해주지 않아도 된다는 뜻이었다.

"그럼 오후 11시 무렵에 다시 모시러 오겠습니다. 좋은 시간 되시길."

그렇게 말하며 물러나는 그의 모습이 그녀에게는 밀랍 인형처럼 보였다. 매뉴얼에 적혀 있는 말만 앵무새처럼 되풀이할 줄 아는 아주 잘 만들어진 밀랍 인형. 매뉴얼에 없는 질문에는 결코 대답해주는 법이 없다.

파티장 안으로 휠체어를 타고 들어가는 그녀에게 호기심 어린 시선이 쏟아졌다. 동물원의 원숭이라도 쳐다보는 듯한 시선에는 이미 이골이 난 그녀였기에 그녀는 쏟아지는 시선을 가볍게 무시하며 어둑한 구석 쪽으로 휠체어를 몰았다.

이내 사람들은 Y그룹, 막내딸, 휠체어 따위의 단어를 담은 말들을 주고받았다. 서린은 그들의 말을 고스란히 듣고도 표정 변화 없이 정면으로 시선을 고정했다. 그녀는 그들의 관심은 3분이면 증발한다는 것을 잘 알고 있었다.

그것보다 여기에 가만히 앉아 다섯 시간을 버텨야 한다니. 그게 새삼스레 끔찍했다.

모두가 무리를 지어 이야기를 나누고 있었지만 서린은 혼자 구석에 앉아 있을 뿐이었다. 그녀의 눈은 시리도록 차갑게 내려앉아 있었다.

그녀는 그런 생각을 했다. 자신이 파티에 참가하지 않는다는 것쯤 그의 아버지가 모를 리가 없었다. 그런데도 왜 그렇게 파티에 보내지 못해 안달인 것일까. 혹시 언젠가는 사람들의 무리에 섞일지도 모른다는 기대에 찬 마음으로 자신을 외출시키는 것일까? 그렇다면 틀렸다. 아마 평생 그럴 일은 없어 보였다.

여기저기를 지나다니던 서버가 그녀에게 와인잔을 건넨 것은 그때쯤이었다. 그녀의 눈앞에 품질 좋은 레드 와인이 찰랑거렸다.

“오늘 참석하신 모든 분께 제공되는 C사의 와인입니다. 드셔보시죠.”

부드러운 어투와 자연스러움에 그가 꽤나 능숙한 서버임을 알 수 있었다. 그러나 그녀는 술을 좋아하지 않는 편이었기에 가볍게 고개를 저었다.

“아뇨, 괜찮습니다.”

그녀의 표정에서 거절의 빛을 읽어낸 그는 능숙한 서버답게 두 번 권하지 않았다.

“시음해보실 수 있는 공간이 저쪽에 마련되어 있으니 언제든지 와주시면 됩니다. 즐거운 시간 되십시오.”

“네, 감사합니다.”

사실 이 홀에 모인 이들은 모두 상류층이었다. 그것도 사교 활동을 겸하는 유능한 상류층. 재계에서 알아주는 이들이 아니라면 이름난 영화배우나 가수라도 돼야 했다. 이들 중 그저 그런 시시껄렁한 인물은 단 한 명도 없었다. 그러니 구석진 곳에 자리한 그녀를 지나치지 않은 것이었다.

여느 날과 같이 오늘도 술을 거절한 그녀였지만 다른 날과 달리 조금은 후회했다. 앞으로 다섯 시간을 버텨야 하는데 컨디션이 최악이었다. 오늘만은 술의 도움을 받아볼 것을 그랬다.

그러거나 말거나 점점 파티가 시작할 시간이 가까워지고 있었다. 그녀가 예상했던 대로 그녀에 대한 사람들의 호기심 어린 시선은 단 몇 분 만에 온데간데없이 증발했다.

그 냄비 같은 성질이 우스웠으나 한편으로는 고맙기도 했다. 어찌 됐든 누군가의 관심은 사양이었으니 말이다.

대신 그들은 하나같이 입을 모아 특정 인물에 대한 이야기를 하고 있었다. 청각은 시각과 달리 마음대로 통제할 수 없는 부분이었기에 그녀도 그들의 화젯거리에 대해 어렴풋이 짐작 정도는 할 수 있었다.

그들의 입방아에 오른 것은 이 파티를 주최한 S&H그룹의 차남쯤 되는 사람인 듯했다. 그 사람이라면 사교에 문외한인 서린도 알고 있었다. 아니, 대한민국에 나고 자란 사람치고 그의 이름을 모르는 사람은 없을 것이었다. 그의 이름은 거의 상식처럼 여겨지고 있었다.

우선 국내는 물론 세계로 뻗어나가고 있는 굴지의 대기업 S&H의 차기 주인이라면 그가 유일했다. 어린 시절부터 대중의 관심을 한 몸에 받아왔던 그는 비상한 두뇌와 그에 상응하는 행동력으로 괴물처럼 성장하여 불과 20대 후반에 대중이 가장 사랑하는 기업인이 되었고, 각종 혁신적인 성과물로 2년 연속 유명 잡지에서 선정한 전 세계에서 가장 영향력 있는 인물에 이름을 올린 바 있었다.

그는 대중에게 사랑받을 만한 조건을 완벽히 갖춘 남자였다. 사람들은 그의 능력과 두뇌를 경이로워했으며, 그의 외적 요건에 환호와 찬사를 보냈다. 요즘 가장 주가가 높은 영화배우들보다 그의 외모가 우월하다 말하는 사람이 발에 차일 정도로 많았다. 그야말로 뭇 여성들에게는 살면서 단 한 번이라도 만나보고 싶은 남자였다.

그러고 보니 홀에 모인 여자들은 누군가를 기다리는 것처럼 입구를 흘깃흘깃 쳐다보고 있었다. 한 번이라도 그를 만나 눈에 띄어보고 싶은 것이다.

"이름이……."

서린은 이 홀을 가득 메우고 있는 긴장감의 주요인인 그의 이름을 꽤나 곰곰이 생각해보았으나 끝내 떠올리지 못했다. 알고 있었던 것 같은데 기억이 나지 않았다. 확실히 컨디션이 나쁘긴 나쁜 모양이었다.

"저기, 잠시만요."

마침 눈앞을 지나가는 방금 전과 다른 서버를 불러 세운 그녀는 자신을 향해 걸어오는 서버를 향해 말했다.

"와인 한 잔 주시겠어요?"

그녀가 멈춰 세운 서버는 다른 이들과 달리 자리에 앉아 있는 그녀를 의아하게 쳐다보았다. 방금 전의 서버와는 달리 교육을 덜 받은 인력인 모양이었다.

서린은 저런 눈빛이 어떤 식으로 변해갈지에 대해 잘 알고 있었기에 반사적으로 한숨이 나올 뻔한 것을 겨우 참아냈다.

처음에는 단순히 그녀가 의자에 앉아 있다고 생각한 그가 일어나서 받으라는 듯 자신의 눈높이에 맞춰 와인잔을 내밀었으나 당연하게도 그녀는 자리에서 일어날 수가 없었다. 표정을 조금도 바꾸지 않은 채 가만히 앉아 자신을 바라보는 그녀를 이상하게 보던 눈빛은 휠체어를 발견하고는 이내 조금 놀란 빛을 띤다.

뒤늦게 와인잔을 아래로 내리는 그의 눈에는 동정심이 서려 있었다.

이러한 일련의 과정은 이미 익숙했다. 그런데 오늘은 왜 이렇게도 짜증이 나는 것인지, 참 모를 일이었다. 평소라면 그냥 넘어갔을 일임에도 그녀는 저도 모르게 날카로운 말을 뱉고 말았다.

"내가 불쌍한가요?"

말을 뱉은 직후 그녀는 후회했다. 점점 신경쇠약이 되어가고 있는 것인가. 그것만큼 끔찍한 것도 없는데. 서린은 뒤늦게 수습하듯 말했다.

"죄송해요. 요즘따라 제가……."

"네, 좀 불쌍하네요."

그 말에 그녀는 하던 말을 멈추고 물끄러미 서버를 바라보았다. 서버는 치기 어린 눈으로 그녀를 조롱하고 있었다.

"돈 많으면 뭐 해요. 걷지도 못하는데. 이런 것 보면 돈이란 것도 참 부질없어."

예상은 했지만 정말 기본적인 교육도 받지 않은 채로 투입된 것 같았다. 상류층에 대한 무분별한 혐오가 그에게서 읽혔다.

놀랍게도 화는 나지 않았다. 그럴 만하다고 생각했다.

상류층 여자들의 강파른 요구와 돈만 많은 남자들의 허세에 지친 그는 이때까지 쌓인 혐오를 자신에게 풀고 싶어 하는 것처럼 보였다. 그러나 그녀에게 서버의 모욕을 참아야 할 책임은 없었다.

"맞아요. 돈이란 거 참 부질없죠. 근데 방향이 좀 잘못됐다고 생각하지 않아요?"

언성을 높이며 너 따위가 어디서 그런 말을 하느냐는 말이라도 할 거라는 예상과 달리 지나치게 차분한 태도로 대답을 요구하듯 물어오는 그녀를 보며 서버는 몸을 움찔거렸다. 그녀는 와인잔을 손에 들며 다시 입을 열었다.

"골 빈 사람들은 많아요. 하나하나 새겨들을 것 없다고 생각해요. 버티는 게 결국 이기는 거예요."

그것은 마치 그녀 자신에게 하는 말과도 같았다. 버티는 게 이기는 것이다. 그러니 늘 그래왔듯 오늘도 버티자. 서버는 새빨개진 얼굴로 뒤돌아 다급히 걸어갔다. 와인도 있겠다, 그를 다시 잡을 필요는 없었다.

그녀는 천천히 입술을 축였다.

아무리 그녀라도 걷지 못하는 게 불쌍하다는 그의 말에 상처받지 않은 것은 아니었다. 그런 류의 말들은 아무리 들어도 익숙해질 수가 없었다. 하지만 삭혀내는 것 말고는 별다른 수가 없었다. 게다가 그들의 말은 사실이었다. 진짜 걷지 못하는 게 맞으니까, 뭐.

서린은 쓰게 웃었다.

파티는 점점 무르익고 있었다. 모든 여성들이 바라는 그가 왔는지 오지 않았는지는 알 바 없었으나 다들 어딘가 상기된 얼굴을 하고 있는 걸로 봐선 그가 온 것도 같았다.

사람들의 눈을 피해 테라스로 자리를 옮긴 그녀는 어두워지는 하늘을 바라보며 연신 입안으로 와인을 흘려냈다.

이게 대체 몇 잔째인지 모르겠다. 파티에서 이렇게 많은 양의 술을 마신 것은 처음이었다. 알딸딸한 기분에 목이 꺾일 만큼 뒤로 고개를 젖힌 그녀는 이제 몇 시간 정도 남았을까를 계산해보았다. 네 번째 잔쯤 먹었을 때 네 시간 정도가 남아 있었으니 이제는 세 시간쯤 남았을까. 어쩌면 두 시간 반쯤 남았을지도 몰랐다.

테라스에는 그녀를 제외하고는 아무도 없었다. 이대로 파티가 끝날 때까지 아무도 들어오지 않았으면 좋겠다고 생각하며 그녀는 조용히 눈을 감아 내렸다.

그러나 서린은 오래지 않아 다시 눈을 떠야만 했다. 야릇한 담배 연기 때문이었다. 숨이 막힐 정도로 매캐한 냄새에 서린은 미간을 찌푸렸다.

어두운 밤, 누군가 그녀의 왼편에 서서 시커먼 연기를 뿜어대고 있었다. 그의 오른손에 들려 붉게 타들어가는 불씨에 눈을 뺏기긴 했으나 잠시였다. 그녀는 자연스레 남성의 등으로 시선을 고정했다. 가볍게 난간에 기댄 몸은 오랜 운동으로 다져진 듯 단단했다.

검지와 중지 사이에 끼운 담배를 폐부 깊숙이 빨아들이던 그는 곧 밤하늘을 향해 유해하기만 한 연기를 다시금 토해냈다. 서린은 테라스에 자욱한 담배 연기에 반사적으로 기침을 하고 말았다.

콜록콜록, 하는 소리에 입가로 담배를 가져가던 남자의 행동이 뚝 멎는다. 남자는 고개도 돌리지 않은 채 읊조렸다.

"……앞에 흡연구역이라고 적혀 있는 것 못 봤나."

그녀의 존재를 알고 있었던 눈치였다. 그는 등을 보이고 있었기에 얼굴은 전혀 보이지 않았으나 목소리가 무척이나 낮고 탁하다는 것만큼은 잘 알 수 있었다. 서린은 슬며시 미간을 찌푸렸다.

"못 봤어요."

흡연구역이라는 표시는 전혀 보지 못했다. 그러고 보면 여기에 사람이 유독 없었던 이유가 그것일지도 몰랐다.

무려 S&H에서 개최한 파티였다. 여기저기 눈도장 찍으며 즐기기도 바쁜 시간에 담배 피울 사람이 있겠는가. 웬만한 골초가 아니고서는 불가능했다. 그런 의미로 눈앞의 남자는 골초가 분명했다. 그것을 반증하듯 남자는 다시 담배를 입으로 가져갔다.

두어 번 더 연기를 내뿜던 그는 비웃음 섞인 목소리로 물어왔다.

"왜 이런 곳에 있지?"

담배 연기만큼이나 매캐한 목소리였다. 서린은 그의 반말이 거슬렸으나 특별히 지적하고 싶은 생각은 없었으므로 순순히 대답했다. 술기운도 조금은 작용했다.

"안보다는 여기가 더 버티기 쉬우니까요."

"……버텨?"

"어쩌다 보니 이렇게 됐네요."

"몇 시까지."

"아마 11시까지인 걸로 기억하는데……."

처음 보는 이에게 너무 술술 부는 것만 같은 느낌이 들었지만 어차피 오늘 보고 말 사람이었다. 이 정도는 상관없겠지.

그때였다. 왜인지 별안간 남자가 장초를 난간에 거칠게 비벼 껐다. 불씨는 순식간에 사라졌고, 남자는 천천히 뒤로 돌기 시작했다. 이내 남자의 얼굴 위로 달빛이 드리웠고, 서린은 흔치 않게 몸을 굳혔다.

본 적 있는 남자였다. TV에서든, 신문에서든.

그녀의 표정 변화를 알아챈 듯 그는 한쪽 입꼬리를 말아 올리며 물었다.

"날 알아?"

서린은 선불리 고개를 끄덕이진 않았으나 그녀는 분명 그의 얼굴을 알고 있었다. 어떻게 모르겠는가.

저 남자가 바로 파티장에 감돌았던 긴장감의 원인이었다. 그는 자신의 질문에 느릿하게 고개를 끄덕이는 그녀에게 시선을 고정한 채 한 걸음씩 다가갔다.

서린은 그의 눈을 피하지 않았다. 왜 그렇게 많은 사람들이 그의 외모에 찬사를 보내는지 약간은 이해가 될 것도 같았다.

잘생긴 것이 정확히 무엇인지 몰랐기에 그가 잘생겼다고 단언할 수는 없지만 시선을 돌릴 수 없을 만큼의 강렬함이 있는 얼굴인 것은 분명했다. 단단한 턱과 굳게 다물린 입술, 우수에 젖은 긴 눈매와 그늘이 질 만큼 기다란 속눈썹 위로 드리운 검은 머리칼은 뭐라 형용할 수 없는 묘한 분위기마저 만들어내고 있었다.

어느새 숨소리가 들릴 만큼 가까이 다가와 그녀의 얼굴을 훑어보던 그는 만족스런 음성으로 말했다.

"눈이."

"……."

"마음에 들어."

그렇게 말하는 그의 표정이 미묘하게 번져갔다.

"날 이미 알고 있으니 쓸데없는 소리 할 필요 없을 테고."

"무슨 뜻이죠?"

"궁금해?"

"네."

TV나 신문에서나 보던 그가 달빛 아래 서서 새카만 눈을 빛내고 있었다. 그는 씨익 웃더니 오싹할 만큼 낮은 목소리로 말했다.

"11시까지 같이 있어주겠다는 뜻이야."

그 말에 서린이 당혹스러움을 느끼며 어떤 말로 거절을 해야 할지 생각했을 때였다.

"……뭐야."

갑작스레 들려온 위협이라도 하는 양 낮은 목소리에 서린은 고개를 들어 그를 바라보았다. 그는 인상을 찌푸린 채 휠체어를 보고 있었다.

사방이 어두웠던 탓에 이제야 휠체어를 발견한 모양이었다. 서린의 머릿속에 방금 전에 봤던 서버의 눈빛이 스쳐 지나갔다. 놀라움부터 동정까지의 과정이 그의 눈에서도 나타날까. 하지만 눈앞의 남자는 달랐다.

그는 단번에 조소하듯 말했다.

"너 다리병신이었어?"

그것은 동정이 아니었다. 그야말로 비웃음이었다.

서린의 얼굴이 새하얗게 질려갔다.

"……네?"

심장이 쿵쾅거리기 시작했다.

다리병신, 이라고 했다. 살면서 그런 단어를 직접적으로 들은 것은 맹세코 처음이었다. 그런 말에는 어떻게 대응해야 하는지 배운 적이 없었다.

아무것도 모르겠다. 몇 초간 그녀를 내려다보던 남자는 아무런 말도 하지 않은 채 흥미라도 떨어진 듯 미련 없이 테라스를 나갔다.

서린은 멀어져가는 그의 뒷모습을 볼 때까지도 아무것도 할 수가 없었다. 아득한 모멸감에 술기운은 흔적도 없이 사라졌다.

왜인지 손끝이 미친 듯이 떨리고 있었다.

분노는 놀랍도록 빨리 그 모습을 감추었다. 여전히 가슴이 답답하긴 했지만 계속해서 손발이 벌벌 떨릴 만큼 분노라는 감정에 깊이 잠식된 것은 아니었던 모양이다.

다행이었다. 자신이 고작 그 다리병신이라는 한마디에 제정신을 차릴 수 없을 만큼 나약한 존재였더라면 그건 그것대로 최악이었을 것이다.

파티는 지루했고, 그녀는 약속했던 11시가 되어서야 그 끔찍한 곳을 빠져나올 수 있었다.

그렇게 일상으로 돌아온 것이다. 휠체어에 앉아 하염없이 창밖을 바라보는 일상. 다른 이들에게는 갑갑하게 보일지라도 그녀에게 갑갑함 정도는 아무것도 문제가 되지 않았다.

다만 일상으로 돌아오는 과정에서 오늘 파티는 어땠느냐는 인사치레식의 물음에 '즐거웠어요.' 하고 대답하는 것이 전과 달리 조금은 역겨웠을 뿐이었다.

이유 없이 자꾸만 욕지기가 치밀었다.

달빛 아래에서 봤던 그 남자의 이름을 알진 못한다. 기억이 나지 않았다. 사실은 얼굴도 잘 떠오르지 않는다. 대략적인 느낌이나 분위기는 떠오르는데 이목구비 같은 세세한 것들은 아예 머릿속에서 증발이라도 한 것 같았다. 그에 확신했다. 그도 스쳐가는 사람이었던 것이다. 그녀에게 있어 모두가 그러했듯이.

그러니까 더 이상 신경 쓸 필요 없다. 그 굴욕적인 말투와 표정도, 그때에 느껴졌던 공기의 사나움도 그저 잊으면 되는 것이었다.

그때였다. 문이 열리는 소리가 들렸다.

"목욕 준비를 끝냈습니다, 아가씨."

그녀는 오늘 휠체어를 밀어주었던 그와 마찬가지로 서린을 위해 고용된 인력 중 한 명이었다. 50대 중반쯤 되었을 여성은 그녀의 앞으로 걸어와 기계적으로 웃으며 덧붙였다.

"파티 후 피곤하실 것을 고려하여 피로회복에 도움이 되는 아로마를 첨가해보았어요.”

휠체어에 앉아 멍하니 정면을 응시하고 있던 서린은 뒤늦게야 타인의 존재를 눈치챘지만 그에 대한 티는 전혀 내지 않으며 상냥히 웃어 보였다. 그린 듯이 완벽한 미소였으나 거기에는 숨길 수 없는 공허함이 있었다.

“늘 고마워요. 골라주시는 향들이 하나같이 참 좋아요.”

서린의 대답을 들은 여성은 만족스러운 얼굴로 묵례를 하고는 미련 없이 방을 나갔다.

문이 닫히는 소리를 듣자마자 서린의 표정은 다시금 차갑게 굳었다.

모두가 앵무새다. 정해진 말만을 하는 앵무새. 방을 나가는 그녀에게 이 이상의 대화는 필요하지 않겠지. 어쩌면 영원히.

서린은 휠체어를 욕실로 몰았다.

그녀가 신체적 결함이 있다는 이유로 그녀의 부모님은-두 분 중에서도 특히 아버지는-그녀가 씻을 때조차 고용인들의 도움을 받길 원했다. 그러나 그녀는 어렸을 때부터 그것만은 사양해왔다. 말이 사양이지 어렸을 때는 미친 것처럼 부득불 우겨대며 혼자 씻는 것에 집착했다. 누군가 씻겨주려고 하면 절대 씻지 않았고, 씻는 도중에도 아무도 들어오지 못하게 했다.

1년 365일 중 350일쯤을 방에 갇혀 사는 아이의 유일한 부탁은 혼자 씻게 해달라는 것뿐이었고, 결국 그녀의 아버지도 그것 하나만은 양보했었다.

서린은 휠체어를 끌고 욕실 안으로 들어갔다. 낯선 향기가 섞인 물 냄새가 그녀의 후각을 자극했다. 물이 있다는 것만으로도 마음이 편해졌다. 안개처럼 흐리던 서린의 눈동자가 천천히 개고 있었다.

욕실은 심하게 넓은 편이었다. 그녀만을 위해 특별 제작된 각종 편의시설-다리를 쓰지 않고도 스스로 목욕을 마칠 수 있도록 도와주는 시설-들이나 욕조를 제외하고도 꽤 넓은 공간이 남을 정도였으니 말이다.

물의 향기가 코끝을 맴돌았고 그녀는 휠체어에서 옷을 벗어 내리고는 욕조 안으로 들어갈 수 있는 시설 위에 섰다. 곧 몸의 앞쪽으로 무게중심을 옮겨감에 따라 그녀는 힘없이 욕조 안으로 툭 떨어졌다. 물론 천천히 욕조 안으로 들어갈 수 있는 방법이 있긴 했지만 그것을 사용하기엔 그녀가 너무 급했다.

수분이 피부 위로 와 닿았다. 서린은 눈을 질끈 감고 물과 닿은 것만으로도 느껴지는 커다란 충만감과 포만감에 작게 신음했다.

"아……."

잠시간 수면 위로 얼굴을 내밀지 않은 상태였음에도 그녀는 평온했다. 물이 그녀를 중심으로 흐르기 시작한 것은 그때쯤이었다. 몸을 휘감아오는 물의 흐름에 그녀는 물속에서 천천히 눈을 떴다. 회색이 묘하게 섞여 들어간 물빛 눈동자는 전과 달리 약간의 생기가 느껴졌다.

물은 요동쳤다. 가만히 누워 있는 그녀의 하반신 때문이었다.

이리저리 반사되어 반짝거리는 물빛 비늘, 부드럽게 살랑거리는 실 같은 지느러미와 어디든 헤엄칠 수 있을 것만 같은 꼬리까지. 두 다리가 아닌 낯선 외관의 하반신이 살랑거린 탓에 요란한 물살이 연거푸 일었다.

그녀가 이런 존재라는 것은 그 누구도 몰랐다. 적어도 이제껏 씻는 모습을 들킨 적은 단 한 번도 없으니 말이다.

서린은 여전히 수면 밖으로 얼굴을 내밀지 않은 채로 유영했다. 아무도 없이 혼자 이리저리 헤엄치는 것뿐이었지만 그녀의 얼굴 위로 잠깐이나마 아이 같은 장난 어린 표정이 스쳐 지나갔다.

물장난을 치는 것도, 물장구를 치는 것도 혼자였지만 그녀는 어느 때보다 행복해 보였다. 그녀가 움직일 때마다 예의 그 실오라기 같은 지느러미가 유하게 흩날렸다.

서린은 다시 눈을 감았다. 공기 중에서 속절없이 말라만 가던 몸속 세포들이 되살아나고 있었다.

빨리 자신이 있어야 할 곳으로 돌아가고 싶었다.

바다가 자신에게 남긴 유예기간까지 남은 시간은 단 한 달뿐이었다. 그날을 위해 이제껏 15년을 기다렸다.

지난 15년이 그러했듯 남은 한 달도 빨리 지나갈 것이었다. 그러면 아예 없었던 사람처럼 이곳을 뜰 생각이었다.

Y그룹의 막내딸 윤서린이라는 이름 따위 훌훌 털어버리고.

#2

"회장님께서 새로운 심리 상담사를 구해주셨습니다, 아가씨."

"저번으로 심리 상담은 끝난 것으로 알고 있는데요. 제가 잘못 알고 있었나요?"

잘못 알고 있었을 리가 없었다. 왜인지는 모르겠지만 자신에게 마음의 상처가 깊이 나 있을 거라고 생각하는 아버지는 지난 1년간의 심리 상담 후에도 그녀가 스트레스만 받을 뿐 아무런 진전이 없자 앞으로 다시는 심리 상담을 시키지 않을 것이라고 약속했었다.

1년간 지속되었던 심리 상담은 끔찍했었다. 상담사는 늘 거슬릴 만큼 평온한 표정과 어투로 그녀의 기분이 어떤지 물어봤고, 그것을 다양한 말로 표현하길 바랐으며, 본인과 많은 대화를 하길 원했다. 서린은 그에게 크게 협조하지도, 그를 방해하지도 않았다. 늘 같은 태도로 일관했을 뿐이었다.

그 때문일까. 처음엔 의욕적이던 그는 늘 같은 상태의 서린에게 지쳐 마지막에는 충고하듯 말하기까지 했었다.

'어떻게 1년간 조금도 달라지지 않을 수가 있죠? 이런 경우는 맹세코 처음이네요. 지난 1년 동안 나는 살아 움직이는 인형과 대화하는 기분이었어요. 달라지려고 노력해본 적은 있나요? 아마 없을 것 같네요. 한 번쯤은 달라져보라고요.'

이를 악물며 말했던 그의 음성이 아직도 생생했다. 그의 일그러진 표정은 그때가 처음이자 마지막이었다. 그러나 서린은 그 말을 들으면서도 자신이 달라져야 할 필요성을 느끼지 못했다. 다만 그녀는 그의 표정을 보며 그에게 미안하다는 생각을 했다.

늘 감정을 많이 쏟는 쪽이 더 힘든 법이었다. 모르긴 몰라도 그도 1년간 참 끔찍했겠지. 1년간 마주한 바 있던 상담사의 마지막 뒷모습에 대고 서린은 처음으로 그에게 진심 어린 말을 했다.

'죄송해요.'

그는 멈칫하면서도 뒤돌아보지 않았었다. 그녀의 죄송하다는 말이 앞으로도 달라질 의사가 없다고 말하는 것이기도 하단 걸 눈치챈 걸지도 몰랐다.

그런데 이번에 또 심리 상담을 하겠다니? 말도 안 된다. 서린은 무표정한 얼굴로 말했다.

"아버지께 하지 않겠다고 전해주세요."

"하지만 아가씨, 이미 상담사님께서 바깥에 계십니다."

서린은 뒤늦게야 새로운 상담사를 구했다는 고용인의 말이 그에 대한 그녀의 의사를 묻기 위함이 아니라 그저 앞으로 상담을 하게 될 거란 통보였음을 알아차렸다. 그녀는 지끈거리는 머리를 지그시 누르면서 읊조리듯 말했다.

"오늘은 이미 오셨으니 어쩔 수 없이 뵙겠지만 저는 다시는 심리 상담을 하지 않을 생각이에요."

누군가가 서서히 의지나 의욕을 잃어가는 걸 지켜보는 것도 그것 나름대로 상당히 곤욕스러운 일이었다. 그 사람을 위해서라도 자신은 심리 상담 같은 건 하지 말아야 했다. 서린은 고용인에게 당부하듯 덧붙였다.

"아버지께 제 의견을 꼭 전해주셨으면 좋겠어요."

그렇게 말하며 상담이 이루어질 응접실로 휠체어를 모는 그녀의 등이 유난히 작아 보였다.

저번 상담사는 40대 후반을 넘긴 남성이었으므로 서린은 눈앞에 있는 20대 중반쯤으로밖에 보이지 않는 남자가 퍽 낯설었다. 이러나저러나 아버지가 가진 사람을 고르는 기준에 부합하기 위해서는 아무래도 상당히 유능해야 했다. 그렇다는 건 저 젊은 남자는 꽤나 능력이 있는 사람이라는 뜻이었다.

게다가 남자는 무섭도록 평온한 표정 대신 부드러운 미소를 입가에 걸고 있었다. 다갈색 머리카락이 햇빛에 반사되어 무척이나 밝게 빛났다.

선불리 말을 꺼내지 않고 있던 그가 입을 연 것은 그녀가 습관적으로 그에게 눈을 맞춰왔을 때였다. 그가 먼저 인사를 해왔다.

"안녕하세요?"

너무 낮지도, 높지도 않은 그야말로 듣기 좋은 음역대의 목소리였다. 서린은 무례한 행동이라는 것을 알면서도 그를 빤히 바라볼 수밖에 없었다. 동시에 인사를 건네는 그의 눈매가 부드럽게 휘었다.

그것은 낯선 표정이었다. 완전히는 아니더라도 반은 훌쩍 넘길 만큼 짙은 농도의 진심이 담긴 표정에 서린은 그가 따뜻한 미소를 지을 줄 아는 남자라는 것을 인정해야 했다. 물론 그렇다고 상담을 오늘 이후로도 계속 이어나갈 생각 따위는 추호도 없었지만.

"네, 안녕하세요."

서린은 이번에도 습관적으로 웃음을 지어 보였다. 사실 저번 경험으로 미루어보아 앞으로 그가 어떤 태도를 취할지는 대충 예상이 됐다.

먼저 그는 스스로에 대해 소개해달라고 할 것이다. 그러고는 경청의 자세로 자신이 했던 말들을 반복할 것이었다. 그는 어쩌면 자신의 말끝마다 고개를 끄덕일지도 모르겠다.

하지만 그런 행동들은 상담학에 기초하여 상대방의 말을 잘 듣고 있다는 것을 증명할 수 있는 수단일 뿐이라는 것을 이미 알고 있는 그녀로서는 벌써부터 신물이 났다.

그럼에도 단 하나 마음에 드는 것을 꼽자면, 두말할 것 없이 그의 표정이었다. 이목구비의 생김새가 어떠하든 간에 그의 미소는 근사했다. 그건 마치 햇살을 머금은 듯한 미소였다. 자신은 가지지 못한, 앞으로도 가질 수 없을.

시선이 오가던 차에 남자는 천천히 입을 열었다.

"저는 이재경이에요. 스물여덟이고 좋아하는 색깔은 회색, 좋아하는 음식은 핫케이크고요."

그 말과 동시에 정적이 일었다. 서린은 자신이 지금 뭘 들은 거냐는 듯 의아한 음성을 냈다.

"……네?"

"핫케이크요. 지금은 이렇게 살고 있지만 나름 장래희망은 파티시에였어요. 나중에 제가 만든 디저트 먹어보고 싶으면 말해요. 누구 먹여주는 거, 제일 좋아하거든요."

서린은 무표정한 얼굴로 재경을 응시했다. 설마하니 자신에 대한 소개를 늘어놓을 줄은 몰랐다. 자신이 모르는 새 상담학이 개편이라도 된 걸까.

그런 그녀의 시선을 아는지 모르는지 재경은 계속해서 뭔가를 말해왔다.

"아, 맞아. 제 머리카락 염색한 거 아니에요. 자세히 보면 눈동자 색도 되게 옅어요. 옛날엔 이게 콤플렉스여서 렌즈 끼고 다녔는데 어느 순간부터는 그것도 귀찮더라고요. 혹시 보기 싫어요?"

자신의 눈동자를 가리키며 묻는 그를 보며 서린은 저도 모르게 고개를 저었다. 그 행동에 스스로도 놀라버렸지만 분명히 그의 눈동자는 절대 보기 싫은 종류의 것이 아니었다. 햇살이 섞여든 그의 눈동자는 카푸치노를 연상케 했다.

"다행이다. 싫어할까 봐 걱정했었어요."

이후로도 남자는 쉼 없이 자신에 대한 이야기를 늘어놓았다. 부드러운 어조 때문인지 경박한 수다쟁이처럼은 보이지 않았지만 서린은 자꾸만 머리가 복잡해졌다. 그에게 어떤 반응을 보여야 할까, 무슨 말을 해야 분위기를 흐리지 않을까 생각하는 것은 힘든 일이었다.

서린은 슬며시 미간을 찌푸렸다. 만난 지 몇 분이 채 지나지 않았지만 그가 서슴없는 사람이라는 것쯤은 너무나도 잘 알 수 있었다.

그러니 확실히 선을 그어둘 필요가 있어 보였다. 적어도 선을 그어두면 마음은 편해질 것이었다. 서린은 그의 말을 끊으며 작게 말했다.

"……말씀 중에 죄송하지만, 저는."

그녀는 고개를 푹 숙인 채 중얼거렸다.

"상담은 오늘로 그만하고 싶습니다. 벌써 느끼셨을지도 모르겠지만, 저와의 상담은 분명 힘드실 테고, 전 얘기할 것도 없어요."

고개를 숙인 채 중얼거리다니. 그녀에게 화법을 가르친 선생이 보면 식겁할 만한 태도였다. 물론 그녀에게도 고개를 들어 그를 정면으로 마주해야 한다는 의식은 있었다. 그게 행동으로 이어지지 않는다는 게 문제일 뿐이었다.

"네?"

그의 의아한 듯한 음성에 그녀는 계속해서 말을 이어나갔다.

"전 정말 얘기할 게 없어요. 계속 본인에 대한 이야기를 해주시잖아요. 이제 곧 제 차례가 될 거고. 정말 죄송하지만 나름 열심히 생각해봤는데도 모르겠네요."

직접 확인할 필요도 없었다. 그는 질린 듯한 표정을 짓고 있을 터였다.

서린은 오늘따라 그런 표정을 마주할 용기가 나지 않아 더욱 고개를 푹 숙였다.

"……좋아하는 색이 뭔지, 장래희망은 뭐였는지, 좋아하는 음식은 뭔지."

그는 아무런 말이 없었다.

"생각이 안 나요."

대충 끼워 맞출 수도 있었다. 좋아하는 색은 대충 지금 보이는 카펫이 파란색이니까 파란색, 장래희망은 무난한 직업, 좋아하는 음식도 대강 오늘 아침 먹었던 음식 중 하나를 대면 문제는 없었다. 그러나 지금만은 그럴 수가 없었다. 저렇게나 다정한 미소를 자신에게 보여준 사람에게 거짓말을 하다니. 그래선 안 됐다.

비상식적이라고 싫어할까? 거짓말하지 말라고 할까? 그 따뜻한 미소는 일그러졌겠지.

그때였다. 웃음 섞인 듣기 좋은 음성이 앞에서부터 흘러나왔다.

"뭐, 그런 것 가지고. 괜찮아요."

순간 그녀는 눈을 커다랗게 떴다. 여전히 고개는 들지 못한 채였다. 괜찮다고 했다. 아직 청력에 이상은 없으니 잘못 들은 것은 아닐 거다.

메마르다 못해 퍼석퍼석한 감성을 가진 그녀였지만 그의 괜찮다는 말 한마디는 큰 파장을 몰고 왔다. 서린은 멍한 눈으로 그를 올려다보았다. 부디 방금 전의 미소마저 무사했으면 좋겠다는 마음으로.

"아……."

그는 이전과 같이 웃고 있었다.

"사실 난 오늘 내 얘기 하러 왔어요."

그는 뭘 그렇게 걱정하느냐는 듯한 얼굴로 말을 이어갔다.

"괜찮다면 더 들어줄래요?"

서린은 흔들리는 눈으로 재경을 응시했다. 대화라는 것은 으레 쌍방향의 소통이 있어야 가능했다. 때문에 일방적으로 말하던 이들은 아무런 반응이 없는 그녀에게 질려 돌아서기 일쑤였다.

그런데 눈앞의 이 남자는 먼저 일방향 소통을 하겠다고 나서고 있었다. 상담학이 크게 개편된 것이 분명했다. 서린은 망설이면서도 천천히 고개를 끄덕였다.

거기에 재경은 방금 전보다도 더 환하게 웃었다.

서린은 하루 반나절이 지나도록 그의 얘기를 들었다. 그의 가족 관계, 취미, 특기까지 속속들이 알게 될 동안에도 그는 뭔가를 물어오진 않았다. 이름조차 물어보지 않았으니 말 다한 것이었다. 그는 그녀가 질문 자체를 거북해한다는 걸 이미 알고 있는 것만 같았다.

"상담은 어떠셨나요, 아가씨?"

다음엔 자신이 만든 디저트를 좀 가져오겠다는 약속을 남긴 채 돌아간 그 대신에 고용인 중 한 명이 응접실 안으로 들어와 질문

했다. 서린은 조심스레 입을 열었다.

"……그 전에 하나만 여쭤봐도 될까요?"

"물론이죠."

"혹시 아버지께 제 의견을 전달해주셨나요?"

"아니요. 아직 전달하지 못했습니다."

"그럼 일단은."

내 입으로 이런 말을 하는 날이 오게 될 줄이야. 서린은 아무렇지 않은 척 자신이 지을 수 있는 가장 태연한 얼굴로 말했다.

"보류해주시겠어요?"

"네, 알겠습니다."

고용인은 늘 그랬듯 그녀의 말에 아무런 표정 없이 고개를 끄덕이고는 응접실을 나갔다. 서린은 그 뒷모습을 말끄러미 바라보다가 창가로 시선을 돌렸다.

오늘 봤던 그에게 어서 선을 그어야 한다는 강박과 그에 따른 불안은 여전했다. 그러나 일단은.

그의 얘기를 조금만 더 들어보고 싶었다. 갑작스런 변덕의 이유는 알 수 없었다.

원래 있던 곳으로 돌아갈 수 있는 날이 오직 3주 만이 남은 현재, 서린은 시간의 흐름이 더욱 더디게 느껴졌다.

그녀에게 주어진 일상이라는 것은 참으로 단조로웠다. 정해진 시간에 일어나 아침을 먹고, 관심도 없는 정계나 재계에 관련된 새로운 소식들을 들은 후 점심을 먹을 때까지 독서를 한다. 열량은 물론 영양 상태까지 고려한 점심을 먹은 뒤에야 비로소 자유로워질 수 있었다.

그런데 그 자유 시간에 할 것이랄 게 딱히 없어서 그녀는 고용인들이 틀어두는 고상한 클래식을 들으며 하루에 몇 시간씩 창밖을 물끄러미 내다보기만 했다. 그렇게 저녁을 먹고 씻은 뒤엔 일정한 시간에 잠들어 다음 날을 기다린다.

예전엔 재활 훈련을 한답시고 재활 센터도 들락날락거렸지만 전혀 차도가 보이지 않자 어느 순간부터 집에만 있게 되었다. 오직 사교 파티만이 그녀의 유일한 외출 사유였다.

끝이 없는 도돌이표 같은 일상이었다. 그리고 오늘도 예외 없이 지루하기 짝이 없는 곡이 다시 처음부터 연주되려 하고 있었다.

"아가씨, 식사하러 내려가시죠."

"네, 금방 갈게요."

점심이나 저녁은 몰라도 아침만은 다 같이 모여서 먹어야 한다는 아버지의 신조에 따라 그녀는 아침마다 거실로 내려가야 했다. 때문에 매일 아침이 다소 거북했지만 어쩔 수 없었다.

휠체어로도 이동할 수 있는 계단을 이용해 거실에 다다랐을 때 그녀는 장내가 싸늘하게 식어버림과 동시에, 적의 어린 시선이 자신에게 쏠린 것을 눈치챘다. 하지만 그녀는 익숙하게 그 반갑지 않은 관심들을 무시하며 아버지의 오른쪽 가장 가까운 자리로 휠체어를 옮겼다. 늘 의자 없이 비어 있어 휠체어가 들어갈 수 있는, 그녀의 지정석이었다.

윤 회장은 반가운 듯 말했다.

"서린이가 왔구나. 어서 들렴. 오늘은 아주머니께서 네가 좋아하는 연어 요리를 준비해주셨단다."

"감사합니다. 잘 먹을게요, 아주머니."

예의 그 잘 훈련된 듯한 미소를 얼굴 전면에 띠우며 그녀는 식기 소리도 나지 않을 만큼 조용히 밥을 먹기 시작했다. 그 모습에 윤 회장은 흡족하게 웃었다.

"역시 오늘도 예의가 바르구나. 그런데 다들 뭐 하고 있지? 어서 계속 먹지 않고."

싸늘한 눈으로 그녀를 바라보던 대여섯 명의 사람들은 그제야 식사를 재개했다.

서린은 발사믹을 곁들인 훈제 연어를 기계적으로 씹어 삼켰다. 딱히 연어를 좋아하는 건 아니었다. 그저 몇 년 전에 연어 요리를 먹으면서 새로 배운 식사 예절에 따라 아주 맛있다고 한 것뿐이었다. 그걸 아직까지도 기억하고 있다니 윤 회장은 그것이 꽤나 인상 깊었던 모양이었다.

족보상 언니나 오빠라는 이름으로 존재하는 이들은 계속해서 그 어디도 네가 끼어들 틈은 없다는 것처럼 그녀에게 경계의 눈초리를 보내왔다. 서린은 그들 중 단 한 명과도 눈을 마주치지 않고 밥을 먹었다. 아니, 밥만 먹었다.

윤 회장이 입을 연 것은 그때쯤이었다.

"그런데 서린이도 이제 슬슬 경영에 참여해야 하지 않겠니? 사교계에는 이미 발을 들였으니 그쪽으로는 신경 쓸 것도 없잖아. 작은 것부터 시작하더라도 나는 하루빨리 네가 Y그룹의 일원이 되었으면 좋겠단다."

"아버지!"

챙, 하는 요란한 소리를 내며 젓가락을 내려놓은 윤시영이-셋째쯤 되는 사람이었다-경악에 찬 목소리로 말했다.

"Y그룹의 일원은 무슨. 말씀이 지나치세요!"

"시영아."

"막말로 쟤가 할 수 있는 게 뭐라고 경영을 맡기신다는 거죠? 그리고 뭐, 사교계 쪽으로는 신경 쓸 것도 없다고요? 사교 파티만 가면 구석에 틀어박혀서 시간이나 죽이고 오는 애한테는 너무 과분한 표현이네요."

문화와 예술 측면의 계열사를 가지고 있는 윤시영은 그 어떤 가족 구성원보다 감정적이었다.

물론 그렇다고 해서 다른 이들이 그녀와 다른 의견을 가진 것은 아니었다. 그것을 증명하듯 하나둘씩 그녀의 말을 거들기 시작했다.

"시영이가 조금 감정적으로 말하긴 했지만 맞는 말이에요, 아버지. 아직 서린이에게 경영은 이른 문제 같아요."

"저도 같은 생각입니다."

"저도요."

장남으로서 가장 큰 규모의 계열사를 이끌고 있는 윤정환과 같은 회사의 부사장을 맡고 있는 넷째 윤재현, 첫째 딸인 동시에 언론사에 몸담고 있는 윤서희의 맞장구에 윤 회장은 깊은 한숨을 내쉬었다. 그는 눈을 세게 감았다 뜨며 서린의 방향으로 고개를 돌렸다.

"서린이 네 생각은 어떠니?"

서린은 어떻게 대답하는 것이 가장 적절할지 생각하다가 늘 그래왔듯 대다수가 원하는 대답을 하는 게 좋겠다는 판단을 내린 채로 입을 열었다.

"Y그룹의 일원이 되는 것은 굉장히 영광스러운 일이겠지만, 아직은 제 부족함을 채울 수 있는 시간을 더 가졌으면 좋겠어요."

비싼 강습료를 주고 화법을 배운 만큼 부드러운 말로 거절의 뜻을 밝혀오는 그녀의 모습에 윤 회장은 그제야 얼굴 위로 납득의 빛을 띠며 고개를 끄덕였다.

"그래, 알았다. 많이 준비한다고 나쁠 건 없지. 내가 널 부담스럽게 했을 수도 있겠구나. 언제 준비가 다 되거든 꼭 말해주거라."

"네, 아버지."

윤 회장에게 이제 모든 준비를 마쳤다고 먼저 말할 날이 올 것 같진 않았지만 그녀는 그렇게 말하며 느릿하게 수저를 내려놓았다. 명백히 식사를 마쳤음을 나타내는 행동이었다.

시종일관 미소를 띠고 있던 그녀는 오늘도 훌륭한 음식이었다는 감상평을 남기고 짐짓 여유로운 척하며 거실을 빠져나왔다. 모두 귀가 닳도록 배운 식사예절에서 비롯한 행동이었다.

저들 중 그녀가 제대로 대화를 해본 이는 아무도 없었다. 다들 너무 바빴고 나이 차이도 천차만별이었으며, 그녀도 딱히 피상적인 형제관계에 연연하는 타입이 아니었기 때문이었다.

그들에게 자신이 어떤 존재일지는 너무나 선연했다. 어디서 굴러들어와선 본인들의 밥그릇을 뺏으려 하는 아무런 도움도 안 되는 존재쯤이겠지. 족보상에선 막내딸이겠지만 글쎄, 그녀는 단 한 번도 자신이 이 집에 소속되어 있다고 느낀 적은 없었다.

방으로 돌아가는 길이 더 없이 지루했다. 앞으로 3주만 더 버티면 된다는 것만이 유일한 위안이었다.

정치나 경제에는 관심이 없었다. 때문에 그녀는 교사라는 이름으로 자신의 방에 온 이가 두 분야에 대한 어떤 소식을 읊든 간에 경청하는 표정으로 모든 걸 흘려들었다. 교사들은 그녀 특유의 잘 훈련된 표정-경청하는 표정- 덕에 그녀가 흘려듣고 있다고는 전혀 의심하지 못했다.

오늘도 마찬가지였다. 그는 모든 소식을 한 귀로 듣고 한 귀로 흘리고 있는 그녀를 알지 못한 채 벌써 한 시간째 근래의 정세에 대해 읊고 있었다.

"다음 사항으로는…… 네, S&H그룹의 주식이 전례 없이 치솟고 있습니다. 가장 큰 요인으로는 S&H의 계열사에서 생산되고 있는 신차가 소위 대박을 터뜨리며 불티나게 팔리는 것을 꼽고 있습니다만, 누가 봐도 그것은 표면적인 이유일 뿐 실질적으로는 대부분의 전문가들이 S&H의 유력 차기 주인인 성시혁 사장의 오랜만의 언론 노출을 꼽고 있습니다."

갑자기 그 부분에서 귀가 확 트였다.

성시혁. 그래, 그게 바로 그 남자의 이름이었다. 달빛 아래에서 자신을 싸늘하게 비웃었던 남자.

서린은 저도 모르게 설명이 더 필요하다는 듯 조금은 재촉하는 눈으로 교사를 바라보았다. 그녀가 직접적인 반응은 보이는 일은 굉장히 드물었으므로 교사는 신이라도 난 것처럼 설명을 덧붙이기 시작했다.

"성시혁 사장이라면 명실상부 대한민국이 가장 사랑하는 기업인입니다. 재계에 본진을 둔 인물임에도 불구하고 이미 상당한 수의 일반인 팬들까지 확보한 상태면 말 다한 거죠. 게다가 그의 등장은 주식 시장을 요동치게 할 수 있습니다. 그것도 아주 충분히요. 그는 재벌에다가 젊고 유능하며, 심지어 외모마저…… 흠, 아무튼 그는 당연히 여성들의 신데렐라 콤플렉스를 자극할 겁니다. 들리는 소문에는 인품도 뛰어나다고 해요."

그 이후로 이어진 소식들은 귀를 스쳐가는 말소리일 뿐이었다. 어렴풋이 알고 있긴 했지만 성시혁이라는 남자가 대단한 사람이긴 한 모양이었다. 특히 교사는 성시혁의 외모에 대해서 말할 때는 강조하는 듯한 악센트까지 사용했다. 그렇게 굉장한 외모인가.

그 남자가 유능한지, 잘생긴 건지는 잘 모르겠으나 인품이 뛰어나다는 부분에선 다소 반대의 의견이 있었다. 물론 교사에게 그 의견을 피력할 생각은 전혀 없었지만.

그렇게 계속해서 이어지던 소식은 이달 말에 L그룹에서 선상 파티를 개최한다는 것을 끝으로 마무리되었다. L그룹이라면 윤 회장과 꽤나 긴밀한 관계의 기업이었기에 또 파티에 참가해야 하는 불상사가 생기는 건 아닌지 걱정했지만 다행히 초대받은 사람만 갈 수 있다고 했다.

안심이었다. 초대받은 사람만 갈 수 있다는 것은 그야말로 급 높은 소수의 인원끼리만 놀겠다는 뜻이었으니 말이다.

어제 재경의 이야기를 일방적으로 듣던 것과는 다른 느낌이었다. 철저히 정보 전달을 목적으로 한 이야기는 역시, 재미가 없었다.

온종일 창밖을 바라보고 서 있는 것은 그다지 좋은 취미 생활이 되지 못했다. 늘 보는 것이라고는 광활할 만큼 커다란 정원과 그 정원 곳곳에서 가지치기를 하고 있는 정원사들, 오고 가는 소수의 사람들뿐이었다.

생전에 서양식 정원을 좋아했다는 윤 회장의 부인의 취향에 따라 정원은 완벽한 좌우대칭을 이루고 있었다.

커다랗게 나 있는 분수의 표면에는 햇빛이 반사되어 눈이 부시도록 반짝거리고 있었고, 정원 한가운데에 자리한 청동상은 묘한 분위기를 자아내고 있기도 했다.

확실히 아름답긴 한 것 같았지만 수년째 바라보고 있자니 딱히 감흥이 없었다. 분수대에서 뿜어져 나온 물줄기는 계속해서 허공으로 흩어지고 있었다. 왜인지 이제는 저것이 비생산적이고 무의미하다는 생각만이 들었다.

"서린이 안에 있니?"

서린은 굳게 닫힌 문 쪽으로 고개를 돌렸다. 방금 전까지 자신을 쏘아대던 셋째 윤시영의 목소리였다. 그녀가 직접 방까지 찾아오는 것은 굉장히 드문 일이었다. 무슨 일로 여기까지 온 거지. 다정한 체하는 목소리로 보아 뭔가 할 말이 있는 건 분명한데.

재빨리 표정을 갈무리한 서린이 말했다.

"네, 들어오세요."

문을 열고 들어온 여자는 30대 중반의 나이가 믿기지 않을 만큼 탄력적인 몸매를 가지고 있었다. 몸매뿐만이 아니었다. 그녀는 현대의학의 도움을 상당수 받았을지언정 객관적으로 매력적인 얼굴을 가지고 있었다. 그녀는 방 안을 스윽 둘러보다가 냉소적으로 말했다.

"방에 틀어박혀서 안 나오는 건 여전하구나? 아, 뭐 비난하는 건 아니니까 마음 상해하진 말고."

"네."

"네, 네, 거리는 버릇도 여전해. 이렇게 보면 사람은 참 쉽게 안 변하는 것 같다, 그렇지?"

비웃음이 담긴 말이었다. 서린은 잘 훈련된 미소를 띤 채 윤시영을 지그시 바라보았다.

괜한 분쟁을 만들고 싶지 않았기에 어떤 말을 하든 간에 흘려들을 생각이었지만 처음부터 이렇게 나오는 것을 보니 오늘만큼은 순순히 나갈 생각이 없는 모양이었다. 서린은 여전히 웃고 있는 얼굴로 말했다.

"사람은 쉽게 변하지 않죠."

호의가 담긴 척하고 있지만 공허하기 그지없는 목소리였다. 윤시영이 그것을 모를 리 없었다. 그녀는 손을 뻗어 서린의 뺨을 두어 번 두드렸다.

"난 가끔 너 보면 소름 돋더라."

늘 서린의 방에 상주하는 고용인들은 이때까지의 시간들이 무색하게도 단 한 명도 남아 있지 않았다. 윤시영이 물린 것이 분명했다. 적어도 이 집안의 고용인들은 항상 더 돈 많고 더 권력 있는 자의 말을 따랐으니 말이다. 윤시영은 정말 궁금한 것을 묻듯 꽤나 진지한 표정으로 말했다.

"이 밑에 있는 네 진짜 표정이 뭘까?"

"……."

"이 상판대기 가죽 밑에 있는 네 본심이 어떨지 난 너무 궁금해. 설마 우쭐해하고 있는 건 아니지? 혹시나 해서 말해두는 데 아버지가 너를 특별히 아끼는 건 네가 특별해서가 아니야. 잘 알잖아, 너도?"

윤시영은 가볍게 웃었다. 두 눈동자 위에는 적선이라도 하는 듯 역겨운 우월감을 띄우고서.

"네가 불쌍해서지. 가여운 아버지. 너 같은 이중인격을 두고 말이야. 다른 애들은 모를지라도 난 보여. 네 그 가증스런 성격."

"유감스럽네요. 제가 진심을 내보이지 않으려던 건 절대 아니었는데."

서린은 비웃음을 삼키며 곤란한 듯 미소 지었다. 적어도 이 여자 앞에서는 죽을 때까지도 진심을 내보일 생각이 없었다.

가증스런 성격이 보인다고? 상관없다. 애초에 들키지 않으려고 한 적조차 없었으니까.

윤시영 같은 유형의 사람들은 오히려 대하기 쉬웠다. 그저 질려 나가떨어지기만을 기다리면 됐다.

자신을 능숙히 숨기고 또 하나의 가면을 만들어내는 서린을 보며 윤시영은 혀를 내둘렀다.

"역시 가증스러워, 너."

서린은 구태여 그 말에 대답하지 않았다. 윤시영의 본론을 이끌어내기 위해서였다. 갑작스런 정적이 생기자 아니나 다를까 윤시영이 먼저 고요함을 깨며 꽤나 조급한 목소리로 뭔가를 말해왔다.

"아침에 아버지가 한 말은 머릿속에서 지우는 게 좋을 거야."

역시 그거였나. 놀라울 만큼 뻔했다.

"네, 말씀드린 대로 저는 경영에 뜻이 없어요. 소질도 없고요."

"그래, 그 정도 주제는 파악해야지. 그런데 아버지는 아직도 포기를 못 하시는 것 같단 말이야."

윤시영은 그렇게 말하며 서린의 눈앞에 빳빳한 종이를 내밀었다. 경영에 참가하지 않겠다는 계약서라도 가져온 것인가 싶었으나 아니었다.

〈Invitation〉

앞면을 가득 채운 활자에 서린은 작게 물었다.

"초대장인가요?"

"그래. 그것도 이번 달 말에 열리는 L그룹의 선상 파티 초대장. 넌 없을 거야. 물론 우리 가족은 모두 초대 받았지. 당연히 아버지도 참가하시고. 근데 내가 L그룹 쪽 사람이랑 연줄이 좀 있어서 초대장을 하나 더 구했거든?"

윤시영은 가지고 있던 초대장에서 손을 뗐다. 동시에 초대장이 바닥으로 떨어졌다.

"이건 네 거야."

"……."

"그야말로 톱클래스의 사람들만 오는 파티니까 나한테 고마워하도록 해."

서린은 오래 지나지 않아 윤시영의 의도를 파악할 수 있었다. 윤시영은 오른쪽 입가를 비틀어 올리며 비릿하게 말했다.

"거기서까지 네가 혼자서 구석에 처박혀 있으면 아버지 생각도 좀 달라지시겠지. 아, 그리고 불참은 초대장을 발행한 L그룹에 대한 모욕이니 생각도 말고."

싱겁게도 윤시영은 그렇게 방을 나가버렸다. 거기에 확신했다. 윤시영은 자신이 매사에 진심이 아니라는 것은 알지언정 자신이 어떤 사고를 가졌는지는 전혀 모르고 있었다.

유감스럽게도 윤 회장이 자신에 대해 어떤 생각을 하든 그것은 그녀가 알 바가 아니었다.

서린은 다시 창가로 고개를 돌리며 감상평을 내리듯 생각했다.

귀찮은 일이 생겼다.

분수대에서 솟아오른 물줄기가 흩어지는 모양새가 방금 전보다 더 지루했다.

이달 말이라고 해봤자 일주일이 채 남지 않은 상태였기에 서린을 담당하는 고용인들은 드레스나 장신구를 구하기 위해 여기저기 바쁘게 쏘다녀야 했다. 취향이 확고하다면 오히려 쉽겠지만 서린은 딱히 취향이랄 것도 없어서 고용인들은 최대한 많은 종류의 의상을 확보하는 데 혈안이었다. 그에 반해 옷을 고르는 당사자인 서린은 늘 제일 처음 보여주는 옷을 선택했지만 말이다.

그끄저께와 같은 그저께, 그저께와 같은 어제, 어제와 같은 오늘을 흘려보내며 서린은 이제 남은 시간이 2주쯤이라는 사실을 상기했다.

"……조금만 더 버티면 돼."

시간은 그렇게 흘러갔다.

앞으로 남은 시간 동안 파티를 얼마나 많이 다니게 될지는 모르겠지만 오늘이 최악의 파티가 될 것임은 자명했다. 저녁쯤 승선해서 다음 날 아침에 돌아올 예정이라니. 실소를 금할 수 없었다.

그때였다.

"아가씨, 지금 들어가도 되겠습니까?"

그 말에 긍정적인 대답을 하자마자 두 명의 고용인이 화려한 드레스들이 잔뜩 걸린 행거를 밀고 방 안으로 들어왔다. 그 뒤를 따르는 이들은 두 손 가득 구두, 목걸이, 귀걸이 따위들을 들고 있었다.

"아가씨, 파티 의상을 선택해주셨으면 합니다."

서린은 거의 기계적으로 답했다.

"모두 아름답네요. 고생해주셔서 다들 고마워요."

"과분한 말씀이십니다. 그럼 첫 번째 의상부터 보여드리죠."

피상적인 말들이 수없이 오간 의상 선택 과정은 무난했다. 사실 뭘 입고 가든, 뭘 걸고 가든 아무 상관이 없었기에 서린은 늘 그래왔듯 가장 처음 본 의상과 장신구들을 선택했다. 차분한 파스텔 톤의 과하지 않은 드레스는 그녀를 닮아 있었다.

"곧 승선을 위해 이동하시게 될 겁니다."

그 말을 들은 시점부터 승선 직전의 시점까지 서린은 아무런 생각도 들지 않았다. 이름 모를 누군가가 휠체어를 미는 대로 움직이고, 그가 원하는 방향으로 나아간다. 수동적이기 짝이 없는 삶 속에서 생(生)의 감각이라는 것이 닳아가고 있었다. 아니, 이미 해져버렸을지도.

요즘 들어 부쩍 머리가 둔해지는 느낌을 자주 받곤 했다. 생각의 흐름이 마비되고 뇌가 굳어버리는 것만 같은 착각에 그녀는 승선 직전이 되어서야 가까스로 정신을 차릴 수 있었다.

"……여기까지 데려다주셔서 감사해요. 내일 뵙죠."

거기에 등 뒤의 고용인이 뭐라고 대답했으나 서린은 그 말을 인지할 수 없었다. 그러나 그녀는 아무 미련 없이 승선을 위해 휠체어의 오른쪽에 달린 스틱을 앞으로 기울였을 뿐이었다.

그녀가 초대장을 제시하고 크루즈에 올라탐과 동시에 여러 가지 의미를 담은 시선이 그녀에게 쏟아졌다. 다들 체면이 있는지라 노골적으로 보지는 못했지만 하나같이 흘긋대며 그녀를 살피고 있었다. 이내 늘 그래왔듯 Y그룹에 대한 이야기가 나왔다.

익숙한 단어의 나열이 그녀의 귀를 스쳤고 서린은 어디가 가장 조용한 곳일까 가늠하다가 2층으로 올라가기로 했다.

Y그룹의 사람들은 아직 오지 않은 듯했다. 아무튼 지금은 2층으로 올라가 조금이라도 쉬어야 할 것 같았다. 대부분의 호화 시

설이 1층에 있었으므로 2층까지 올라올 사람들은 많지 않을 것이었다.

갑자기 정신이 자꾸만 흐릿해지고 있었다. 눈에 보이는 모든 상황에서 현실성이라고는 느껴지지 않았다. 흡사 붕 떠 있는 듯한 느낌이었다. 장면 장면이 휙휙 지나가는 듯한 현기증에 서린은 눈을 세게 감았다 떴지만 달라진 것은 없었다.

다급하게 이마를 짚은 그녀는 자신이 어느덧 2층에 도착했음을 깨달았다. 자꾸만 눈이 감겼고 제대로 된 말소리가 나오지 않았다. 둔기로 얻어맞기라도 한 듯 몽롱했다. 그렇게 그녀의 세상 위로 검은 장막이 내려앉았다. 정신을 잃은 것이 언제쯤이었는지 가늠도 할 수 없었다.

아틀란티스에는 불문율이 있었다. 릴레의 죽음을 절대 잊어서는 안 된다는 것.

사실이었다. 릴레의 죽음은 아틀란티스의 영원한 치욕이자 수치였다.

릴레가 인간에게 미혹되어 마녀와 비밀리에 계약을 치른 뒤 인간계로 도망간 것부터가 비극의 시작이었다. 그녀는 거의 제정신이 아니었고, 한 인간만 칼로 찔러 죽이면 모든 것을 원래대로 돌릴 수 있었음에도 결국 죽이지 못했다고 했다. 그 결과 릴레는 자신이 죽여야 했던 왕자라는 인간에게 모든 생명력을 받친 채 물거품이 되어야 했다.

당시 자리에 있던 한 서구인은-그는 릴레의 정체를 알고 있었다- 이를 미화해 세상에 내놓았다. 그것도 버젓이 『인어 공주』라는 제목을 달고서.

그 치욕스러운 사건은 동화로써 인간들 사이에서 전파되었다.

그러나 당시 너무도 어렸던 한 소녀는 그 사실을 모르고 있었다.

물살이 너무나도 거칠어 온 세상이 어수선했던 날이었다.

폭풍우.

피부 위로 내리치던 굵은 빗줄기.

익숙지 않은 공기의 흐름.

……놓치지 않으려 애쓰던 차가운 손.

불꽃이 타고 남은 새까만 재를 닮은 아이.

각각의 이미지가 정신없이 뒤엉켰고 서린은 순간 눈을 번쩍 떴다.

숨을 몰아쉬며 주위를 둘러보니 평범한 호텔과 같은 구조를 가진 방이 눈에 들어왔다. 자신은 침대 위에 누워 있었다. 일단은 기억을 더듬어야 했다.

우선 오늘은 L그룹에서 주최하는 선상 파티에 참가하는 날이고, 의상도 모두 골랐다. 그러고 보니 승선까지 한 것 같다. 왜인지 초대장을 보여준 뒤엔 정신없이 2층으로 올라갔었던 것도 같다. 그렇게 어느 순간 까무룩 정신을 놓아버렸고 말이다.

그렇다면 여기는 어디란 말인가. 적어도 배 안이라는 것은 분명한데.

간신히 옆에 놓인 휠체어로 몸을 옮긴 그녀는 망설임 없이 방문을 열었다. 이 크루즈의 구조가 어떻게 되어 있는 것인지는 모르겠으나 가장 먼저 보인 것은 드넓게 펼쳐진 바다였다. 특유의 비릿한 냄새와 바닷바람에 몸이 먼저 반응해 눈으로 보기 전부터도 알 수 있었다.

꽤나 어두웠기에 사람의 존재를 인식한 것은 시간이 조금 지난 뒤였다. 난간이 있는 건지 없는 건지는 확실치 않았으나 한 남자가 바다를 등지고 서 있었다.

요란한 소리를 내며 하늘 위에서 폭죽이 터진 것은 그 즈음이었다. 화약의 매캐한 냄새가 느껴짐과 동시에 남자의 얼굴이 순간 빛에 환하게 노출되었다.

서린은 몸을 굳혔다. 2, 3초에 한 번 꼴로 드러나는 잔혹할 만큼 무표정한 얼굴이 묘하게 낯이 익었다.

소름 끼칠 만큼 잠겨 있는 목소리로 그는 말했다.

"굉장히…… 거슬리는군."

그 목소리에 서린은 그가 일전에 달빛 아래에서 봤던 그 남자임을 직감했다. 이마를 가린 흑발, 그 사이에서 번뜩이는 검은 눈에 서린은 왜인지 조금도 움직일 수가 없었다. 조소를 머금었던 그 얼굴이 두려워서는 아니었다.

그녀는 적의가 잔뜩 담긴 목소리로 말했다.

"당신이 할 말은 아니야."

바깥은 본격적인 불꽃놀이가 시작이라도 된 듯 시끌벅적했으나 검은 바다는 적요했다. 그 역시 아무런 대답이 없었다.

그보다 아무래도 그가 서 있는 곳엔 난간이 없는 듯했다. 사방이 뚫려 있는 상태였기에 그는 당장이라도 바다에 떨어져도 이상할 게 없었다. 그가 어찌 되든 상관없긴 했지만 되도록 자신이 보는 앞에서 죽진 말아줬으면 했다. 서린은 진심으로 경멸을 담아 읊조렸다.

"죽고 싶은 거면 아무도 없는 곳에서 혼자 죽는 게 어때. 그런 장면 보는 취미는 없거든."

"……죽어?"

그는 목을 긁는 듯한 음성을 내며 비릿하게 웃었다.

"내가?"

그럴 리가 없다는 듯 오만하게 웃는 그 표정에 서린은 가슴이 답답해져왔다. 또 방금 전처럼 뇌가 굳어버리는 듯한 감각이 느껴졌다. 피가 굳고, 심장이 펌프질을 멈추고, 혈관이 툭 끊겨버리는 듯한 느낌이었다.

서린의 눈동자가 흔들렸다. 자꾸만 목이 탔다. 그는 다시 입을 열었다.

"아니."

그는 그렇게 단언했지만 반대로 그의 몸에서는 힘이 빠져나가고 있었다.

정말 이상한 일이었다. 방금 전까지만 해도 꼿꼿이 서 있던 남자는 그 몸이 뒤로 젖혀진 지 단 1초 만에 시야에서 사라져버렸다. 성인 남성이 물에 빠졌을 때 날 만한 묵직한 소리가 귓가를 스쳤으나 배는 그가 빠진 자리를 지나쳐 계속 앞으로 나아갈 뿐이었다.

서린은 텅 빈 바다를 바라보며 이를 악 물었다. 이게 대체 무슨 짓인가.

도저히 의도를 파악할 수 없는 행동이었다. 자신이 보는 앞에서 자살이라도 한 것인가.

분명 취한 것처럼 보이진 않았었다. 취했다고 단정 짓기에는 그의 눈동자가 지나치게 또렷했다. 오히려 그는 너무나도 멀쩡했다.

맨정신으로 이런 짓을 하다니. 최악이었다.

이런 상황은 정말이지 싫었다. 머릿속에서는 자꾸만 특정 장면이 재생되려 하고 있었다.

심해로 가라앉는 육신, 애처롭게 뻗는 차가운 손, 도무지 트이지 않는 숨통……. 이상한 일이었다. 그 남자가 느껴야 할 고통이 고스란히 서린에게로 쏟아져 내렸다.

어지러운 머릿속을 갈무리할 생각도 하지 못하며 서린은 한참을 멍하니 있다가 뒤늦게야 휠체어를 배의 끝까지 몰고 갔다. 결론은 유일했다.

그 남자는 미쳤다.

그녀는 다급히 몸의 무게 중심을 앞으로 옮겼고 곧 나약한 육신은 힘없이 물속으로 떨어져 내렸다.

왜 그를 구하기 위해 물속에 뛰어든 것인지는 차가운 물에 피부가 젖어들 때까지도 알 수 없었다. 그저 이렇게 하지 않으면 심장이 멈출 것만 같았다. 뇌가 굳어 움직일 수 없을 것 같았다. 거의 무의식중에 이루어진 행동이라 봐도 좋았다.

일단은 구해야 했다.

그녀의 하반신은 기본적으로 물이 닿으면 꼬리로 변모했고 물기가 사라지면 두 다리로 돌아올 수 있었다. 변모한 하반신 위로 물결이 일었다. 물의 흐름은 그녀를 중심으로 재정립되기 시작했다. 바다 전체가 요동치며 그녀를 반기고 있었다. 지독했던 두통은 거짓말처럼 사라졌고 정신은 말끔해졌다.

그 누구의 숨소리도 들리지 않는 새파란 물속에서 그녀의 회색빛이 스민 물색 눈동자가 반짝였다.

물에 빠진 지 족히 3분은 되었을 텐데도 남자는 멀리 있지 않았다. 기절한 듯 눈을 감은 채 바다 밑으로 떨어지고 있는 그를 향해 서린은 기민하게 움직였다. 지느러미가 부드럽게 흔들렸고 꼬리가 움직이는 대로 그녀는 앞으로 나아갈 수 있었다.

물살이 잔잔해서 다행이었다. 서린은 단숨에 남자의 머리를 약하게 끌어안고 위를 향해 헤엄쳤다. 물 위로 올라오는 것은 비교적 수월했다.

이 남자는 수영을 할 줄 모르는 것인가. 그는 물에서 벗어나기 위한 그 어떤 시도조차 하지 않은 것 같았다. 서린은 자신이 아니었다면 이 남자는 죽었을 것이라고 확신할 수 있었다.

그런 주제에 다리병신이라고 했단 말이지.

서린은 자신의 악의를 가감 없이 내보이며 눈을 감은 남자에게 말했다.

"……미친 사람."

순간 남자의 입가가 묘하게 움직인 것 같았으나 서린은 기분 탓일 거라고 치부했다. 어느 모로 보나 남자는 정신을 잃은 상태였다. 무엇보다 제정신으로 아무런 저항도 없이 바닷속으로 처박히고 있었을 리는 없었다.

일 처리는 생각보다 간단했다. 물의 도움을 빌어 수면 위로 올라와 그를 제자리로 되돌려놓고 선내 비상 연락망으로 도움을 요청하니 끝이었다.

휠체어에 다시 올라타는 것도 수월했다. 처음으로 어떤 쪽에서든 쉽게 탈 수 있는 천문학적 액수의 전자동식 휠체어임에 감사함을 느낀 차였다.

두통은 물 밖으로 나오니 다시 시작되었다. 두통약도 듣질 않는 이 통증을 끝낼 수 있는 방법을 알진 못하지만 왜인지 지금으로서는 이 남자의 곁을 벗어나는 것이 최선인 것만 같았다.

죽는 걸 두고 볼 수가 없어 살려두긴 했다만 두 번 다시 저 남자와 마주치고 싶지는 않았다.

서린은 두통이 더 심해지기 전에 어서 방을 벗어나기로 했다.

밖으로 나가는 그녀의 눈동자가 정신없이 흔들렸다.

1층의 광경이 한눈에 보였다. 가장 먼저 눈에 들어온 것은 턱시도를 입은 윤 회장을 비롯한 나머지 다섯 명의 호적상 혈연들이었다. 그중에서도 윤시영은 주위를 두리번거리며 누군가를 열심히 찾고 있었다. 구석구석 살피고 있는 꼴을 보니 자신을 찾고 있는 게 분명했다.

순순히 아래층으로 내려가줄 생각은 없었다. 우선 몸도 좀 말려야 했고 말이다. 다행히 얇은 소재의 옷이라 바닷바람에도 빠르게 물기가 마르고 있었다.

2층은 방금 전보다 많은 사람들로 북적이고 있었다. 대여섯 명씩 한테이블을 차지하고 음식이며 술이며 먹어대는 모습을 보며 서린은 약간의 허기를 느꼈다.

그 허기란 평소에도 종종 느끼던 것이라 별다를 것은 없었다. 그냥 음식을 먹으며 채우면 그만이었다. 하지만 오늘 처음, 어쩌면 이건 단순한 배고픔이 아닐지도 모른다는 생각이 들었다.

"어?"

정확히 오른쪽 머리 위에서 난 음성이었다. 반가움이 담긴 목소리가 자신의 몫은 아니겠지만 서린은 저도 모르게 고개를 돌려 목소리를 낸 사람을 확인하고 말았다. 동시에 그녀는 놀란 표정을 지을 수밖에 없었다.

이름이 뭐였더라. 분명 '이'로 시작하는 이름이었는데.

"여기서 다 만나네요. 혹시 나 기억해요?"

그렇게 말하며 그는 자신을 가리켜 보였다. 어떻게 잊을 수가 있을까. 하루 반나절 꼬박 자신의 얘기만 하다 간 사람을.

서린은 순순히 고개를 끄덕였고 거기에 그의 표정이 순식간에 밝아졌다. 밝은 갈색 눈동자가 다정하게 휘어지는 순간 서린은 작게 감탄했다. 어떻게 저런 표정을 지을 수가 있는 걸까.

표정 연습에만 몇 시간씩 쏟아부었던 때가 있었다. 자신은 아마 저런 표정을 짓고 싶었을 거다.

서린이 그의 얼굴에서 시선을 떼지 못하고 있는 가운데 그가 뭔가를 말해왔다.

"와, 기억해주는구나. 하긴, 내가 잊기 힘든 타입이긴 하죠? 말도 많고, 대책 없이 밝기도 하고. 사실 난 그렇게 생각 안 하는데 다들 그렇다더라고요. 어떻게 생각해요? 나 진짜 그런가?"

그 말에 서린은 고민할 것도 없이 고개를 끄덕였다. 악의가 담긴 건 아니었다. 오히려 서린은 그가 나쁜 사람은 아닌 것 같다고 생각하고 있었다.

망설임 없이 고개를 끄덕이는 서린의 반응에 그는 뒷머리를 긁적거리며 부끄러운 듯 웃었다. 진짜 그렇구나, 하고 중얼거리는 그의 얼굴이 방금 전에 비해 약간 상기되어 있었다.

"아, 음. 그래도 막 비호감이라거나 이런 건 아니죠?"

"……아."

그의 표정이나 말투가 부럽다고는 생각해본 적 있지만 싫다고 느낀 적은 없었다. 서린은 무척이나 오랜만에 자신의 의견을 말하기 위해 입을 열었다.

"비호감 아니에요."

"정말?"

"네."

"다행이다."

그의 얼굴 위로 기쁜 빛이 스쳐 지나갔다. 정말이지 있는 그대로의 감정을 보여주는 사람이었다.

"근데 여기서 뭐 하고 있었어요?"

"그냥 있었어요."

서린은 자꾸만 방금 자신이 열고 나왔던 방문 쪽으로 돌아가려는 시선을 애써 눈앞의 그에게로 고정했다.

신경이 쓰이는 건 절대 이상한 게 아니었다. 선내 비상 연락망으로 연락하면 바로 안전요원이라든지 하는 사람이 방으로 뛰어들어갈 줄 알았건만 그게 아니었던 것이다. 이것만은 자신의 실수였다. 적어도 숨 쉬는 것은 확인을 하고 왔어야 했다.

자꾸만 생각이 다른 쪽으로 편향되는 것을 숨기며 서린은 애써 일상적인 어투로 말했다.

"바쁘지 않아요."

"잘됐다."

"네?"

"그럼 혹시 시간 있으면 내가 만든 디저트 먹어볼래요?"

화법 교사에게 배운 대로 고개를 끄덕이며 뭔가를 말해야 했다. 가능하다면 요청을 한 발화자가 좋아할 만한 말을 하며. 하지만 서린은 가만히 멈춰 있기만 했다. 그녀의 머릿속으로 어떠한 감각들이 파고들어 왔기 때문이었다.

숨통이 막히는, 싸늘하게 식어가는.

이대로는 과부하가 걸리지 않을까 싶을 정도로 머릿속이 복잡해졌다. 그 와중에도 숨은 계속해서 턱턱 막혔다. 이내 한 가지 생각만이 그녀의 머릿속을 가득 메웠다.

확인을 해야 했다.

그 남자가 제대로 숨을 쉬고 있는지 확인을 해봐야 이 원인 모를 구속에서 벗어날 수 있을 것 같았다.

"오늘 여기저기 나눠주려고 디저트를 많이 구워왔거든요. 저쪽 테이블에 쭉 진열해뒀는데. 어때요?"

그의 호흡을 확인해야 한다는 강박은 눈 깜짝할 새 그녀를 지배했다.

서린은 순식간에 목구멍까지 차오른 압박감에 말을 하고 있는 그의 음성조차 제대로 인지할 수 없었다. 그녀는 할 수 있는 최대한 침착하게 대답하기 위해 숨을 고르고는 천천히 입을 열었다.

"잠시만 시간을 좀 주실래요? 저도 꼭 먹고 싶으니까, 그러니까 곧 다시 올게요. 죄송해요."

대답을 들을 여유는 없었다. 서린은 정신없이 방금 전의 방으로 휠체어를 몰았다. 침착할 수 있는 사고 회로가 망가진 것 같았다.

마치 방금 전 본능적으로 물에 빠졌을 때와 비슷한 느낌이었다.

그의 정체가 대체 뭐기에.

순간처럼 그런 물음이 떠올랐지만 이내 사라졌다. 지금은 거기에 대한 답을 낼 시간이 없었다.

벌컥.

이제껏 공기가 무겁다고 생각해본 적 없었다. 그러나 밀폐된 방 안의 공기와 맨살이 닿았을 때 그녀는 처음으로 피부가 기압에 짓눌리는 것 같다는 생각을 했다.

분명 방금 전까지만 해도 물에 젖어 창백한 얼굴을 하고 있었던 것 같은데.

남자는 방금 전의 얼굴을 모두 벗어던진 채 무표정한 얼굴로 서린을 내려다보고 있었다. 그를 위해 만들어진 듯 무척이나 잘 맞아떨어지는 검은 정장을 입은 채였다. 그는 스산한 목소리로 물었다. 거두절미했다.

"누가, 날 물에서 끄집어 올렸지?"

그 느리면서도 우아한 발음에 서린은 저도 모르게 거짓말로 대답했다.

"……선내에서, 대기 중이시던 안전 요원분께 부탁했습니다."

상식적으로 믿을 수밖에 없는 거짓말이었다. 휠체어에 타고 있는 그녀가 무슨 수로 그를 구했을 거라고 생각하겠는가. 게다가 물기도 거의 완전히 말라 그녀는 물에 빠진 적도 없어 보였다.

잠시간의 정적 후 그는 짓씹듯 발음했다.

"경고 하나 하지."

그 목소리를 듣고 나서야 새삼 그가 방금 전의 남자임을 깨달은 서린은 놀란 표정을 숨기지 못한 채 그를 바라보고 말았다.

무슨 생각을 하는지 감조차 잡히지 않는 깊은 눈매와 흑발은 비현실적인 조화를 이루고 있었다. 지나치게 강렬한 남자였다.

그는 곤란한 듯 미간을 찌푸린 채로 옷매무새를 다듬으며 말했다. 여전히 잠겨 있는 목소리였다.

"다시는 내 눈 앞에 띄지 않는 게 좋아."

"……."

"오늘까지는, 참겠지만."

달칵거리는 소리가 났다. 귀에 거슬리는 금속성의 소리는 남자가 손에 든 은색 지포라이터에서 발생된 것이었다.

"다음번엔 내가 어떻게 날뛸지."

그는 입에 문 담배에 불을 붙이고는 비릿하게 웃었다.

"나도 몰라."

쿵, 하고 심장이 내려앉는 기분에 서린은 반사적으로 눈을 질끈 감을 뻔했다. 그녀는 자신의 이상 현상에 의아함이 든 것도 잠시 그의 말뜻을 이해하곤 표정을 굳혔다.

자신이 그에게 해를 끼친 적은 없었다. 기억할 리 없겠지만 구해줬으면 구해줬지 해코지 당할 만한 행동은 하지도 않았다. 그런데 왜 저 남자는 늘 기분 나쁠 정도로 차가운 말만 해대는 것인가.

그럼에도 서린은 그의 말을 무시할 수가 없었다. 첫 만남이 너무나도 불쾌했던 탓일지도 몰랐다. 그의 말은 좀 더 깊고도 빠르게 폐부로 뚫고 오는 듯한 뭔가가 있었다.

하지만 그녀는 그런 사실 따위 철저히 외면하며 오기로 대답했다.

"그러죠. 다시 보지 않기로 해요."

평소와 달리 감정적으로 대답한 그녀는 휠체어를 문 앞까지 빠르게 몬 뒤 작게 읊조렸다.

"……근데, 애초에 내가 다시 보고 싶다고 말한 적 있어?"

그렇게 말하며 그녀는 미련 없이 방을 나왔다. 이번에야말로 다시는 마주칠 일이 없길 바라면서 말이다.

그녀 자신도 모르게 움켜쥔 주먹이 부들부들 떨려오고 있었다.

속이 울렁거렸다. 토할 것 같았다.

아니, 토해내야 했다.

공복임에도 불구하고 서린은 자꾸만 뭔가를 게워내야 할 것만 같은 강박감에 사로잡혔다. 연신 우발적인 헛구역질이 열린 목구멍 밖으로 일었지만 그 흔한 위액조차 역류하지 않았다. 역겨운 이물감만이 명치 부근에서 맴돌고 있을 뿐이었다. 아무리 혀뿌리까지 손가락을 집어넣어봐도 결과는 마찬가지였다.

그제야 서린은 깨달았다. 자신은 체한 것 따위가 아니었다. 때문에 아무리 게워낸다 하더라도 이 이물감을 씻어낼 수는 없을 것이었다.

이내 머리가 깨질 듯 아파왔지만 서린은 멍하니 앉아 화장실의 격자 타일을 바라볼 뿐이었다. 그렇게 그녀는 한참이나 꼼짝 않고 앉아 있었다.

문득 정신이 들었을 때 인지한 흰색과 검정색의 배열은 끔찍할 정도로 규칙적이었다. 거기에 아찔함을 느낀 나머지 그녀는 두 눈을 감아버리고 말았다.

누군가의 목소리가 그녀의 귓가를 스쳐간 것은 그때쯤이었다.

'굉장히 거슬리는군.'

귓구멍을 관통하는 듯한 통렬한 감각에 서린은 다급히 손을 들어 두 귀를 틀어막았다. 그러나 역부족이었다. 조금의 여유도 없이 다시 한 번 그 남자의 목소리가 들이닥쳤다.

'다시는 내 눈 앞에 띄지 않는 게 좋아.'

"……그만."

서린은 어깨를 떨며 애원하듯 말했으나 그 부탁을 들어줄 이는 단 한 명도 없었다.

'오늘까지는 참겠지만, 다음번엔 내가 어떻게 날뛸지.'

"그만해……."

'나도 몰라.'

이제는 음성인지 진동인지 구별할 수도 없었다. 자꾸만 귓가를 윙윙대는 목소리에 서린은 악에 받쳐 소리 질렀다.

"그만해!"

왜 이렇게까지 민감해지는 건지, 왜 조금도 감정을 감출 수 없는 것인지 생각하는 것은 이미 뒷전이었다. 당장 귓가에 맴도는 그의 목소리가 너무나 큰 고통이었다.

쉼 없이 종이 울려대는 느낌이었다. 그의 목소리가 계속해서 맥놀이 치는 가운데, 한 날카로운 파열음이 그 소리의 진동을 끊어냈다.

쨍그랑.

백조 모양의 유리 공예품이 아래로 떨어져 내렸다. 대리석 바닥에 닿기 무섭게 머리며 몸통, 다리로 산산이 조각나버린 백조의 모습은 안쓰럽기 그지없었다. 그러나 그녀는 이제 한낱 쓰레기에 불과한-한때는 백조였을-파편들에 고마움마저 느꼈다.

이제 머릿속에 남은 것은 이명과도 닮은 단조로운 전자음뿐이었다. 늘 달고 살아 익숙한 소리기도 했다.

서린은 휠체어를 꽉 붙잡으며 중얼거렸다.

"2주. 2주만 더 있으면 돼."

2주만 있으면 이 지긋지긋할 만큼 거대한 감옥에서 벗어날 수 있었다. 그러니까 늘 그랬듯, 또 버티면 됐다. 아는 방법이라곤 그것밖에 없었다.

서린은 조금이라도 빨리 화장실을 벗어나 바다의 향이라도 맡기 위해 스틱이 아닌 바퀴를 잡았다. 힘은 더 들겠지만 이쪽이 훨씬 빠를 것이었다.

그러나 그녀의 생각보다 휠체어는 무거웠고, 그녀가 지나치게 서두른 탓에 휠체어 바퀴는 앞으로 나아가지 못하고 헛돌다가 돌연 자리에 멈춰 서고 말았다.

휠체어는 끼익, 하는 소리를 내며 제자리에 섰고, 빌어먹을 관성의 법칙에 따라 그녀의 몸은 앞으로 쏠려버렸다. 보통 사람들이라면 능숙히 두 다리로 착지했겠지만 그녀에게 그런 일이 가능할 리가 없었다. 그녀의 몸은 아래로 떨어졌고 반사적으로 바닥에 짚은 두 손에는 끔찍한 고통만이 파고들어 왔다.

"읏……."

그녀는 신음을 삼키며 손바닥을 확인해보곤 허탈하게 웃었다.

화를 낼 수가 없었다. 손바닥에 박힌 것은 방금 전까지만 해도 고마운 존재였던 백조의 파편이었다.

손바닥만 해도 이렇게 엉망진창인데 다리라고 다를 건 없을 것이었다. 예상대로 얇은 소재의 치마를 들추어내자 붉게 물들어버린 두 다리가 눈에 들어왔다. 당연하게도 고통은 없었다. 다만 깊이 찔린 부분에서 흘러나온 피가 바닥으로 떨어지며 허벅지 옆으로 붉은 선을 더하는 장면이 더없이 불쾌했을 뿐이었다.

휠체어가 이미 저만치 멀어진 상태였기 때문에 이젠 누군가의 도움 없이 이곳을 나가는 것은 불가능한 일이 되어버렸다.

정신없이 도와달라고 소리라도 지르는 것이 정상이겠지만 서린은 그렇게 하지 못했다. 아니, 그렇게 하지 않았다.

적어도 오늘만큼은 그 누구에게도 살려달라고 구걸하고 싶지 않았다.

그녀는 휠체어에서 떨어진 상태 그대로 옆으로 누워 예의 그 끔찍하리만큼 규칙적인 타일을 바라보았다. 오래지 않아 머리가 핑 돌았다. 그 현기증에 그녀는 또 다시 그저 눈을 감아 내릴 뿐이었다.

그렇게 백합 같은 육신이 속절없이 생명력을 잃어가고 있을 때였다.

"서린 씨! 서린 씨!"

누군가 Y그룹 막내딸의 이름을 불러대고 있었다. 서린은 감았던 눈을 게슴츠레하게 떴다.

순간 문이 거칠게 열리는 소리가 들렸고 곧 서린은 숨조차 쉬지 못하며 놀란 표정을 짓고 있는 예의 그 다정한 남자를 볼 수 있었다.

아, 이제야 기억이 난다. 이름이 이재경이었다. 꼭 그와 같이 따뜻한 느낌의 이름이었는데 왜 이제야 기억이 난 걸까. 그보다 디저트를 먹으러 가겠다고 했었는데.

피로 물든 화장실을 보고 사색이 된 그는 아무 말 없이 자세를 낮추고는 단번에 서린을 안아 올렸다. 서린은 흐릿한 정신 속에서 그의 체온을 느끼고는 몸을 움츠렸다. 작게 웅얼거리기도 했다.

"괜…… 찮아요."

그가 도와주지 않았으면 했다. 인간으로서의 삶에서 긍정적인 기억 따위 남겨두고 싶지 않았기 때문이었다. 그러나 그를 밀어낼 순 없었다. 손바닥에 박힌 백조의 파편이 그를 다치게 할 것이었다.

재경은 예전과 같이 햇살을 닮은 목소리로 말했다.

"많이 아프죠."

"……."

"조금만 기다려봐요. 내가 치료해줄게요."

실은 살갗에 박혀 있는 유리 조각들보다 그 말이 더 무서웠다. 저렇게나 다정한 말들을 감히 들어도 되는 건가 싶은 두려움에, 가슴이 요동쳤다.

"사실 의대를 나왔거든요. 이상하죠? 꿈은 파티시에, 현직은 상담사, 그런데 의대 출신. 게다가 레지던트까지 했었는데."

그는 선내 치료실로 보이는 곳으로 서린을 데리고 와 손바닥을 치료해주는 중이었다. 피비린내에 비위가 상할 텐데도 그는 아무 불평이 없었다. 유리를 하나씩 빼낼 때마다 아프게 해서 미안하다는 식의 미소까지 지어 보이는 탓에 서린은 아픈 티도 낼 수 없었다.

그는 이번에도 듣기 좋은 목소리로 자신의 이야기를 해주고 있었다.

"왜 의사 그만뒀는지 궁금하죠? 그게, 의사란 직업이 참 할 게 못 되더라고요. 적어도 나한텐 그랬어요. 직접 집도한 게 아닌데도 수술 결과가 안 좋으면 마음이 너무 아프고. 뭐, 그렇더라고요."

"……."

"뒤늦게 깨달았어요. 의사란 건 아무리 처음 보는 환자일지라도 그 사람의 마지막을 보며 가야 하는 직업이란 걸. 아무래도 난 사람들 맛있는 거 먹여주고, 사람들이랑 이야기하는 게 더 좋더라고요. 그래서 그만뒀어요."

서린은 가만히 재경을 응시했다. 흰 가운이 무척이나 잘 어울릴 것 같은 남자다. 그러나 의사라는 직업이 무리일 것 같긴 했다. 이 남자에게는 예쁜 디저트를 만들고, 온종일 누군가에게 이야기를 해주는 쪽이 훨씬 더 잘 어울렸다.

별안간 재경이 그녀에게 눈을 맞춰왔다.

"그래서 난."

"네."

"서린 씨가 신경 쓰여요."

"……네?"

깊게 박힌 유리 파편을 하나 더 뽑아낸 그가 말을 이어갔다.

"서린 씨는 꼭 마지막에서 사는 것 같아서요."

그는 예리한 사람이었다. 서린은 그의 말에 긍정도 부정도 하지 못한 채 희미하게 웃을 뿐이었다. 재경도 더 이상 거기에 대해 이야기하지 않았다.

"더 다친 곳은 없어요?"

어느덧 치료를 마친 그가 물어왔고 서린은 혈액이 낭자했던 허벅지를 떠올리면서도 고개를 저었다. 이 정도 호의라면 됐다. 더 이상 폐를 끼칠 순 없었다. 서린은 붕대가 감긴 손바닥을 보며 대답했다.

"덕분에 다 괜찮아요."

"음."

그는 잠깐 뭔가를 곰곰이 생각하다 툭 던지듯 말했다.

"손바닥 때문에 그렇게 피가 많이 날 순 없을 텐데. 잠시만 실례할게요."

말릴 새도 없이 그가 긴 치맛자락을 무릎까지 걷어 올려왔다. 피부 위로 말라붙은 혈흔이 드러났고 재경은 미간을 찌푸렸다.

"뭐가 괜찮아요."

조금은 화난 듯한 음성이었다.

"전 괜찮……."

"아프다고 하는 건 잘못된 게 아니에요. 아프니까 아프다고 하는 거죠. 다들 둔하고 민감하지 못해서 그제야 알아채요. 아, 재가 아프구나. 도와줘야겠구나. 도움, 그까짓 거 받을 수도 있는 거죠. 그거 절대 대단한 거 아니에요."

그는 흐려진 눈동자로 쪼그리고 앉아 다시 그녀의 다리에 박힌 파편을 뽑아내기 시작했다.

뭔가 적절한 대답을 해야 할 시점이었지만 서린은 아무런 대답도 할 수 없었다. 다만 어차피 통각을 느낄 수 없는 다리임에도 조심스레 파편을 뽑아내는 그의 모습이 너무나도 낯설어 멍하니 지켜볼 뿐이었다.

"그래도, 쓰러져 있는 서린 씨를 빨리 찾아서 다행이에요. 디저트 진열해두고 기다리고 있었는데 안 와서 얼마나 찾아다녔는지 알아요? 다음부터 선상 파티에서는 안전 요원들을 배치해달라고 말씀드려야겠어요."

"……누구한테요?"

그러고 보니 L그룹에서 개최한 선상 파티였다. 소위 잘나가는 경영인들만 참석할 수 있는 자리이기도 했다. 때문에 그를 만났을 때 더 놀란 것이었다. 재경은 당연한 듯 대답했다.

"아버지께요."

그는 그렇게 대답하곤 계속해서 치료를 이어나갔지만 서린은 조금 놀라고 말았다. 그가 L그룹의 일원이었던 것인가. 뭔가 한 가지를 간과한 것 같은 느낌이 들었지만 이어진 재경의 질문에 잡념은 사라졌다.

"곧 본격적으로 파티가 시작될 것 같은데. 어떻게 하고 싶어요?"

무의식이라는 게 참 무서웠다. 파티가 시작되면 Y그룹 사람들이 우글거릴 거라는 생각보다 한 남자와 마주칠지도 모른다는 생각이 더 먼저 들었다.

'다시는 내 눈 앞에 띄지 않는 게 좋아.'

……그를 만나고 싶지 않았다. 서린은 고개를 저었다.

"쉬고 싶어요. 여기서 내릴 때까지."

창문 너머의 옅은 파도 소리에 먼 곳에서부터 격랑이 일기 시작하는 소리는 차마 듣지 못한 채였다.

"내 도움이 필요하면 언제든 연락해줘요. 꼭이에요."

그는 끝까지 다정하기 짝이 없었다. 서린은 자신을 객실에 데려다주고 나갈 때까지 신신당부하는 그에게 고개를 끄덕여 보였다.

그 이후로 그녀는 배에서 내릴 때까지 방에서 단 한 발자국도 나가지 않았다. 선상 파티는 두 다리와 손바닥에 상처만 남긴 채 싱겁게 끝났다.

바로 다음 날 그를 볼 수 있을 거라고는 생각하지 못했었다. 응접실 안으로 들어오는 재경은 갖가지 디저트를 한가득 품에 안고 있었다.

"오늘 솜씨 발휘 좀 해봤어요. 여기서부터 에클레르, 딸기 밀푀유, 크림치즈 다쿠아즈……."

그는 한참 동안 디저트에 대해 소개하다가 별안간 마카롱 하나를 집어 그녀에게 건넸다.

"그건 며칠 전에 만든 바닐라 마카롱이에요. 사실 바닐라 잘 쓰는 사람 찾기가 정말 힘들거든요. 바닐라만큼 향 조절 힘든 재료도 별로 없고. 근데 난."

재경은 진지한 표정으로 덧붙였다.

"되게 잘해요."

서린은 딱히 대답할 거리를 찾지 못하다가 마카롱을 한 입 베어 물었다. 바삭한 겉과 달리 안은 쫀득했고, 그의 말마따나 적절한 풍미의 바닐라 향이 느껴지는 것도 같았다. 무엇보다 맛있었다.

"맛있어요."

그녀는 자신이 느낀 바를 가감 없이 말했다. 밝아진 얼굴의 재경은 심리 상담사라는 본분을 잊은 것처럼 진심으로 기뻐하며 온종일 디저트만 권했다. 그는 들고 온 모든 디저트를 먹일 기세였다. 반응이라고는 맛있어요, 밖에 할 줄 모르는 그녀였으나 재경은 무척 행복해 보였다. 다른 사람 먹여주는 걸 좋아한다는 게 거짓말은 아닌 것 같았다.

"서린 씨는 좋아하는 게 뭐예요?"

기습적인 질문에도 서린은 디저트를 먹느라 그게 질문이라는 자각을 하지 못했다.

"바다를 좋아해요."

"바다를요? 그럼 아쿠아리움 갈래요?"

보통 바다를 좋아한다고 하면 바다에 가자고 하지 않나. 서린의 의뭉스러운 표정을 알아챈 그가 수줍은 듯 말했다.

"실은 이번에 공동 투자한 아쿠아리움이 다음 달에 개장하거든요. 한 번쯤은 먼저 가봐도 좋겠다고 생각하던 차라서요. 어때요?"

왜인지 거절의 말을 하기가 힘들었다. 단맛에 취해버린 걸지도 몰랐다.

"……좋아요."

그렇게 의도치 않게 외출 약속이 잡혀버렸다.

〈도시 속의 바다, 신나는 수중 여행.〉

서린은 아쿠아리움의 입구에 쓰여 있는 문구를 가만히 올려다보았다.

도시 속의 바다라. 마땅히 넓고 푸른 바다에서 살아야 할 아이들을 포획해와 좁은 수조안에 감금해둔 것치고는 지나치게 번듯한 말이었다. 그래서일까. 비약이 심하다는 생각밖에 들지 않았다.

재경에게 신세를 진 것도 있고, 그 빚을 갚지 않고는 못 배길 것 같아 여기까지 나온 것이긴 하지만 이 안에서 들어가서도 잘 버틸 수 있을지는 미지수였다.

그때 즈음이었다. 저 멀리서 익숙한 외형의 남자가 뛰어오는 것이 보였다. 그는 단숨에 서린의 앞까지 달려와 미안한 듯 말해왔다.

"윽. 많이 기다렸죠. 미안해요, 오늘따라 차가 많이 막혀서."

"아니에요. 저도 이제 막 왔어요."

"정말? 다행이다."

안심한 표정을 짓는 그를 두고 사실 30분 넘게 기다렸다는 말을 할 수는 없었다. 그보다 다음 달 개장을 앞둔 아쿠아리움이 너무 적막해 보였다. 왜인지 안으로 들어가고 싶지 않았지만 서린은 입구의 이중 도어락에 비밀번호를 누른 후 빨리 들어가 보자는 재경을 뒤따라 아쿠아리움 안으로 들어갈 수밖에 없었다.

아쿠아리움 안으로 들어가자마자 아이들의 괴로움이 고스란히 느껴질 것이라 지레짐작하던 것과는 달리 고통은 느껴지지 않았다. 서린은 천천히 앞으로 나아가며 새파란 조명 아래 헤엄치는 생물들을 바라보았다.

너희들은 자유롭지는 못할지언정 결코 호소하는 법이 없다.

바다의 것과는 비교할 수도 없을 만큼 어색한 수조 안의 산호, 해초, 바위들을 배경으로 고요히 헤엄치고 있는 모습을 바라보자니 자꾸만 숨이 막혀왔다.

그제야 깨달았다. 다른 게 고통이 아니었다. 끝을 알 수 없을 만큼 넓은 바다의 한 조각을 가차 없이 뚝 잘라내 생기를 걷어낸 저 모습을 바라보고 있는 것 자체가 고통이었다.

그러나 변함없이 아름다운 모습이었기에 서린은 갈증을 느끼고 말았다. 눈물 나게 그리웠었다.

"……괜찮아요, 서린 씨?"

재경이 불안해 보이는 그녀의 안색을 살피며 물어왔으나 서린은 아무런 대답도 하지 못했다. 그의 말을 듣지 못했다는 게 더 적합한 표현이었다.

"애들은."

서린은 수조 속의 적갈색 열대어를 가리키며 말했다.

"다른 종이랑 섞여서 생활하지 못해요. 분리시켜줘야 해요."

"네?"

"또 애들은, 굉장히 민감해서요. 최대한 조명이 덜 들고 사람의 시선이 덜 닿는 쪽으로 옮겨주셨으면 좋겠어요. 불안해해요."

"아……."

"이렇게 둘은 천적이에요. 둘 중 한쪽이 사라질 때까지 싸울 테니까 벽이라도 하나 만들어주세요."

"……."

"부탁드려요."

재경은 놀란 눈으로 서린을 응시했다. 그녀가 뭔가를 부탁해오는 것도 처음이었거니와 이렇게 해양 생물에 대해 잘 알고 있을 거라고는 생각도 하지 못했기 때문이었다. 그는 뒤늦게 고개를 끄덕였다.

"꼭 말해둘게요. 웬만하면 그런 사항들을 다 고려했을 텐데도 결함이 있었나 보네요."

그의 반응에 아차 한 것은 서린이었다. 아는 척을 한 것처럼 보였을 수도 있겠다. 게다가 어떤 상황에서든 무슨 말을 할지부터 생각한 후에 교양 있는 언어로 표현하라고 배운 것이 무색하게도 생각한대로 뱉어버리고 말았다.

"……감사합니다."

물론 후회는 없었다. 그보다 서린은 수조 속에서 머루알 같은 눈으로 자신을 올려다보고 있는 바다표범을 보며 저도 모르게 웃고 말았다. 바다표범은 툭 튀어나온 입을 두꺼운 유리벽에 자꾸만 보비작거렸다. 마치 그녀에게 닿지 못하는 것이 야속한 것처럼.

서린은 차가운 유리벽으로 손을 뻗었다. 그 행동을 지켜보고 있던 바다표범이 이번에는 그녀의 손 위로 입을 옮겨왔다.

푸른 조명을 탓일까. 서린의 눈동자에 평소와 다른 생기가 퍼지기 시작했다. 아이 같은 표정에 묘한 물빛을 닮은 회색 눈동자를 봐버린 재경은 방금 전보다 더 놀라고 말았다.

"……."

이제까지 봐왔던 그녀와는 아예 달랐다. 유리벽을 사이에 두고도 다른 생명과 교감을 나누는 그녀는 신비롭기까지 했다. 재경은 도저히 그녀의 얼굴에서 눈을 뗄 수가 없었다.

바다표범은 서린을 한 번 쳐다보고, 위쪽을 쳐다보길 반복했다. 하고 싶은 말이라도 있는 것 같았다. 서린은 별안간 고개를 돌려 재경을 돌아보며 물었다.

"저기, 혹시 위층에는 뭐가 있나요?"

허락도 없이 그녀의 얼굴을 빤히 바라보고 있었던 터라 재경은 뭔가 들킨 것처럼 깜짝 놀라고 말았지만 최대한 그렇지 않은 척 담담하게 답했다.

"위층이라면 아쿠아리스트들이 사용하는 층이에요. 바로 수조로 들어갈 수 있거든요."

"아……."

들어오라는 뜻이었을까. 서린은 멍한 눈으로 바다표범에게 눈을 맞췄다.

바다에게 버려진 것이라고 생각해왔었다. 지난 15년 동안 그 생각은 변함이 없었다. 그러나 눈앞에 있는 이 작은 생명을 보고 있자니 잘못 생각한 것은 아닐까, 하는 의심이 들었다. 사실 여전히 자세한 것은 생각하고 싶지도, 알고 싶지도 않다.

그저 누가 자신을 버렸든, 무엇이 고통스럽든 간에 바다를 원망해선 안 됐다. 그 사실만이 선명했다. 바다는 잘못이 없었다.

온 사방이 푸르게 빛나고 있었다. 시간의 흐름마저 고요히 푸르렀다.

재경은 그녀만큼 물과 어울리는 사람을 본 적이 없었다. 아쿠아리움에 들어온 지 얼마 되지 않았음에도 깨달을 수 있었다. 그런 그녀에게 혼자만의 시간을 주어야 했다. 자신은 명백히 그녀를 방해하고 있었다.

"서린 씨."

"네?"

"전 가볼게요. 서린 씨는 원하는 만큼 둘러보다가 갔으면 좋겠어요. 조명은 계속 켜두면 돼요. 어차피 자동으로 잠기니까 나갈 때도 그냥 나가면 되고요."

예의를 차리자면 거절을 하는 게 맞겠지만 서린은 그 말이 너무나 달콤했다.

"정말, 그래도 되나요?"

직접 물에 몸을 담그지 않고 이런 충족감을 느낀 것은 단언컨대 처음이었다. 여기 혼자 남을 수 있다면 뭐든 할 수 있을 것 같다는 생각조차 들었던 차였다. 재경은 고개를 끄덕였다.

"당연하죠. 서린 씨가 지금만큼 좋아 보였던 적이 없었어요. 사실 방금 전부터 계속 서린 씨를 보고 있었거든요."

"……."

"웃는 거……."

재경이 부끄러운 것처럼 눈을 흐리며 자신의 뒷머리를 긁적였다.

"되게 예쁘던데요?"

"……아."

고백이라도 하듯 말한 재경은 서둘러 고개를 아래로 떨어뜨렸다. 차마 그녀의 반응을 볼 용기가 나지 않아서였다.

"나 지금 되게 부끄러우니까, 빨리 가도 되죠? 다음 주에 또 봐요. 그때는."

"네."

"지금만큼 행복해 보였으면 좋겠어요."

그는 그렇게 말하곤 부끄럽다는 말이 거짓말이 아니라는 것을 반증하듯 서둘러 발걸음을 옮겼다.

고마운 사람이었다. 어쩐지 빛이 더 는 것 같았다.

그의 모습이 시야에서 사라지자 갈증은 더 커졌다. 서린은 천천히 호흡을 골랐다. 그러고는 망설임 없이 휠체어를 위층으로 몰았다.

위층의 분위기는 아래와 사뭇 달랐다. 수조의 입구이기도 한 상층부가 여기저기에 나 있었고, 각각 '추락주의'와 같은 경고문이 적혀 있기도 했다. 서린은 바다표범이 있었던 가장 큰 수조의 입구 가까이로 갔다. 물 냄새가 나는 것만으로도 심장이 세게 뛰고 있었다. 그 기분 좋은 두근거림에 서린은 눈을 감고 단번에 수조 안으로 떨어져 내렸다.

집 안의 욕조 따위는 비교도 안 되었다. 저번의 차갑고 검은 바다와도 달랐다. 그야말로 마음 편히 헤엄칠 수 있는 곳에 온 것이었다.

물이 닿자 두 다리는 순식간에 꼬리로 변모했다. 그녀의 하반신에서 흩날리는 지느러미를 알아본 것처럼 작은 생명들이 그녀에게 몰려들기 시작했다. 형형색색의 물고기들이 너도나도 장난을 걸어오듯 입 밖으로 기포를 만들어내는 것을 보며 서린은 웃음을 터뜨리고 말았다.

그녀의 옆으로 흰고래 벨루가가 느릿하게 헤엄쳐 왔다. 벨루가는 작은 눈을 깜빡거리며 안아달라는 것처럼 그녀에게 머리를 기대왔고, 서린은 고민할 새도 없이 두 팔을 벌려 벨루가를 끌어안았다. 물론 흰고래는 그녀보다 몸체가 컸기에 그녀가 안긴 꼴이 되어버렸지만 말이다.

벨루가는 기쁜 듯 끼룩거리는 소리를 내다가 옆으로 헤엄쳐 갔다. 열대어들은 그녀의 뒤를 따라 바삐 움직였다.

그리웠었다. 이 모든 것들이, 눈물 나게 그리웠었다.

바다표범은 그녀를 기다리듯 방금 그 자리에 머물러 있었다. 오래지 않아 그녀의 기척을 눈치챈 바다표범이 그녀에게 다가왔고, 서린은 눈을 꼭 감고 행복한 얼굴로 바다표범과 이마를 맞대었다.

그때였다. 그녀는 날이 선 듯한 차가운 시선에 움찔거리고 말았다. 분명 여기에는 그녀와 바다의 생명들밖에 없었다.

대체 누가.

"……!"

무의식적으로 정면을 바라본 그녀는 자리에서 멈춰 설 수밖에 없었다.

대체 어떻게 들어온 것일까. 분명 문은 잠겨 있었는데. 유리벽 밖의 남자는 멍하니 수조 안을 바라보고 있었다. 마치 뭔가에 홀린 것처럼. 그렇게나 강렬했던 남자가 저런 표정을 지을 수 있다는 게 신기할 정도였다.

성시혁.

그 순간 그와 눈이 마주쳤다.

#3

얇은 유리벽을 사이에 두고 그와 눈을 마주하는 게 힘들었다. 그것은 차라리 고통이라 일컫는 게 더 옳았다. 그러나 서린은 갑작스레 느껴지는 한기에 어깨를 떨 뿐 아무런 행동도 할 수 없었다. 마치 시간이 멈춘 것 같았다.

바다의 생명들은 불안함에 몸을 떠는 그녀를 눈치챈 듯 일사분란하게 유리벽을 가려왔지만 역부족이었다. 형형색색의 생명들 틈으로 그의 표정이 보였다.

홀린 듯한 눈빛이었다. 그 멍하게 흐려진 듯한 눈이 낯설기 짝이 없었다.

멈춰 있던 시간의 벽에 쩍쩍거리며 금이 간 것은 그때였다. 서린은 온몸의 피가 모두 빠져나가는 기분이 들었다.

그를 보고 싶지 않았다. 게다가 이런 모습으로 다시 보게 되다니. 아쿠아리움에는 오지 말았어야 했다. 아니, 적어도 수조에 들어오는 무모한 짓은 삼갔어야 했다.

머릿속에 떠오르는 것이라곤 후회밖에 없었다. 후회로 얼룩진 시야 속에 우두커니 서 있는 저 남자가 싫었다. 순식간에 그의 존재 끔찍하게 느껴지기 시작했다.

그는 머리부터 발끝까지 검었다. 흑발, 새까만 눈, 검은색 정장과 구두까지. 그런 그가 천천히 수조로 걸어오기 시작했다.

분명 들리지 않는 게 정상일 텐데도 그의 구둣발 소리가 귓가에 선연했다. 비참한 소리였고, 참혹한 소리였다.

수조 앞까지 걸어온 그는 푸른 조명에도 검기만 한 눈을 맞춰오더니 멍하니 중얼거렸다. 구두 소리가 그러했듯 그의 음성은 뚜렷했다. 믿을 수 없게도 음성을 내뱉는 순간 그의 표정은 괴롭게 일그러졌다.

"왜……."

그것은 나약한 음성이었다. 서린은 자신의 귀를 의심할 수밖에 없었다.

그러나 한순간에 불과했다. 자신의 입 밖으로 음성을 내고서야 뒤늦게 정신을 차린 듯 남자는 잠시 자리에 굳어 있더니 눈을 감아 내렸다.

곧 그의 입 밖에서 나온 음성은 이전처럼 탁하기 그지없었다.

"……난 경고했어. 무시한 건 너야."

잔인할 만치 차가운 눈동자가 번뜩였다. 그는 순식간에 예전의 모습으로 완전히 돌아와 있었다. 서린은 초조했지만 짐짓 여유로운 척 말했다. 이미 이렇게 된 거 특별히 어쩔 도리도 없었다.

"난 밖으로 안 나가."

"……."

"넌 수영 못 하잖아?"

그 검은 바다를 기억한다. 그는 아무런 저항 없이 바닷속으로 가라앉고 있었다. 수영을 못한다고밖에 설명할 수 없었다. 그럼에도 그는 한쪽 입꼬리를 말아 올려 거만한 어투로 말해올 뿐이었다.

"내가 들어갈 필요가 있나?"

"……뭐?"

"네가 나오게 하는 게 훨씬 빠르다고 생각하는데."

곧 그는 중앙에 난 제어 장치로 저벅저벅 걸어가기 시작했다. 오래지 않아 물 안을 공명하는 진동 소리에 서린은 몸을 움찔거렸다.

처음에는 어떤 변화가 일어나고 있는 것인지 알 수 없었다. 그러나 찰나의 순간 옅은 수압을 느꼈고 위를 올려다보았을 때 수면이 점점 내려가고 있다는 것을 알 수 있었다.

미친 사람.

그는 간단한 조작만으로 수조 안의 물을 빼내고 있었다. 이렇게 되면 문제가 달라진다. 수조 안에 있는 것이 그녀뿐이라면 괜찮겠지만 여기에는 다른 생명들이 있었다.

서린은 본능적으로 소리쳤다.

"그만해!"

물속에서의 음성을 알아들을 수 있는 것인지, 입 모양을 보고 파악한 것인지는 알 수 없지만 그는 그녀의 말에 대답했다.

"너만 밖으로 나오면 아무 문제 없어."

"……."

"그래도 안에 있겠다면 어쩔 수 없지만."

다시금 그의 손이 제어 장치로 옮겨갔다. 자존심 따위가 중요한 게 아니었다. 서린은 그를 향한 혐오로 떨리는 몸을 애써 진정시키며 입을 열었다.

"……나갈게. 그러니까 그만해."

그제야 그가 만족스런 얼굴로 물속의 진동을 멈추었다. 덧붙이는 말은 오만하기 짝이 없었다.

"빨리 나오는 게 좋을 거야. 난 참을성이 부족한 인간이거든."

그 말에 서린이 이를 악물고 수조의 가장 위로 헤엄쳐 올라가 난간에 걸터앉았을 때였다. 그녀는 단번에 성시혁과 눈이 마주쳤다.

서린은 충동적으로 그런 생각을 했다. 저 얼굴이 망가졌으면 좋겠다고. 엉망진창이 되어버렸으면 좋겠다고. 저도 모르게 피어난 폭력성 짙은 생각은 그녀에게 혼란을 주기 충분했다.

"……휠체어는?"

잔혹한 생각을 숨기듯 표정을 갈무리한 그녀는 수조 주위를 바라보았다. 수조 바로 옆에 두었던 휠체어가 사라져 있었다.

그 휠체어는 18살 생일을 맞아 윤 회장이 사준 것으로 이전의 휠체어와는 달리 천문학적인 액수를 호가할 뿐만 아니라 그 액수에 걸맞게 다양한 기능이 결집되어 있었다. 진짜 태어난 날도 아닌 그저 '처음 만난 날'을 생일로 지정해 받은 선물치고는 과분한 물건이었다. 그 휠체어가 있었음이 명백한 자리에 선 그가 입을 열었다.

"버렸어."

아무것도 아닌 것을 말하듯 가벼운 음성에 서린이 미간을 찌푸렸다.

"뭐?"

"이제 너한텐 필요 없는 거야."

"……누구 마음대로? 제정신이야?"

"왜, 미친 것 같나?"

달빛 아래의 담배 연기를 닮은 매캐한 음성이었다. 그날 밤의 음성마저 다시 떠오른 것은 어쩔 수 없는 연쇄반응이었다.

'너 다리병신이었어?'

저도 모르게 수십 번을 곱씹어 이제는 아무렇지도 않은 말이기도 했다. 서린은 오른쪽 입꼬리를 틀어 올리며 비꼬듯 말했다.

"다리병신이 어떻게 휠체어도 없이 돌아다녀? 생각보다 멍청하네."

"어쭙잖은 도발할 생각 하지 마."

차가운 얼굴로 서린의 말을 잘라낸 그가 그녀의 앞으로 걸어왔다. 곧 서린은 자신의 두 눈을 의심할 수밖에 없었다.

그가 망설임 없이 물기에 젖은 그녀를 안아 올린 탓이었다. 힘없는 육체는 그에게 안겨 늘어지는 것 말고는 아무것도 할 줄 아는 게 없었다. 상체를 버둥거려보는 것 역시 역부족이었다.

"지금 뭐 하자는 거야."

이를 악물고 말해봤자 그는 표정 변화조차도 없었다.

"글쎄, 뭔 것 같아."

"이거 놔. 놓으라고 했어."

그때였다. 앞으로 성큼성큼 걸어가던 그가 자리에서 멈춰 서고 싸늘하게 말했다.

"분명히 말해두겠는데."

"……."

"난 경고를 했었어. 어긴 건 너야. 빌어먹게도."

처량한 빗소리가 들렸다. 창밖을 보지 않았음에도 알 수 있었다. 아마 억수같이 비가 쏟아지고 있겠지. 이대로 바깥으로 나간다면 아마 폭삭 젖어버릴 것이었다.

"다 네 잘못이라는 뜻이야."

감기 따위에 걸리기라도 하면 큰일이었다. 이제 겨우 돌아갈 날이 10일 정도 남았는데 그럴 순 없었다. 서린은 눈을 감아 내렸다.

저주와 닮은 그의 음성에는 귀를 기울이고 싶지 않았다. 사실 그에게는 감정 한 톨 내비치고 싶지 않았다. 앞으로도, 영원히.

그는 다시 앞으로 걸어가기 시작했다. 몸이 흔들렸지만 서린은 더 이상 뭔가를 말하거나 움직일 의지가 생기지 않았다. 다만 그녀는 예상대로 굵은 빗줄기를 뿌려대고 있는 하늘을 축 늘어진 채로 응시했을 뿐이었다.

끝이 보이지 않는 하늘이 검었다. 무척이나 검었다.

"어쩌다, 여기……."

소년은 말하기를 싫어하는 것 같았다. 아니, 그보다 말을 하는 것에 굉장히 서툴러 보였다. 마치 이제껏 대화를 몇 번 나눠보지 못한 것처럼. 그럼에도 의사소통에는 문제가 없었다. 소녀는 소년의 말을 잘 알아들을 수 있었다.

"생명의 기운을 느꼈어."

소녀는 물빛 눈망울을 반짝이며 유리알 굴러가듯 맑은 목소리로 말했다. 소년과는 정반대였다.

소년은 의아한 듯 피딱지가 말라붙은 입술을 열어 물어왔다.

"그거, 뭐인데?"

그 물음에 소녀는 손가락을 바다 표면의 그것처럼 장난스럽게 넘실거렸다. 소년은 소녀에게서 눈을 떼지 못했다.

"물속에서 해수면 밖의 생명이 느껴졌다는 거야. 살려주지 않으면 안 될 것 같은 절박한 기운이어서 그냥 갈 수가 없었어."

"나는…… 몰라."

"괜찮아. 몰라도 돼. 대신 너는 저것의 이름을 알고 있지 않니?"

소녀는 손을 들어 하늘을 가리켰다. 정확히는 하늘에 떠 있는 노란 것을 가리키는 것이었다.

그 몸짓에 소년의 가슴이 뛰어오기 시작했다.

소녀가 모르는 모든 것을 알려주고 싶었다. 늘 이렇게 알려줄 테니 가지 말고 옆에 있어달라고 하고도 싶었다. 그러나 말주변이 없는 소년은 소녀가 가리킨 만월을 바라보며 무뚝뚝하게 답할 뿐이었다.

"달."

'달'이라는 말이 재밌는 걸까. 까르르 웃던 소녀는 몇 번이고 반복해서 그 단어를 입에 담았다.

주인 없는 섬, 만월의 달빛은 고요하였다. 모래사장 위에서 몸을 움츠린 소년과 얕은 바닷물에 몸을 담그고 헤엄치는 소녀만이 생명력을 뿜어내는 존재들이었으나 그럼에도 이 표류는 나쁘지 않았다. 시간의 흐름은 바람결에 잊혀졌다.

심히 오랜만에 꾸는 꿈이었다. 서린은 아직까지도 머릿속을 맴도는 꿈속의 장면 장면을 떨쳐버리기 위해 머리를 털어냈다. 밭은 기침이 터져 나온 것도 거의 동시였다.

흐린 시야의 초점을 맞추는 것이 오늘따라 쉽지 않았다. 머리가 핑 도는 느낌에 겨우 정신을 차렸을 땐 낯선 광경이 눈에 들어왔다.

"……."

뒤늦게야 있었던 일들이 뇌리를 스쳐갔다. 축 늘어진 채 검은 하늘을 본 것이 그녀에게 존재하는 마지막 기억이었다. 추측건대 어느 순간 기억이 끊긴 것 같았다. 우습게도 기절이라도 한 모양이었다.

그렇다면 무채색 계열로만 꾸며진 이곳은 그의 집인가.

괜히 한기가 드는 듯한 느낌에 서린은 이불을 끌어당겼다.

딸깍.

문이 열린 뒤 몇 초가 지났고 그가 천천히 방 안으로 들어오는 것이 보였다. 오늘도 머리부터 발끝까지 완벽한 정장 차림이다. 다크 블루 계열의 넥타이와 은색 커프스가 유독 눈에 들어왔다.

검은 남자. 어쩌면 그는 어제 보았던 그 하늘과 닮았다.

"오늘은 좀 쉬도록 해."

딱딱한 목소리로 말한 그는 곧 김이 나는 찻잔을 내밀기도 했다. 향긋한 냄새로 보아 허브티인 것 같았다.

알 게 뭔가.

그것은 묘한 심리와도 같았다. 그를 화나게 하고 싶었고, 그를 실망시키고 싶었다.

서린은 기꺼이 그 찻잔을 받아 들었다. 그게 의외인지 성시혁의 형형한 기색이 조금은 옅어졌다. 하지만 그것도 한순간이었다.

서린은 그가 끓여왔을 차를 무표정하게 침대 위로 들이부었다. 침대는 물론 그녀의 다리로도 뜨거운 찻물이 쏟아져 내렸다.

"……윽."

그녀의 눈이 크게 뜨였다. 반사적으로 고개를 숙인 그녀는 자신의 다리를 감쌌다.

"바보 같은!"

처음 들어보는 큰 목소리였다. 성시혁은 그녀의 손에 들린 찻잔을 도로 가져가버리곤 어제처럼 안아 올렸다.

그는 다급히 욕실로 달려가 차가운 물이 나오는 샤워기를 그녀의 다리로 가져갔다. 하반신 전체가 물에 닿은 것이 아니라 꼬리로 변모한 것은 아니었지만 물이 닿은 부분 위로 비늘이 이는 것은 확인할 수 있었다.

"멍청하긴. 왜 그런 짓을 해."

그는 다리 위의 비늘에 전혀 놀라지 않았다. 자신이 그가 끓여온 차를 한 모금도 입에 대지 않고 버렸다는 사실도 이미 잊은 것 같았다. 그저 울긋불긋한 맨다리를, 여유라고는 전혀 찾아볼 수 없는 눈으로 바라볼 뿐이었다. 그 눈이 꽤 애처로웠다. 서린은 천천히 중얼거렸다.

"왜 놀라지 않아."

"……."

"다리가 꼬리로 변하고, 비늘이 돋고 있는데 왜 안 놀라."

"그건……."

"또."

서린은 자신의 허벅지에 손톱을 세웠다. 힘 조절을 잘못해 비명이 터져 나오려는 것을 겨우 참았다. 이번에도 같았다는 뜻이었다.

"왜 다리에 감각이 느껴지는 거야."

대체 너 따위가 뭐기에.

"궁금하면 기억해내면 돼."

성시혁에게서 짙은 향이 났다. 버버리보다는 고독하고, 불가리보다는 깊은 그만의 향이 있었다.

차가운 물소리가 계속해서 흩어지는 가운데 그의 시선은 적나라했다. 숨소리가 들릴 만큼 가까운 거리에서 그는 다시 한 번 말했다.

"날 기억해내. 네 머릿속에서 죽여버린 그 애를 다시 살려내."

"무슨 헛소리야. 집어치워."

서린은 여전히 차가운 물이 나오고 있는 샤워기를 욕조 안으로 던져버리곤 날 선 음성으로 말했다. 머지않아 그가 무언가 한마디를 해올 거라 생각했지만 그는 그 어떤 말도 하지 않았다. 조금의 표정 변화조차도, 없었다.

그는 그저 뒤집어진 채로 거꾸로 찬 물을 내뿜어대는 샤워기를 건조한 눈으로 응시할 뿐이었다.

이윽고 그가 입을 연 것은 소리도 없이 일어나 수도를 잠근 후였다.

"넌 필요 이상으로 고집이 세. 그것만큼 적을 만들기 쉬운 화법도 없지. 네 화법 선생이 대체 누구였는지 궁금하군."

"내가 적이 많건 적건 너랑은 상관없는 거 잘 알 텐데."

"왜 상관이 없어."

그의 향이 일순 훅 하고 밀려들었다. 서린의 눈높이까지 자세를 낮춘 그는 비정상적으로 느껴질 만큼 곧은 시선으로 그녀에게 눈을 맞춰왔다. 올가미 엮듯 하나하나 섬세하게 시선을 엮어온 그가 검게 가라앉은 눈으로 말했다.

"상관있어."

끊어질 듯 팽팽한 긴장감이 흘렀다. 순간 그의 눈동자 위로 탁하고도 강렬한 감정이 스쳐 지나갔다.

서린의 생각에 그것은 살의였다. 지금 바로 목을 졸라온대도 수긍이 갈 만큼 짙은 농도의 살의였기에 그녀는 반사적으로 몸을 움찔거릴 수밖에 없었다.

"날, 죽이고 싶어?"

그 물음은 충동적인 성질의 것이었다. 인정할 수 있었다.

그러나 그는 의아한 표정을 지었다. 마치 살의 따위는 단 한 번도 품은 적 없었다는 것처럼. 그는 거리를 조금 더 좁히며 물어왔다.

"내가 방금 전에 무슨 생각을 한 거라고 판단한 건데."

서린은 일말의 고민도 없이 답했다.

"날 죽이고 싶다는 생각."

"틀렸어."

그가 미간을 설핏 찌푸리며 천천히 서린의 얼굴 위로 손을 뻗었다. 서린은 단 한 번도 눈을 깜빡이지 않고 그를 담았다.

느린 영사기가 작동하듯 장면장면 그의 모습이 펼쳐졌다. 그녀는 그가 검지로 자신의 눈썹 뼈를 모양대로 덧그려왔을 때까지도 그와 마주친 눈을 피하지 않았다.

성시혁은 묘한 눈빛으로 중얼거렸다.

"처음부터 이 눈 때문이었지."

"뭐?"

"파티장에서 내가 제일 처음 한 말 기억 안 나?"

글쎄. 딱히 기억이 나진 않았다. 그보다 지금 중요한 것은 그게 아니었다.

"내가 방금 한 생각이 궁금한가 보군."

"그래."

"나는 방금……."

그의 눈빛은 여전히 작은 흔들림 하나 없었다.

"너한테 키스하고 싶다는 생각을 했어."

"……."

"너무 해대서 네 입술에 힘이 안 들어갈 때까지."

그는 굳어 있는 서린에게 한마디 더 덧붙였다.

"이거면 대답이 됐나."

"……원래 사람이 그렇게 제멋대로야?"

짓씹듯 나온 말에도 시혁은 덤덤히 대답할 뿐이었다.

"이미 들어본 적 있는 말인 것도 같군. 글쎄, 난 잘 모르겠어."

"……."

"겨우 이 정도 따위로 제멋대로라고 말할 것 같으면."

옭아맨 시선은 죽을 만큼 팽팽했고 그는 결코 먼저 놓아줄 생각이 없어 보였다. 서린은 아무 말도, 아무 생각도 없이 그가 하는 말을 들었다.

"넌 대체 내게 무슨 일을 저질렀던 건지 한번 잘 생각해봐."

그 말을 남기고 그는 발소리도 없이 욕실을 떠났다. 아마 물에 젖은 정장을 갈아입으러 간 것이겠지.

멍하니 그 모습을 바라보던 서린은 뒤늦게야 느껴지는 살을 델 화끈함에 반사적으로 허벅지 안쪽 여린 살을 손으로 감쌌다. 그로 인해 피부가 더 따가워진 것도 같았으나 참을 수 있었다. 오히려 조금 더 아플 수 있었다면 좋았을 텐데, 하는 터무니없는 생각조차 들었다.

나는 대체 그에 대해 무엇을 알고 있으며 무엇을 잊고 있는 것인가.

거기에 대한 고민은 왜인지 귀찮기만 했다.

서린은 당연한 수순처럼 두 다리에 힘을 줬다. 마치 갓 태어난 새끼 기린이 걸음마를 떼듯 조심스러운 발걸음이었으나 서린 쪽이 훨씬 더 안정감 있었다.

아무렇지도 않게 자리에서 선 그녀는 저도 모르게 거울에 시선을 주고 말았다. 거울 안에는 자신과 똑 닮은 여자가 있었다. 그 여자는 짐짓 두 다리가 멀쩡한 체하며 반듯하게 서 있었다.

서린은 얼굴을 구기곤 거울 속의 볼품없는 여자에게 말했다.

"……병신 주제에."

그 말에 거울 속 여자의 얼굴이 일그러졌다. 안 그래도 초췌하던 얼굴이 못 볼 꼴이 됐다. 그 볼품없는 여자에게 더 심한 말을 쏟아붓고 싶었지만 지금은 아무 말도 생각이 나지 않았기에 서린은 발걸음을 옮겼다.

그보다, 세상에. 발바닥이 지면에 닿아 있었다. 재활원에서 질리도록 들었던 무게중심을 잡는다는 말이 이런 말이었구나.

서린은 경악스런 표정으로 천천히 발뒤꿈치를 들었다가 내렸다. 동시에 반대쪽 발에 무게를 싣기도 했다. 그다음은 앞으로 나아가기만 하면 됐다.

눈물 나게 쉬웠다. 이토록 쉬운 일을 못 해서 나는.

하지만 아직 빠른 걸음은 무리였기에 서린은 무척이나 느리게 걸을 수밖에 없었다. 게다가 온몸의 근육을 긴장시킨 채로 걸은 탓에 일곱 걸음 정도 걸었을 때는 종아리 부근이 뻐근하게 아파오기까지 했다.

그 즈음이었다.

"엉성해. 그런 식으로 걸으면 내일 분명 근육통이 올 거야."

언제 옷을 갈아입은 것인지 성시혁이 거실 벽에 등을 기댄 채 팔짱을 끼고 그녀를 바라보고 있었다. 서린은 표정 하나 바꾸지 않고 대꾸했다.

"재활원에 보내주든가."

"뭔가 착각을 하고 있군."

그는 벽에 대었던 등을 천천히 떼어내고는 차가운 목소리로 말했다.

"난 널 어디로 보내줄 생각이 전혀 없어."

"뭐? 감금이라도 시키겠다는 거야?"

그는 아무런 대답도 없었다. 마치 좋을 대로 생각하라는 듯한 그 태도에 서린은 옅은 환멸을 느꼈다.

그는 자신의 정체를 알고 있다. 그리고 언젠가 한번 만난 이처럼 행동한다. 그것만이 서린이 현재 알 수 있는 사실이었다.

그녀는 몸에 힘을 풀고는 그를 올려다보다가 입을 열었다. 자신의 눈빛에는 혐오감이 있을 것이라 확신했다.

"네가 나랑 어떤 연관이 있는 인간이었건 난 별로 떠올릴 마음 없어. 기억해내라고? 개소리. 내 기억은 어느 기점으로부터 백지가 됐어. 떠올리려고 하면 머리가 터질 것 같다고. 내가 대체 왜 그런 수고를 해야 하지? 그까짓 과거, 혼자서 추억하든가 해. 난 거기 끼어줄 마음 조금도 없어."

무표정하게 서린을 응시하던 성시혁은 깊게 가라앉은 검은 눈으로 그녀에게 다가갔다. 잘 벼려진 잔혹한 감정이 그의 눈동자 안에서 느껴졌다. 그것은 하루 이틀 만에 생긴 감정 따위가 아니었다. 아주 오랜 시간 동안 축적된, 그의 안에 완전히 존재하는 감정이었다.

그 늪에 딱히 이름을 붙일 수는 없었다. 그저 방금 전과 달리 발이 묶인 듯 단 한 걸음도 움직일 수 없을 뿐이었다.

"그래, 잘해봐."

그의 음성은 무섭도록 낮아져 있었다.

"아무것도 떠올리지 말고 아무것도 하지 말아봐."

"……."

"그게 가능하다면 말이지."

이제껏 머리를 망치로 얻어맞은 것 같다는 표현을 이해하지 못했었다. 두말할 것도 없이 과장된 표현이라 생각하기도 했었다. 그러나 그것은, 과장 따위가 아니었다.

서린은 크게 뜨인 눈으로 그를 바라보았다. 미미한 비웃음을 걸치고 있는 그의 표정에서 왜인지 눈을 뗄 수가 없었다.

순간 제자리에 서 있을 수 없을 만큼 어지러워졌다. 가능하다면, 이라고? 어떻게 그런 확신을 할 수 있단 말인가.

"사람을 보낼 테니 밥은 제때 챙겨 먹어."

서린은 아무 말 없이 침대 방으로 발을 옮겼다. 멍하니 누운 채로 바라본 형광등에 눈이 아릿해졌을 때 즈음 현관문이 닫히는 소리가 들렸다.

아직도 방금 전에 보았던 그의 표정이 눈앞에서 사라지지 않는다. 어째서 그는 그렇게나 잔혹한 표정을 지었던가. 왜 그 짙은 감정을 자신에게까지 적나라하게 보여줬던 것인가.

그러나 그 생각은 오래가지 않았다. 머지않아 하반신이 급속도로 굳는 듯한 느낌이 들었기 때문이었다. 한쪽 다리를 들어보려 해도 쉽지 않았다. 허벅지 안쪽이 덴 고통도 순식간에 말끔하게 사라졌다.

그녀는 천천히 허벅지 위로 손톱을 세웠다.

"……하."

아무런 고통도 느껴지지 않았다. 다리는 완전히 예전의 상태로 돌아와 있었다.

휠체어가 없는 이상 침대 위에 꼼짝 없이 발이 묶인 것이나 다름없었다. 서린은 별수 없이 두 눈을 감아 내릴 뿐이었다. 평소와 달리 아침부터 시끄러웠던 터라 오래지 않아 수마가 밀려든 탓에 순식간에 정신이 몽롱해졌으나 단 한 가지의 생각만큼은 좀처럼 머릿속을 떠날 생각을 하지 않았다.

왜인지 휩쓸리고 있다는 느낌이 들었다. 수면 밖으로 고개조차 내밀지 않으며 죽은 듯이 헤엄쳐오다가 종착지에 다다르기 직전 급류에 휘말린 듯한, 급작스럽고도 비참한 기분이 들었다.

어차피 열흘 내에 돌아가는 것이 쉽지 않으리란 것은 어느 정도 알고 있었다. 그것은 본능에 가까운 직감이었다. 그러나 마냥 비관적인 것만은 또 아니었다. 어쩌면 잘된 일일지도 모른다는 생각도 하던 차였다. 과정이야 어찌 되었든 윤 회장의 집에서 빠져나왔으니 가장 골머리를 앓던 부분이 해결된 것이나 마찬가지니까 말이다.

그러고 보니 내일은 상담이 계획되어 있는 날이다. 아마 그 일정을 소화할 순 없을 거다. 처음 만나보는 다정한 사람이었는데.

그러나 미련은 일찍 없앨수록 편하다는 것을 너무 일찍 터득해버렸다. 그때쯤일 것이다. 저도 모르게 도피하듯 잠에 빠져든 것은.

“나, 돌아가면 완전 혼나겠지?”

철썩이는 파도 소리가 다소 요란했지만 소녀의 목소리는 무척이나 또렷했기에 소년은 그녀의 말을 무리 없이 알아들을 수 있었다. 혼난다니? 소년은 의아한 눈으로 어깨를 축 늘어뜨리는 소녀를 바라봤다. 뒤늦게야 그 시선을 알아챈 소녀가 시무룩하게 덧붙여왔다.

"밖으로 나오는 건 금지되어 있거든. 인간들과 접촉을 해서도 안 된다고 그랬고."

"누, 가."

"아빠랑 언니들이. 나한테 바깥은 정말 무서운 곳이라고 매일같이 겁을 줬었어. 치, 사실 아빠랑 언니들은 나와본 적도 없을걸? 그런 게 아니고선 이렇게 아름다운 곳을 못 가게 했을 리가 없어."

"아름답, 다워?"

"응. 아름다워."

소녀는 그렇게 대답하며 조각난 달빛이 남실대는 물을 두 손 가득 담아 소년에게 뿌렸다. 장난기가 다분한 행동이었다. 소년은 차가운 물에 맞을까 순간적으로 몸을 움츠리며 눈을 꾹 감았지만 아무것도 느껴지지 않았다. 곧 조심스레 한쪽 눈을 뜬 소년은 잠시 숨을 멈췄다.

셀 수 없이 많은 물방울들이 허공에 멈춰 있었다. 달빛은 그 물방울 하나하나에 스며들어 영롱한 빛을 뿜어냈다. 소년은 멍하니 소녀를 바라보았다.

"어때? 신기하지?"

눈앞에 벌어진 요술 같은 일에 소년은 천천히 고개를 끄덕였다. 소녀는 의기양양한 얼굴을 하다가 이내 헤실헤실 웃었다.

소년은 그 얼굴에서 눈을 떼지 못하며 물방울 너머의 소녀를 향해 떨리는 손을 뻗었다. 상처투성이의 손은 군데군데 생채기가 나 엉망이었지만 소녀는 그 손을 피하지 않았다. 소년은 천천히 입을 열었다.

"……아름답다."

소년에게 있어 느낀 바를 있는 그대로 말한 것은 처음 있는 일이었다. 당연히 소년은 그 사실을 자각하지 못했기에 그저 하고 싶은 대로, 물기 젖은 소녀의 머리카락을 가만가만 쓰다듬을 뿐이었다.

소녀는 고개를 갸웃거렸다.

"이 물방울들? 그게 말이야, 나는 물방울들과 친하거든."

"너가."

"응?"

"너가, 아름다워."

서툰 말솜씨였지만 소녀는 그 말이 진심이라는 것을 알았기에 기쁘게 웃었다.

"고마워."

그렇게 말한 소녀는 소년의 거친 손 위로 자신의 손을 겹쳐 올렸다.

"네 손은 따뜻해."

그 누구의 것인지 모를 심장 고동 소리가 온 바다에 그득했다.

현관문의 도어락이 해제되는 전자음에 잠에서 깬 서린은 귓가에 맴도는 파도 소리에 한참을 멍하니 누워 있었다. 사실 꿈에서 깨어나면 대략적인 분위기나 그 단면적인 영상에 대한 인상만이 남을 뿐 자세한 것은 아무것도 기억나지 않는다. 그럼에도 오늘 꿈은 조금 슬펐던 것도 같다. 왜 그런지는 모를 일이었지만.

바깥에서 작은 소음이 일었다. 아마도 성시혁이 말했었던 사람이 온 모양이었다.

밥을 제때 챙겨 먹으라고 했던가. 그러고 보니 지금처럼 시간에 맞춰 행동하지 않은 것도 꽤나 오랜만이었다. 원래대로였다면 지금쯤 고용인들이 차려준 음식을 기계적으로 씹고 있었겠지.

배는 고프지 않았다. 묵직한 두통이 느껴졌을 뿐이었다. 정신이 다시금 희미하게 꺼져간 것은 어쩌면 당연한 일이었다.

성시혁이란 인물 한 명만 없을 뿐인데도 이 방 안은 굉장히 평화로워졌다. 요람에라도 파묻힌 듯 편안한 기분이 들었다. 공기의 흐름마저 한가롭다. 서린은 바다 위에 떠다니듯 온몸에서 힘을 뺐다.

여전히 깊은 잠에 들기란 쉽지 않았지만 그녀는 내내 불면증을 앓던 것이 무색할 정도로 하루 종일 잠만 잤다. 이제껏 미뤄온 잠을 모조리 몰아 자는 것도 같았다.

시간이 이리도 빨리 지나갈 수 있다는 것이 조금은 놀라웠다. 서린은 두어 번 정도 잠에서 깬 뒤 벌써 검게 물든 바깥을 공허하게 바라보았다.

뭔가 계속해서 비슷한 맥락의 꿈을 꾸는 듯한 느낌을 지울 수가 없었다. 그 내용이 무엇이었냐고 묻는다면 아무것도 답하지 못할 테지만, 아무튼 그러했다.

문득 허벅지 안쪽이 알싸하게 아파왔다. 서린은 어깨를 움츠러뜨리며 입고 있던 원피스 형태의 옷을 들추었다. 머지않아 그녀는 다시 두 다리에 힘이 들어간다는 것을 깨닫곤 제 입술을 깨물었다. 굳이 입 밖으로 표현할 생각은 없었지만 이미 그녀는 왜 자신의 다리가 제멋대로인지 어느 정도 알고 있었다. 아니, 모를 수가 없었다고 하는 게 더 옳았다.

"……그 남자."

소름 끼칠 정도로 검은 눈을 가진 그 사람 때문일 것이었다. 답지 않게 고독과 애련함을 닮은 향을 품고 있는.

집 안은 온통 어두컴컴했다. 서린은 딱히 불을 켤 생각도 하지 않고 테라스를 향해 걸어갔다. 그 흔한 식물 하나 없는 테라스에 미미한 담배 냄새가 남아 있었다. 깨끗이 비워진 크리스털 재떨이가 한편에 놓인 걸 보니 그 남자와 퍽 잘 어울린다는 생각이 들었다. 왠지 그라면 담배꽁초 따위를 여기저기 어질러 놓지 않을 것 같았다. 잡념이긴 했다.

약간의 틈을 남긴 채 떠 있는 달은 곧 만월의 밤이 올 것이라는 것을 넌지시 알려주고 있었다. 서린은 허리까지 오는 테라스의 철제 난간에 손을 올리고는 멍하니 하늘을 바라보았다.

"달이구나."

무의식적으로 중얼거린 서린은 자신의 음성에 표정을 굳히곤 퍼뜩 하늘에 두었던 시선을 아래로 내렸다. 감성적인 체할 생각은 추호도 없었다.

그녀의 시선이 아래에 닿은 것과 난간을 잡은 서린의 손에 힘이 들어간 것은 거의 동시였다. 아래엔 도시의 불빛들이 즐비했다. 저 멀리의 희뭄한 빛에 순간 머리가 핑 돌았다. 이 정도로 높은 곳에 위치한 오피스텔일 거라고는 생각지도 못한 탓이었다.

한번 중심을 잃은 몸은 천천히 앞으로 기울어갔다. 발끝에 힘을 주려 했으나 잘될 리 없었다. 서린은 주먹이 부들부들 떨릴 정도로 난간을 세게 쥔 채 두 눈을 질끈 감았다.

"읏……!"

깊은 향이 훅 하고 끼쳐 들어온 것은 순식간의 일이었다. 누군가 자신의 등허리를 강하게 조여 품에 안았다. 저항할 수도 없이 단단하고 센 힘이었기에 서린은 버둥거릴 틈조차 없었다.

"……뭐 하는 거야."

잔뜩 화난 음성이 머리맡에서부터 들려왔다. 으르렁거리는 듯한, 성시혁의 목소리였다.

그러나 서린도 평소와는 달리 크게 놀란 상태였다. 발끝에 힘이 들어가지 않던 순간이 생생했다. 자신은 몸이 기울어지던 순간에도 비명 한번 지르지 못했다.

그것은 습관이었다. 매 순간 눈에 띄지 않으려 하고, 그저 죽은 듯이 지내려 했던 지난날들이 고스란히 반영된 나쁜 습관.

아마 꼼짝 없이 떨어져버렸겠지. 아무도 도와주지 않았을 거다.

"뭘 하려고 한 거냐고 묻잖아."

그의 목소리에 숨이 턱 막혀왔다. 마음대로 오해했으면서 나무라는 말을 하려는 듯한 그가 미웠다. 호감이라고는 한 번도 가져본 적 없는 사람이었지만 지금은 더, 정말이지 그가 미웠다.

놀란 건 나란 말이야. 근데 왜, 나를 혼내려고 해.

서린은 고개를 아래로 떨어뜨리며 작게 말했다.

"아니야. 내가 잘못한 게 아니야."

그녀의 심장은 여전히 큰 소리를 내며 뛰고 있었다. 옅게 떨리고 있는 손끝을 숨기듯 등 뒤로 가져간 그녀는 고개를 더욱 아래로 숙였다. 성시혁은 천천히 그녀의 턱 밑으로 손을 가져갔다. 얼굴 표정을 확인할 요량이었다.

"싫어. 하지 마."

기를 쓰고 고개를 들지 않으려 하는 서린이었지만 당연하게도 고개를 들 수밖에 없었다. 이내 얼굴을 가렸던 머리카락이 옆으로 흐트러졌고 말간 얼굴이 달빛 아래 드러났다.

"……."

성시혁은 아무 말도 없었다. 서린은 원망스러운 눈으로 그를 바라보았다.

우는 표정 따위는 그 누구에게도 보이고 싶지 않았다. 난간에서 떨어질 뻔해서 우는 거라면 차라리 나을 것 같았다. 그러나 자신은 무의식중에 발견한 굴욕적인 습관이 억울해 우는 것이었다. 이렇게 억울한데 아무도 위로를 해주지 않는다는 게 또 어울리지도 않게 짜증이 나서, 그래서 눈물이 나는 것이었다.

이윽고 벌어진 일에 대해서 서린은 쉽사리 파악할 수 없었다. 눈 위로 뜨거운 것이 와 닿았다는 사실만을 깨달을 수 있었다.

눈 위에 닿은 것이 잠깐 떨어졌다가 이내 약간 자리를 옮겨 다시 부드럽게 눌러온다. 잠깐 떨어졌을 때 올려다본 그는 눈을 감고 있었다. 소름 끼치게 어둡던 검은 눈동자가 감기니 짙게 드리운 속눈썹과 묘한 분위기의 흑발만이 눈에 들어왔다.

이번엔 반대쪽 눈두덩 위로 머금듯 입 맞춰오는 그에게 아무런 말도 할 수가 없었다. 서린은 어깨를 움츠리며 뒤로 물러났다.

그 모습을 고요히 바라보던 그가 입을 열었다.

"나를."

탁하게 잠긴 목소리였다. 서린은 그에게 시선을 고정한 채 한 걸음 더 뒷걸음질 쳤다.

"애써 떠올리려고 하지 마. 증오해. 네 마음껏."

"……."

"네 생각대로 난 쓰레기 같은 새끼 맞아. 최악이지. 부정 안 해."

그는 한 걸음 가까이 서린에게 다가갔다. 천천히 감고 있던 눈을 뜨는 그의 모습을 보며 서린은 자신이 미친 듯이 돌아가는 소용돌이의 가장자리쯤에 있음을 다시금 상기해냈다. 인정해야 했다. 자신은 지금조차도, 정신없이 휩쓸리고 있는 것만 같다.

"그런데."

몇 걸음 만에 눈앞까지 와 있는 그를 보며 서린은 몸을 굳혔다. 성시혁은 천천히 입꼬리를 틀어 올렸다.

"네가 아무리 발버둥 쳐도 난 널 놓아줄 생각이 전혀 없거든."

달빛 아래 흩어지는 말소리에 서린은 눈을 질끈 감았다.

"내가, 어떻게 널 다시 만났는데."

고통 섞인 그 말에 서린은 도망치듯 테라스를 벗어났다. 걷는 태는 어설프기 짝이 없었고, 다리의 근육들은 한 걸음, 한 걸음 내디딜 때마다 비명을 질러대는 듯했다. 그마저도 그녀가 머물렀던 방 앞에서는 무너지고 말았다.

어째서. 조금만 더 앞으로 가면 되는데 왜.

원망스런 눈으로 다리를 노려봤자 변하는 것은 없었다. 서린은 고개를 들어 여전히 테라스 앞에 서 있는 그와 자신 사이의 거리를 가늠했다. 불과 큰 보폭으로 열 걸음 정도의 거리였다.

그런 것인가. 자신에게 허용된 거리란 불과 저 정도인가.

"도움이 필요하면 필요하다고 해."

성시혁은 자리에 주저앉은 그녀를 훑어보며 짐짓 느긋한 어투로 말했다. 서린은 얼굴 가득 비웃음을 띠며 날이 선 음성으로 답했다.

"필요 없어. 네 도움 따위."

"역시 네 화법에는 문제가 많아. 쓸 만한 화법 선생을 다시 붙여주지."

"내가 화법을 몰라서 이렇게 답하는 거라 생각하는 거야? 불쌍하네. 난 네가……."

"궁금하지 않아?"

말을 가로막은 지극히 비밀스런 음성은 맹렬한 독을 품은 독사가 등허리를 타고 오르는 듯한 감각을 야기시켰다. 언제 이빨을 드러내 여린 살을 짓씹어놓을지 모를 독사였다.

별안간 성시혁이 느릿한 걸음으로 다가오기 시작했다. 서린은 흔치 않게 눈을 크게 뜨고 자신의 다리를 내려다보았다.

"왜 네 다리는 내가 가까이 갈수록."

"……."

"살아나는 걸까."

이번에도 그의 말을 부정하고 싶었으나 불가능했다. 그의 말은 온전히 사실이었다. 그가 가까이 다가올수록 다리가 살아남을 느꼈다. 피가 흐르고, 근육이 되살아나는 듯한 느낌은 도저히 무시할 수 없는 종류의 것이었다.

서린은 그 순간만은 아무 말도 못 한 채 멍한 얼굴로 그를 올려다볼 수밖에 없었다.

"난 왜."

한 발자국씩 내딛는 발소리는 무거웠다.

"이미 너를 알고 있는 사람처럼 행동하는 걸까."

그는 서린이 애써 무시하고 있었던 사실들을 상기시키고 있었다. 힘겹게 잔잔함을 되찾은 작은 바다에 무자비한 폭풍우를 내리는 듯한 그의 행태에 서린은 두 눈을 질끈 감고 말았다. 그는 에둘러 말하는 법이 없었다. 단숨에 정곡을 찔러온다.

그래, 맞는 말이다. 그는 자신을 이미 알고 있던 사람처럼 행동한다.

꼬리에도 놀라지 않았고, 물이 닿으면 비늘이 돋는 모습도 아무 말 없이 바라본 것이 다였다. 자신이 과거에 인간과 인연을 맺은 적이 있던가?

그런 기억은 전혀 남아 있지 않았다.

그렇다면 혹, 이미 휘발되어버린 어느 날의 기억 속에 그가 존재했던 것인가.

주저앉은 서린에게 가까이 다가와 고개를 숙인 그가 재촉하듯 물었다.

"그럼 나는 너를 어떻게 알고 있는 걸까?"

그의 목소리가 귓속으로 파고들어 왔다. 대단히 은밀하고 악독한 음성이었다.

"……대답해봐."

콱. 척추를 타고 올라오던 독사가 기어이 목덜미의 여린 살 안에 두 이빨을 박아 넣은 것이 틀림없었다. 서린은 눈앞이 핑 도는 듯한 감각에 다급히 두 손을 바닥에 짚었다.

그가 자신을 압박해올수록 호흡은 더욱더 거칠어졌다. 이명 소리가 선연했다.

상체를 휘청거리는 그녀를 말없이 내려다보던 성시혁은 작게 혀를 찼다. 곧 낮게 중얼거리기도 했다.

"무리했군. 오늘은 여기까지만 하지."

서린으로서는 알아들을 수 없는 말이었다. 익숙한 언어이긴 한데 그 뜻을 파악할 수가 없었다. 이상한 일이었다. 마찬가지로 자신의 몸이 누군가에 의해 들린 뒤 얼마 지나지 않아 푹신한 매트리스 위로 눕게 되었다는 것은 알 수 있었지만 시종일관 정신은 붕 떠 있었다.

그녀의 생각에 자신은 모난 성격을 가진 이가 아니었다. 아니, 그보다는 유한 성격을 모방하기 위해 지극히 노력했었다. 때문에 그 누구에게도 이를 세워 보인 적이 없었다.

그런데 왜 그 남자 앞에만 서면.

그에게는 끝도 없이 날을 세우게 됐다. 그에게만은 증오의 뜻을 가감 없이 내비쳤으며, 이제껏 입에 담은 적 없던 모진 말들을 아무런 죄책감 없이 마구 뱉었다.

지금 와서 미안함 따위를 느끼는 것이 아니었다. 서린은 자신이 그에게만 격렬히 반응한다는 것이 무서웠다. 그것은 이미 그를 다른 이들과 같이 취급하지 못한다는 증거였기 때문이었다.

"나한테 뭘…… 바라는 거야."

힘없이 나온 그녀의 목소리에 성시혁은 픽, 하고 웃을 뿐이었다.

"말하면 들어줄 건가."

"……."

"아니라면 관둬."

당연히 들어주지 못할 것이었다. 서린은 입을 다물고 어두운 천장을 바라볼 뿐이었다.

지금 잠들면 오늘 내내 꿨던 꿈을 다시 꿀 것만 같은 예감이 들었다. 내용은 기억이 나지 않음에도 아련히 슬픈 그 꿈을 꾸고 나면, 왠지 엉엉 울게 될 것만 같았다.

"잠이, 못 자겠어."

이상한 어법을 구사하는 소년의 말에도 소녀는 그저 빙긋 웃을 뿐이었다.

"하지만 이렇게나 어두운걸. 어서 자야 하지 않겠니?"

"……가?"

그제야 소녀는 소년이 걱정하는 것이 무엇인지를 깨달았다. 잠을 자는 동안 자신이 도망이라도 가버릴까 봐 걱정하는 것일 테다. 소녀는 절대 그런 게 아니라는 듯 열심히 도리질 치다가 자신의 옆자리를 두어 번 탁탁 두드렸다.

"가까이 와볼래?"

소년은 무릎걸음으로 소녀의 옆에 다가섰다. 소녀는 자기 자랑을 직접 하기가 조금 민망했던 터라 뺨을 붉게 물들이고는 소년의 귓가에 손을 가져다 대고 속닥였다.

"언니들이 나한테 노래를 잘한다고 했었어."

"으응."

"나는 가지 않아. 대신 노래를 불러줄게."

그렇게 소녀는 밤을 노래하기 시작했다.

눈을 감고 열을 세렴. 지금은 꿈꾸러 갈 시간이야.

내가 여기서 속삭이고 있을게.

나쁜 꿈을 꾸거든 내 목소리를 듣고 눈을 뜰 수 있도록.

내가 여기서 속삭이고 있을게.

소년은 소녀가 만들어낸 밤에 속절없이 젖어들어 갔다. 부디 이 밤이 영영 끝나지 않길. 소년은 태어나 처음으로 헤어짐이 두려워졌다.

아마도 아침이다.

눈물이 툭 떨어져 내렸다. 서린은 믿을 수 없다는 듯 방 안의 거울을 바라보았다. 자신은 울고 있었다. 그것도 표정 하나 변하지 않고.

무표정인 채 눈물만 죽죽 떨어져 내리는 것이 거북할 만큼 이상했다. 아무렇게나 눈물을 훔쳐낸 서린은 거울에서 시선을 떼곤 침대 밖으로 다리를 뻗었다. 소리 내어 울지 못한 탓에 감정의 응어리가 단단히 뭉친 듯 명치가 묵직했다. 그러나 어찌할 바 없었다. 도저히 소리가 나오지 않았으니까.

지금이 아침이라는 것을 증명하듯 거실은 온통 환했다. 원두커피의 향내도 미미하게나마 느껴졌다. 그 남자는 이미 일어난 모양이었다.

무의식중에 그 얼굴을 떠올리자 다시 속이 뒤틀리는 기분이 들었다. 어제 자신을 압박해오던 말투 하나하나가 생생했다. 역시 호감이라고는 조금도 가질 수 없는 이다.

"오늘은 좀 늦어."

어젯밤과 비교하자면 훨씬 일상적인 어투였다. 서린은 등 뒤에서 들려온 목소리에 차갑게 대답했다.

"늦든 말든 내 알 바 아니야."

확실히 그러했다. 오늘은 좀 늦는다니. 신혼 부부 흉내라도 내는 건가 싶어 우스워졌다.

"이유는?"

방금 전과 크게 다르지 않은 음성이었다. 서린은 미간을 찌푸리며 답했다.

"특별히 이유가 필요해? 난 네가 뭘 하든 상관이 없으니까."

"내가 뭘 해도 상관이 없을 거다?"

그는 명백히 서린의 말을 비웃고 있었다. 서린은 애써 그를 외면하며 방 안으로 발걸음을 옮기려 했다. 그러나 그럴 수 없었다. 그에 의해 저지되었다는 것이 더 올바른 표현일 것이었다.

성시혁은 땅에 발을 딛고 서 있는 것이 아직 익숙지 못한 사정 따위는 다 안다는 듯 가볍게 서린을 돌려세웠다. 그다지 큰 힘을 들이지도 않았으나 미숙한 육체는 휘청거리다가 힘없이 소파 위로 떨어졌다.

거만한 눈이 번뜩였다. 진득한 감정이 내재되어 있는 그 까만 눈은 점점 가까워지기까지 했다.

어제 봤던 그 감정이 다시 그의 눈 위를 스쳐갔다. 서린은 몸을 굳혔다.

명백한 살의. 목을 졸라올 것이다. 숨통이 끊어질 때까지 손아귀에서 힘을 풀지 않을 것이 분명했다. 서린은 저도 모르게 숨을 멈추었다. 저항 하나 못하는 약해 빠진 육신이 치가 떨리도록 원망스러웠다.

그것은 예상치 못한 일이었다.

그가, 두 입술 사이로 숨결을 불어넣어왔다.

소름 끼치도록 다정한 손길로 뺨 위를 쓰다듬었다.

"……."

다시 한 번 더.

숨을 건넨다.

"숨 쉬어."

그 나직한 말 한마디뿐이었다. 그가 생각할 틈도 주지 않고 다시 입을 맞춰왔다.

상황 파악이 안 되는 터라 그 한마디에 어떤 감정이 녹아 있었는지는 알 수 없었다. 분명한 것 한 가지는 지금 이 행위가 목을 조르는 것과 같은 잔혹 행위가 아니라는 것뿐이었다.

간질이듯 서린의 아랫입술을 핥던 그는 오래지 않아 입안으로 집요하게 파고들어 왔다. 서린은 몸을 굳혔다. 그녀를 둘러싼 모든 세상이 뭉개진 것은 찰나의 순간이었다. 오직 맞닿은 입술 사이의 자극만이 선명했다. 희미한 파도 소리가 환청처럼 들려오는 듯했다.

그는 농밀하게 혀를 섞으며 조금의 틈도 없이 그녀를 빨아들였다. 서린은 몽롱한 정신을 원래 상태로 돌려놓을 수가 없었다. 치열을 따라 진득하게 움직이던 그가 갑작스레 입천장을 핥아온 것은 그때쯤이었다.

이상해.

그것이 이 행위에서 유일하게 든 생각이었고 서린은 작은 신음을 토하며 어깨를 움츠리고 말았다. 그 즈음 그가 겹쳤던 몸을 일으킨 것도 같았다.

키스라고 하던가. 적어도 자신의 생각을 없애기 위해 이 행위를 시도했다면 성공이었다.

그는 목을 긁는 듯한 날것 그대로의 음성으로 말했다.

"이렇게까지 자극에 취약한 편인 줄은 몰랐는데."

"……헛소리하지, 마."

"아, 정정하지. 성적인 자극에 이렇게 약한 줄은 몰랐어."

"너……."

"첫 키스로 의심되는 정도로군."

"……."

"아직도."

아직 숨도 고르지 못하고 있는 서린에 비해 그는 너무나 멀쩡해 보였다. 그는 곧 잠식될 듯이 높은 수위의 검은 눈으로 말했다.

"아직도 내가 뭘 해도 상관없을 것 같나?"

#4

정신을 차려보니 눈앞에서 자신을 잡아먹을 듯 바라보던 남자는 이미 집을 나간 뒤였다. 나가면서 무언가를 말했던 것 같긴 한데 전혀 기억이 나지 않는다. 사실 다시 이 집에 혼자 남게 되었다는 것을 제외하고는 딱히 인지할 수 있는 게 없었다.

그저 가장 먼저 든 생각이라면, 위험하다는 직감. 그 남자는 너무 위험했다.

그 생각을 필두로 멈춰 있던 머리가 끼릭거리는 금속성의 소음을 내며 다시 돌아가기 시작했다. 그제야 쓸 만한 생각을 할 수 있게 되었다.

"……나가야 해."

왜 진즉 이 생각을 하지 못했던 것인지. 그 남자가 싫다면 도망이라도 가면 되는 거였다. 갈 곳은 없지만 적어도 이곳에서 빠져

나가야 한다는 생각 정도는 했어야 했다.

서린은 천천히 몸을 일으켰다. 성시혁이 집을 나선 지도 꽤 지난 것 같은데 아직 다리는 멀쩡했다. 다행인 일이었다.

소리 없이 현관문까지 걸어간 그녀가 조심스레 문고리에 손을 얹었다. 지금 당장 여길 나간다고 해도 갑작스러운 일도 아니다. 여기는 원래부터 자신의 집도 아니었으며 여기에 계속 머물러야 할 이유조차 없었다. 그러니 그냥 나가기만 하면 되는 것이었다.

철컥.

놀란 듯 숨을 들이마신 서린은 크게 뜨인 눈으로 문고리를 바라보았다. 도어락은 열렸지만 문고리가 돌아가지 않는다.

철컥, 철컥.

다시 시도해봐도 마찬가지였다. 서린은 믿을 수 없다는 듯 제 손끝을 바라보았다. 설마하니 나가지 못하게 해뒀을 줄은 몰랐다. 밖에서만 열리게 해둔 것인가. 이것이 단순 고장이 아닌 의도된 상황이라면, 그는 정말 미친 게 틀림없었다. 그러나 불행하게도 서린은 이미 무의식중에 이게 고장 따위가 아니라는 것을 알고 있었다.

"하……."

정신 나간 인간.

머릿속이 하얗게 번져오는 가운데 서린은 무언가가 번뜩 떠오른 탓에 침대 방으로 돌아가 방 한구석에 아무렇게나 던져져 있는 카디건의 주머니를 뒤지기 시작했다. 아마도 여기에 분명.

"찾았다."

그녀가 손에 든 것은 빗물에 젖었던 티가 나는 우그러진 명함이었다. 여기저기가 번져 있었지만 번호를 못 알아볼 만큼은 아니었다.

'내 도움이 필요하면 언제든 연락해줘요. 꼭이에요.'

재경은 그렇게 말하며 이 명함을 쥐여줬었다. 아쿠아리움에 가던 날 보이는 대로 집었던 카디건이 선상 파티 때 입었던 카디건과 같은 것이라 다행이었다. 분명 주머니 한쪽에 그의 명함이 남아 있을 것이라고 생각했었다. 자신과의 대화를 꺼리는 고용인들은 아무 말 없이 카디건을 세탁한 뒤 이 명함을 원래 있던 자리에 넣어뒀을 테니까.

아무리 생각해도 이게 밖으로 나갈 수 있는 유일한 수단이었다. 한시바삐 여기서 벗어나야 했다.

서린은 비척이며 거실의 전화기로 다가갔다. 모던한 디자인의 수화기를 들고 숫자가 쓰인 네모난 버튼들을 하나씩 누르는 것은 생각보다 쉬운 일이었다.

뚜르르, 하는 싱거운 컬러링이 두어 번 울렸을 즈음 그가 전화를 받았다. 이상했다. 못된 짓을 하는 것처럼 가슴이 벌렁거렸다.

–이재경입니다.

"……."

서린은 아무 말도 못 하고 입만 빠끔거렸다. 일단 전화를 걸긴 했는데 무슨 말을 해야 할지 감이 잡히지 않았다. 다짜고짜 도와달라고 하는 것도 이상했다. 그녀가 우물쭈물거리는 동안 다시금 수화기에서 재경의 목소리가 들려왔다.

–여보세요?

"……저기."

–죄송하지만 목소리를 조금만 더 높여주시겠어요? 잘 들리지 않네요.

곤란한 듯 말하는 음성은 전과 같이 다정했다. 서린은 수화기를 잡은 손에 힘을 주며 입을 열었다.

"안녕, 하세요."

분명 방금 전보다는 큰 목소리였으나 재경은 여전히 대답이 없었다. 이번에도 제대로 못 들었나 싶어 그녀가 다시 입을 달싹였을 때 그의 목소리가 조심스레 울려 퍼졌다.

–……서린 씨?

"아, 네. 우선 저…… 상담하기로 한 거 못하게 돼서 죄송합……."

–지금 그런 거 사과할 때가 아니잖아요.

순식간에 가라앉은 목소리에 서린은 움찔하며 수화기를 바라보았다. 뭔가 잘못한 것인가. 그래도 역시 마음대로 상담을 빼먹은 건 미안한 일이었는데.

–대체 어디에 있는 거예요?

"네?"

–지금 실종신고 된 상태인 거 알고 있어요? 서린 씨는 핸드폰도 없으니까, 아, 자세한 건 나중에. 지금 어디예요?

서린은 미간을 찌푸렸다. 실종신고라니? 익숙지 않은 단어에 이질감을 느낀 것도 잠시 이 전화를 건 본래의 목적을 상기시킨 그녀는 재경의 물음에 대답했다. 정확한 답이었다.

"……성시혁이라는 사람 집에 있어요."

개인적인 친분이 있는지 없는지는 모르겠지만 성시혁은 대외적으로 유명인사라고 봐도 무방했기에 이름을 말하는 것만으로도 충분하다고 생각했다. 게다가 그녀는 이 오피스텔의 정확한 위치를 몰랐기에 지금 내놓은 답이 최선이었다.

–지금 뭐라고 한 거예요? 성시혁이요? 왜 거기에 있는 거죠?

서린은 바닥으로 시선을 고정시킨 채 읊조리듯 답했다.

"그 사람이 절 여기로 데리고 왔어요. 혼자서는 나갈 수 없는 것 같아요."

말을 마치자 무거운 정적이 내려앉았다. 그가 답을 해온 것은 꽤나 오랜 시간이 지난 후였다.

–하아, 믿을 수가 없네요. 무려 공인이라는 사람이 서린 씨를 납치한 거라고요, 지금.

그는 숨을 몰아쉰 뒤 덧붙였다.

–어디 다치거나 아픈 덴 없고요? 괜찮은 거예요?

"네. 괜찮아요. 그보다 부탁드릴 게 있어서 전화를 했어요."

–부탁이요?

"네. 방금도 말씀드렸다시피 여길 제 힘으로 나갈 수가 없어서요."

–…….

"여기서 나갈 수 있게 도와주실 수 있으신지 여쭤봐도, 될까요."

생각했던 것보다 덤덤하게 나온 음성이었지만 상대방은 아무런 반응이 없었다. 역시 들어주기 힘든 부탁이었던가.

하지만 정적 후 들려온 목소리는 전혀 거절의 빛을 띠고 있지 않았다.

–당연히 도와줄게요. 지금이라도 바로 그 집에 갈 테니까…….

뚝.

갑작스런 끝맺음이었다. 서린은 의아한 눈으로 수화기를 바라보다가 다시 귀에 가져다 대었다. 그러나 먹통이라도 된 듯 아무런 소리도 들리지 않았다. 전원이 끊긴 것 같았다.

그래도 도와준다고 했으니까. 말하는 뉘앙스로 보아 재경은 어디로 와야 할지도 아는 것 같았으니까.

여기서 나갈 수 있겠지.

서린은 고요한 눈으로 잠긴 문고리를 바라보다 설핏 눈매를 일그러뜨리며 무릎을 감싸 안았다.

머지않아 혼잡했던 입맞춤이 머리를 어지럽혔다. 그것은 마치 타액을 흘려 넣는 듯한 행위였다. 몸뿐만 아니라 정신에까지 체취를 각인시키는 행위.

서린은 문득 몸을 돌고 있는 혈액에 이미 그의 체취가 배어버린 것은 아닐까 겁이 났다. 그리 생각하면 지금 상태가 이상한 것도 아니었다. 그가 오늘 아침 예고도 없이 스며들어버려서 지금까지 다리가 멀쩡한 것이라고 하면 꽤 그럴 듯했다.

그러나, 제발 아니기를.

자신은 그를 감당할 수 없다.

그 해일을 견뎌낼 자신이 없다.

비릿한 냄새로 추측건대 비가 오는 듯했다. 몸이 욱신거렸지만 심한 정도는 아니었다. 천둥 번개가 치지 않는 것만으로도 다행이었다.

바르작거리던 서린은 뒤늦게야 자신이 누군가에게 안긴 채로 옮겨지고 있다는 것을 깨달았다. 검은 머리칼뿐만이 아니더라도 유독 애련하게 후각을 자극하는 향에 자신을 안고 있는 것이 성시혁이라는 것을 알아차렸다.

"……늦는다면서."

아무 생각 없이 한 말이었다. 순수한 의문이기도 했다. 아직 오후 4시를 채 지나지 않았을 것이 분명한데 왜 벌써 집에 와 있는 것인가.

서린은 저도 몰래 현관문 쪽으로 시선을 줬다. 재경은 아무런 소식이 없었다. 오늘 안에 여기를 벗어나는 것은 무리인 걸까.

성시혁은 아무 말도 없었다. 표정도 보이지 않았다. 그는 그저 그녀의 몸을 침대 위로 놓았을 뿐이었다.

어두컴컴한 바깥 탓에 그의 얼굴이 쉬이 눈에 들어오지 않았다. 미묘하게 스며든 빛에 의해 그의 표정을 마주했을 때, 서린은 반사적으로 몸을 굳히고 말았다.

잔혹하게 물든 검은 눈은 축축했다. 그것은 전에 보았던 늪이었다. 하루아침에 만들어진 것이 아닌, 오랜 기간 쌓아온 새카만 감정이 끝도 없이 들어차 있었다. 하지만 비단 그것 때문에 움찔

한 것은 아니었다.

지독히 상처받은 얼굴.

아닌 척하지만 서린은 알 수 있었다. 가면에 대해 누구보다 잘 아는 것이 그녀였다. 그는 철저히 버려진 자의 얼굴을 하고 있었다.

굳게 다물린 입이 열린 것은 그때였다.

"우스워."

"……뭐?"

"생각 안 해본 건 아니지만 막상 겪어보니 기분 더러워. 이렇게까지 비참할 줄이야."

그가 천천히 손을 뻗어왔다. 때리려는 건가 싶어 눈을 질끈 감았으나 느껴진 것은 아릿한 고통이 아니었다. 그는 떨리는 손으로 자신의 뺨을 더듬고 있었다. 두 눈을 질끈 감은 제 반응 때문인지 머지않아 그의 표정 위로 자조적인 감정이 떠올랐다.

이내 고개를 숙여온 그가 서린의 귓가에 대고 속삭였다.

"이재경은 여기 못 와."

손발이 딱딱하게 굳는 느낌이었다. 온몸을 도는 피가 순간 싸늘하게 식었다.

그는 다 알고 있었다. 자신이 누구에게 연락했는지, 그와 무슨 대화를 나눴는지. 서린은 멍하니 중얼거렸다.

"미쳤어, 넌."

"나가고 싶었어?"

축축한 눈이 그녀를 향했다. 제발 대답하지 말라는 듯한 눈을 모르지 않았으나 거기에 장단 맞춰줄 생각은 없었다. 서린은 입꼬리를 비틀어 올렸다.

"당연한 거 아니야? 내가 왜 여기 있고 싶을 거라 생각하는데?"

그는 한동안 대답이 없었다. 흔들리는 법이 없는 검은 눈은 점점 더 탁해지고 있었다. 그는 이마 위로 흘러내린 검은 머리칼을 정리할 생각도 하지 않고 나지막하게 읊조렸다.

"그날 밤은 나 혼자만의 밤이 아니었다고 생각했으니까."

"……."

"난 그날만 보고 살아왔으니까. 웃기지도 않는 푸른 달을 기다리면서."

순간 서린은 눈을 크게 떴다. 푸른 달? 푸른 달이라고 했나.

'푸른 달이 뜨면.'

앳된 소녀의 목소리가 귓가를 관통해왔다. 서린은 갑작스런 통증에 머리를 감싸 안았다.

'푸른 달이 뜨면 다시 네게 올게.'

천진난만한 목소리가 다시 한 번 머리를 울렸지만 도통 그 뜻을 알 수가 없었다.

"나는 몰라."

서린은 하얗게 질린 채 고개를 저었다.

"난 그 밤을 몰라."

"……상관없어."

짓씹듯 나온 말이었다. 성시혁은 그녀의 위로 느릿하게 몸을 겹치며 나른하게 웃어 보였다. 처음으로 표정이랄 게 나타났으나 의미 모를 웃음이었다. 서린은 고통의 잔흔에 제대로 눈을 뜨지 못하면서도 그가 주는 자극만큼은 선명히 느낄 수 있었다.

그는 커다란 손으로 그녀의 뺨을 감싸고는 엄지로 입술을 덧그리고 있었다. 입술 선을 따라 엄지를 움직이던 그는 잔뜩 낮아진 목소리로 중얼거렸다.

"상관없으니까……."

서린은 손끝이 저릿저릿해오는 느낌에 시트를 꽉 쥐었다.

이윽고 들려온 그의 목소리에는 뭐라 형용하기 힘든 뜨거운 감정이 서려 있었다.

"지금은 입이나 벌려."

먼발치에서부터 머리까지 무언가가 찌르르 울리는 느낌에 서린은 입을 다물었다. 절대 입을 벌리지 않을 거라는 뜻이었다. 위에서 그녀를 내려다보던 성시혁은 작게 웃었으나 그것은 절대 분위기를 완화시킬 만한 것이 아니었다.

"너 머리 아프잖아."

"……."

"생각하기 싫은 걸 끄집어내려니까 힘들 수밖에. 입, 벌려 봐."

그는 그렇게 말하며 다물린 서린의 입술 위를 느릿하게 핥았다.

"아……."

"아무 생각도 안 나게 해줄 테니까."

그것은 마치 유혹이었다. 입만 열면 돼. 모든 걸 잊게 해줄게, 속삭이는 음성에 귀가 녹아내릴 듯했다.

목을 울리며 웃던 그는 언제 웃었냐는 듯 정염이 인 얼굴로 그녀의 가는 목을 쓸었다. 마음만 먹으면 단번에 부러뜨릴 수 있을 만큼 여린 목임에도 도저히 손에 힘이 들어가질 않았다.

"웃긴 일이군."

아직 그녀의 입은 벌어지지 않았으나 한계였다.

그는 고개를 숙여 다물린 입술 사이를 거칠게 파고들었다.

"흐읏……."

단번에 두 혀가 맞닿았다. 그는 저번보다도 뜨거웠으며 무서울 만큼 저돌적이었다. 서린은 자신의 머리를 감싸 안은 채 숨을 모두 앗아갈 듯 난폭하게 움직이는 그라는 존재가 지금 이 순간 너무나도 크게 느껴졌다.

그녀는 반사적으로 그를 밀어내곤 도리질 쳤다.

"시, 싫어. 이거 이상해. 그만해."

성시혁은 그녀의 머리를 품에 안으며 달래듯 말했다.

"아니, 이제 시작이야."

"……읏."

등줄기를 쓸어내리는 그의 손에 즉각 반응하듯 신음성이 터져 나옴과 동시에 허리가 휘었다. 저도 모르게 세워버린 두 무릎 사이에 위치한 그는 눈이 마주친 순간 짙게, 웃었다.

머리 위로 소용돌이가 일기 시작했다. 이것은 실로 힘겹게 제자리를 찾은 기억, 감정 따위들을 산산이 깨부수는 행위였다. 그러나 동시에 도저히 그녀가 멈출 수 있을 만한 물살이 아니기도 했다.

머릿속이 하얗게 바래버리고 그가 주는 자극에만 몸이 반응하기 시작했다는 것을 깨달았을 때는 이미 너무 멀리 온 뒤였다.

유린하듯 그녀의 입안 점막을 헤집던 그가 나직하게 말했다.

"원래 이렇게 민감해?"

"……."

"입안이 성감대인 것 같아, 너."

매캐함이 느껴지는 탁한 음성에 서린은 두 눈을 아래로 내리깔았다.

"제발 그 입 좀……."

울음기 서린 목소리에 서린은 그제야 자신이 두 눈을 그렁그렁하게 하고 있다는 것을 알아챘다.

이상하게도 이번만큼은 이 눈물이 어떤 의미인지 알 수가 없었다. 단순히 성감에 취해 터져 나온 눈물일 수도 있었고, 이 상황 자체가 마음에 안 들어 나온 울음일 수도 있었다.

쯧, 하고 혀를 찬 성시혁은 누워 있는 그녀의 등 뒤로 단단한 팔을 넣어왔다. 서린은 더 이상 발버둥 칠 힘조차 남아 있지 않았다. 그가 또 무슨 짓을 하려는 건지 예상하는 것조차 지금은 버거웠다.

곧 상체가 강한 힘에 의해 천천히 일으켜 세워졌다. 더 이상 어떠한 자극을 받아들이는 것은 무리였다.

싫다는 말을 전하기 위해 입을 열었을 때였다. 등 뒤의 단단한 팔이 몸을 꽉 안아왔다.

"……."

품에 안겼다는 것을 실감하기까지는 꽤 오래 걸렸다. 어깨를 감싸온 그는 느릿하게 물어왔다.

"넌, 왜 이렇게 자주 울어."

서린은 애써 입을 달싹였다.

"……원래는 안 울어."

"하아?"

"너 때문이잖아. 둘 다 네가 울린 거잖아."

그는 전혀 공감하지 못하는 얼굴로 대꾸했다.

"그래?"

"넌 네가 생각하는 것보다 훨씬 더 나쁜 새끼야."

"알겠으니까……."

성시혁은 머리카락이 손가락 사이로 흐트러지는 느낌이 마음에 든 듯 계속해서 서린의 뒷머리를 쓸어내렸다. 그는 검은 눈을 맞춰오며 나직이 말했다.

"울지 말아봐."

"……그걸 지금 위로라고 해? 진짜, 형편없네."

서린은 후두두 떨어지는 눈물을 연신 훔쳐내며 울먹이는 목소리로 말을 이어갔다.

"진짜 싫어, 너."

"그래."

"좀 떨어져. 놓으라고."

"그건 싫다고 했어."

왜 이런 기분이 드는지는 알 수 없었다. 혀와 혀가 맞닿아 뜨겁게 타오를 듯 마찰하고 점성 있는 타액을 나누는 것보다 그에게 안겨 있는 지금이 더 야릇한 감각을 불러일으키는 듯했다. 그래서 빨리 벗어나고 싶었다. 그 즈음이었다. 성시혁은 고개를 숙여 서린의 귓가에 낮게 속삭였다.

"날 좀 좋아해봐."

"뭐?"

"나 좋아한다고, 말해보라고."

서린은 천천히 눈을 들어 그의 검은 눈을 바라보았다. 검은 눈은 전과 같이 탁했다. 농담 따위가 아니라는 뜻이었다.

서린은 고개를 저었다.

"싫어."

이윽고 들린 것은 픽, 하는 힘없는 웃음소리였다. 그냥 한 번 해본 말이라고 답지 않게 변명이라도 해주면 좋을 텐데 그는 실없는 웃음을 흘리며 가만히 있기만 했다. 조금 더 기다리면 그 말을 해줄 거라 믿는 것처럼.

빗소리가 거세지면 공연히 온몸이 욱신거리곤 했다. 번개라도 치면 손발은 물론 전신이 벌벌 떨리는 탓에 가만히 문을 잠그고 이불 속에 들어가 있기 일쑤였다. 눈을 뜨면 날이 개어 있길 소망하면서.

그러나 빗소리가 선연한 지금, 끝을 가늠할 수 없는 늪을 담고 있는 그의 눈동자와 마주한 지금. 지난 10년이 넘는 시간 동안 시

달리곤 했던 지긋지긋한 통증은 어느 순간 멎어 있었다.

대체 왜.

자신은 여전히 이 남자가 싫다. 전에 생각했듯이 그는 호감이라곤 가질 수 없는 남자였다. 다정하지도, 자상하지도 않았다. 따뜻한 말 한마디 하는 법이 없었으며, 그와 마주하는 순간순간이 고역이었다.

그런데 왜.

빈틈없이 맞닿아 있는 그의 체온을 밀어낼 수가 없었을까.

온 거실에 옅은 커피 향이 내려앉아 있었다. 종잇장 넘어가는 소리를 따라 고개를 돌리니 성시혁이 다리를 꼰 채 오늘 자로 보이는 신문을 읽고 있었다. 꽤나 집중을 하고 있었던지 그녀의 기척도 눈치채지 못한 듯싶었다.

서린은 도로 들어갈까 갈등하다가 향긋한 커피 향에 이끌려 그와 가장 먼 식탁 의자에 자리 잡았다. 테이블 위의 커피 머신과 커피 잔에 손을 가져가기도 했다.

"시럽은 뒤쪽 아일랜드 식탁 위에."

커피 잔의 손잡이를 쥔 그녀가 반사적으로 움찔거렸다. 눈치채지 못한 게 아니었나 보다. 무심코 바라본 그는 여전히 신문에 눈을 떼지 않고 있었다.

딱히 취향이랄 것은 없었지만 그다지 달게 먹는 편도 아니었다. 어린이 입맛쯤으로 알고 배려하는 척하는 건가. 서린은 괜한 오기에 아일랜드 식탁에는 눈길조차 주지 않고 커피 잔을 채웠다.

성시혁의 시선이 느껴졌으나 무시하기로 했다.

"필요 없……."

서린은 눈을 커다랗게 떴다. 한 모금 머금었을 뿐인데도 혀끝이 알싸할 만큼의 쓴맛이 올라왔다. 맹세코 이렇게 쓴 커피는 처음이었다. 뜨거운 액체를 힘겹게 목 뒤로 넘기자 우발적인 헛기침이 쏟아져 나왔다.

작게 혀가 차는 소리가 들려왔고 고개를 들었을 땐 그가 천천히 자리에서 일어나고 있었다.

커피의 풍미 따위 조금도 느껴지지 않을 만큼 끔찍하게 쓴 커피였다. 시럽을 넣었어도 별반 차이가 없었으리라는 것에 조금의 이견도 없었다.

그는 서린이 손에 들고 있던 커피 잔에 담긴 커피를 모조리 싱크대에 흘려 버리고는 옆에 있는 다른 커피 머신을 작동시키기 시작했다. 부정할 수 없을 만큼 우아하고도 간결한 손놀림이었다.

"귀찮게 하는군."

공기를 울리는 낮은 음성에 서린은 울컥한 나머지 투정하듯 말해버렸다.

"네가 너무 쓰게 마시는 거란 생각은 안 해봤어?"

그는 언뜻 노란색으로 보이는 캡슐을 커피 머신 안에 집어넣으며 그녀를 빤히 내려다보았다. 딱히 진위 여부를 가리려는 것처럼 보이지는 않았다. 그것은 그냥, 시선이었다. 그저 얼굴을 보는 것을 목적으로 한 단순하기 짝이 없는 시선.

"흠."

서린은 고개를 떨어뜨리고 주먹을 꼭 쥐었다. 이유 없이 그의 앞에서는 예민하게 굴게 된다는 것을 다시금 깨달은 것은 얼마 지나지 않아서였다.

그의 시선이 느껴졌다. 그가 느릿하게 허리를 굽혀 식탁 위로 턱을 괸 탓이었다. 올려다보는 눈동자는 끔찍하게 썼던 커피보다도 검고, 뜨거웠다.

한참을 말없이 올려다보던 그가 움직인 것은 커피 머신이 작동을 마쳤을 때였다.

"시럽, 필요 없나?"

그가 넣은 캡슐이 에스프레소인지 뭔지는 모르겠으나 오기로라도 필요 없다며 고개를 저으려던 참이었다. 그러나 그는 대답을 듣기도 전에 그녀의 앞에 커피 잔을 내려놓았다.

"뭐, 괜찮겠지."

서린이 이번에는 절대 꼴사납게 헛기침 따위 하지 말아야지, 하는 각오로 한 모금을 마셨을 때였다.

"……."

"마음에 안 드는 건가? 네 입맛이라고 생각했는데."

입안 가득 퍼지는 부드러운 향은 분명 초콜릿이었다. 그러니까, 두말할 것도 없이 어린이 입맛 취급하는 것이었다.

문제가 있다면 그게 맛있다는 것쯤일까.

서린은 계속해서 초콜릿 티를 홀짝였고 성시혁은 구경이라도 하듯 그녀를 바라보았다. 커피 잔을 깨끗이 비웠을 때 바라본 그의 얼굴에는 미미하게나마 웃음기가 걸쳐져 있었다.

그를 물끄러미 응시하던 서린은 거의 충동적으로 입을 열었다.

"나……."

작은 목소리였지만 그는 서린에게 시선을 집중했다. 쓰리피스의 슈트를 갖춰 입어 지독히 금욕적으로 보이는 남자의 검은 눈동자 위로 순간 마른 열기가 피어올랐다.

"여기서 나가고 싶어."

단 한마디였다. 그 말 한마디에 거실의 공기가 단번에 내려앉았다. 성시혁은 표정을 싸하게 굳히고는 입매를 뒤틀었다. 결국 그거였냐는 듯한 그의 눈은 이미 차갑게 가라앉아 있었다.

"윤서린."

가볍게 이름을 발음하는 목소리에는 그 어떤 감정도 서려 있지 않았다. 서린은 오랜만에 듣는 그 이름에 대놓고 미간을 찌푸렸다.

"그렇게 부르지 마."

"그럼 네 원래 이름이라도 불러주길 바라는 건가."

느릿한 발음에 서린은 어깨를 움찔 떨었으나 이내 긴 한숨을 내쉬며 감정을 갈무리했다.

그보다 원래 이름이라니. 서린은 그의 표정을 모방하며 입술을 비틀어 올렸다.

"끔찍한 소리하네. 우리가 서로 호칭씩이나 필요한 사이야? 납치범 놀이는 이쯤 하고 끝내."

"납치범 놀이라."

나지막한 웃음소리가 나는 것도 같았지만 그의 표정에는 웃음기가 묻어 있지 않았다. 그는 순식간에 싸늘해진 눈으로 낮게 읊조릴 뿐이었다.

"유감이군. 난 그걸 끝낼 생각이 없어."

"……미쳤어?"

"멀쩡해. 지극히도."

그는 손을 뻗어 천천히 서린의 머리칼을 귀 뒤로 넘겨주었다. 그의 손길이 닿는 곳곳 소름이 돋았다.

서린은 그의 검은 눈을 마주하며 그가 진심임을 깨달을 수 있었다. 이 남자는 자신을 밖으로 내보내줄 생각이 전혀 없었다. 등 뒤로 한기가 느껴졌지만 애써 모른 체하며 서린은 생각해둔 말을 꺼냈다.

"원래 인간관계랄 것도 없었지만 이대로 있다간 정신병이라도 생길 것 같아."

독한 말을 쏘아댈 줄 알았던 것과 달리 꽤나 정상적인 말을 내놓자 그가 설핏 인상을 찌푸렸다.

"정신병?"

"그래. 이렇게 넓은 집에서 혼자 대체 뭘 하란 거야."

"할 만한 것들이 있으면 된다는 건가."

"난 딱히 취미랄 것도 없고, 영화나 드라마 같은 것도 별로 안 좋아해. 홈 씨어터나 게임기도 필요 없어."

"그럼 뭐가 필요하다는 거지."

"……상담, 받고 싶어."

말이 끝나기 무섭게 조금이나마 풀어져 있던 그의 표정이 다시 굳어갔다. 그는 서린의 의중을 파악하듯 그녀의 표정을 눈에 담았다.

"납치범 놀이 끝내기 싫으면 적어도 이 정도 부탁은 들어줘."

"대체."

눈을 떠보니 그의 품 안에 안겨 있었다. 가까이서 올려다본 그는 혼란스러워 보였다. 서린의 머리를 끌어안고 착잡한 듯 그녀의 머리칼을 가만가만 쓸어내리던 그는 곧 그녀의 귓가에 대고 속삭였다.

"대체 이 작은 머리통으로 무슨 생각을 하고 있는 거야."

"말한 그대로. 너도 나 미치는 꼴은 별로 보고 싶지 않잖아. 대신, 생각해볼게."

"뭘."

이전에 비해 훨씬 누그러진 음성에 대고 서린은 그가 절대 거절할 수 없을 만한 조건을 걸기 위해 입술을 달싹였다. 미련하게도, 이 말 한마디면 뭐든 들어줄 것 같은 남자였다.

"내 기억 속에 있었을지도 모를 너를 생각해볼게."

거짓말처럼 그의 손이 허공에서 멈췄다. 무심코 올려다본 그의 눈은 일렁이고 있었다.

예상은 했지만 정말인 듯했다. 과거의 기억이라는 것이 그에게는 지대한 존재감을 지닌 채 남아 있었던 것이다. 그는 자조적으로 웃으면서도 그 제안을 거절할 수 없을 것을 직감한 듯 조용히 눈을 감았다.

"영악해. 똑똑하고."

그것은 수락의 의미와 크게 다르지 않았다.

곧 그는 몸을 돌려 현관을 향해 발을 옮겼다. 하지만 서린은 그를 이렇게 보내서는 안 된다는 것을 알고 있었기에 다급히 그의 손목을 붙잡았다.

서린이 갑작스레 손목을 잡아끈 탓에 그는 나가려던 발을 멈추고 천천히 뒤돌아보았다. 슬쩍 치켜 올라간 눈썹이 초조한 것도 같았으나 서린은 그의 손목을 놓지 않은 채로 담담히 말했다.

"이렇게 나가지 마."

"……뭐?"

그는 자신이 무슨 얘기를 들었는지 단번에 이해하지 못하는 듯했다.

"지금 네가 이렇게 나가버리면 난 다리 못 써. 계속 누워 있거나 한자리에 있어야 해."

그것은 본능적으로 깨달은 사실이었다. 그가 멀어지면 자신은 다리를 쓸 수 없다. 다만 그의 타액이 섞여든 날은 원래처럼 다리를 사용할 수 있었다. 서린은 그것이 절대 우연이 아니었다고 확신할 수 있었다.

"그래서."

이미 알고 있는 부분인 양 그는 놀란 기색이 없었다. 오히려 그는 어떻게 나오는지 구경이라도 한번 해보자는 것처럼 고개를 비스듬히 틀기까지 했다. 굴욕감이 느껴졌지만 어쩔 수 없었다. 그의 체액이 필요했다. 저번에야 하루 종일 잠만 잤으니 크게 불편함을 느끼지 못했지만 오늘은 아닐 것이었다.

"네가 필요한 걸 확실하게 말해."

강압조의 나지막한 목소리에 정신을 차리고 그를 올려다본 서린은 흠칫 굳고 말았다. 포악함을 삼키고 있는 이 잔인한 남자에게 입맞춤을 요구하기는 죽기보다 싫었다. 그보다 더 쉬운 방법을 알고 있는 서린으로서는 저도 모르게 남자의 손끝을 응시할 뿐이었다.

그 시선을 눈치챈 성시혁은 일말의 망설임도 없이 슈트 안주머니에서 만년필을 꺼내 뾰족한 부분으로 손끝을 베었다. 길게 난 상처 위로 피가 맺혔다.

"이게 필요해?"

앞뒤 잴 것도 없었다. 서린은 고개를 끄덕이며 그에게 가까이 다가갔다. 마음대로 해보라는 듯 자신을 응시하는 그의 시선에 서린은 그의 손을 잡아 채 입가로 가져갔다.

남달리 발달한 후각에 피 냄새가 스쳤으나 왜인지 역한 감은 없었다. 오히려 익숙한 냄새인 것 같다는 생각을 하며 서린은 그의 검지를 입에 물었다.

그의 손을 놓은 것은 충분히 그가 스며들었다고 생각했을 즈음이었다.

몽롱한 눈을 하고 있는 그에게 서린은 겉치레라도 한마디 할 수밖에 없었다.

"치료, 하고 가."

힘 조절을 모르는 사내인 듯 꽤나 깊게 나 있는 상처가 못내 마음에 걸렸다. 이렇게까지 깊게 상처를 낼 필요는 없었는데 말이다. 손끝에 난 상처가 나름 고통스럽다는 것을 알고 있는 서린으로서는 모른 척을 할 수가 없었다.

거실 한편에 있는 구급상자에서 연고와 밴드를 챙겨 온 그녀는 여전히 그 자리에 멈춰 있는 그의 손을 끌어 치료를 시작했다.

겨우 제 손끝에 난 상처 하나 때문에 미간까지 찌푸리고 치료에 열중하고 있는 서린을 바라보던 성시혁이 입을 열었다.

"나쁘지 않군."

"뭐가."

"이런 거라면, 매일 할 수 있을 것도 같아."

그닥지 않은 부드러운 음성이었다.

알다가도 모를 사람이었다. 저 정도로 깊게 파인 거라면 꽤나 아플 법도 한데 내색도 하지 않고 매일 할 수 있을 것 같다니. 서린은 이해할 수 없는 그를 두고 고개만 내저을 뿐이었다.

"상담사, 오게 해."

"……뭐라고? 왜?"

치료를 끝내고 문밖을 나서던 그가 나직하게 말했다.

"나도 네가 미치는 꼴은 보고 싶지 않아서, 라고 해두지."

"……."

"시간은 오후 2시부터 3시까지. 그 이상은 안 돼."

"……응."

철컥, 하고 다시 문이 잠기는 소리가 들렸지만 서린은 한참 동안 그 자리에 가만히 서 있었다.

바다로 돌아갈 수 있는 날이 일주일 정도 남았다. 그날이야말로 이곳을 뜰 때였다. 미련은 없었다.

서린은 천천히 수화기를 들어 귓가로 가져갔다. 우그러진 명함에 적힌 번호를 순서대로 누르니 신호음이 갔다. 세 번이 채 울리기도 전에 수화기 너머로 기다리고 있었다는 듯 그의 음성이 터져 나왔다.

–서린 씨? 서린 씨 맞죠?

"재경 씨."

그의 이름을 부른 것은 처음이었다. 상대편에서는 숨소리만 들려왔다.

"자세한 건 직접 만나서 얘기하고 싶어요."

–……네?

"상담을 부탁드리고 싶어서요. 일단은 재경 씨만 와주시겠어요? 오늘은 다른 문제로 이야기를 나누려고 해요."

–물론 괜찮지만…….

"저번에 말씀드렸던 곳으로 오늘 오후 2시까지 와주시면 될 것 같아요."

저번 통화로 인해 느낀 점이라면 통화는 최대한 간결하고 의심을 살 만하지 않게 진행해야 한다는 것이었다. 그 남자라면 도청도 못 할 건 없어 보였다.

재경은 대충 이쪽 사정에 대해서도 눈치를 챈 듯 그럼 그때 뵙겠다는 말을 하며 통화를 마무리 지었다.

자신의 목적은 오로지 하나였다. 이 집을 나가는 것. 그가 순순히 나가게 해주지 않을 생각이라면 도망이라도 가면 된다. 그걸 도울 사람으로 생각난 사람이 이재경일 뿐이었다. 그래서 상담을 하게 해달라고 한 것이고.

무슨 생각을 하는 건지 궁금하다고 했었지.

일시적으로 멀쩡해진 다리로 그에게서 빠져나갈 생각을 하고 있다. 물론, 과거 따위는 생각하고 싶지도 않았다.

그러나 과거를 상기해보겠다는 말 한마디에 누그러졌던 남자를 떠올리자니 이상한 기분이 들었다. 정말이지 그가 이상해서, 가슴이 답답했다.

전자시계의 숫자가 1:59에서 2:00로 바뀐 순간이었다. 똑똑, 하는 노크 소리가 현관에서부터 들려왔다. 그러나 서린은 자신이 일어날 필요가 없다는 것을 너무나도 잘 알고 있었기에 식탁 앞에 앉아 있기만 했다. 문은 밖에서만 열린다.

처음 모습을 드러낸 것은 검은 뿔테 안경을 낀 30대 초반쯤으로 보이는 남성이었다. 단정히 차려입은 정장이 그의 사회적 지위를 반영하고 있는 듯했다. 그는 정중한 어투로 말해왔다.

"안녕하세요, 비서 직책을 맡고 있는 이태형입니다. 잠깐 실례하겠습니다."

누구의 비서인지는 물어보지 않아도 뻔했다. 자신을 이태형이라고 소개한 남자는 실례하겠다는 말이 무색하게도 한 발자국도 움직이지 않았다. 집 안으로 들어온 것은 그의 뒤로 걸어 들어온 캐주얼한 옷차림의 이재경이었다.

"고마워요, 태형 씨. 서린 씨도 오랜만이네요."

부드러운 미소는 여전했다. 초면인 남자의 목적은 오직 문을 열기 위해서였던 듯 그는 묵례를 하며 뒤로 물러갔다. 서린은 밖으로 나가는 그에게 눈인사를 한 뒤 재경을 향해 가볍게 고개를 끄덕였다.

"들어오세요."

그와 할 이야기가 많았다. 한 시간 동안 최대한 많은 것을 나누어야 했다.

재경은 비서 이태형이 나간 것을 확인하고는 설핏 인상을 찌푸리더니 성큼성큼 안으로 걸어 들어왔다.

"이 정도면 감금이네요."

표정을 굳힌 그가 굳게 닫힌 현관문을 가리키며 말했다. 서린은 어깨를 으쓱였다. 잘 알고 있지만 딱히 어찌할 도리가 없다는 뜻이었다.

"어떻게 지냈어요? 설마 아니겠지만 시혁이가 서린 씨를 다치게 했다거나 한 일은 없겠죠?"

"일단 앉아서 이야기를 했으면 하는데……."

서린은 여전히 앉은 채로 식탁의 맞은편을 가리켰다.

"아, 미안해요. 내 정신 좀 봐, 너무 걱정했었거든요."

식탁에 앉으니 자연스레 이야기가 재개됐다. 서린은 조심스레 입을 열었다.

"다친 적은 없지만, 이게 비정상적이라는 건 알 것 같아요."

"다분히 비정상적이죠. 시혁이가 저지르고 있는 건 범죄예요."

"……혹시 그 사람과 어떤 관계이신지 여쭤봐도 될까요?"

재경의 말투로 보아 그가 어느 정도 성시혁과 친분이 있을 거라고는 예상했지만 그의 입에서 나온 말은 생각했던 것 이상이었다.

"사촌이에요, 이종 사촌."

S&H그룹의 차기 주인쯤 되는 성시혁의 이종 사촌이라면……. 서린은 놀란 기색을 숨기지 않았다. S&H그룹과 L그룹이 서로 유착된 관계였다니.

"그것보다, 지금까지 있었던 일을 말해볼 수 있겠어요?"

"그게……."

어떤 일이 있었던가. 첫날은 뜨거운 차를 허벅지에 들이붓고는 하루 종일 잤었고, 그다음 날은 테라스에서 밖으로 떨어질 뻔한 걸 그 남자가 잡았었다. 과거를 기억해달라는 듯 애달프게 자신을 바라보던 남자를 비웃었었다. ……키스를 했었다.

무슨 말부터 해야 할지 감을 잡지 못하고 머릿속을 정리하던 서린은 문득 재경에게 묻고 싶은 것이 생겼다. 그와 사촌지간이라면 어쩌면 그의 과거에 대해서도 알고 있지 않을까.

"뜬금없는 질문이긴 한데……."

"상관없어요. 뭐든 물어도 돼요."

"혹시 그 사람이 바다에, 음, 뭐라고 해야 할지 모르겠네요. 과거에 바다와 관련해서 사고가 있었다거나 한 적 있나요?"

"네?"

확실히 이상한 질문이긴 했다. 괜한 질문을 한 것 같아 서린은 말을 얼버무렸다.

"아, 아무것도 아니……."

"그러고 보니까."

재경은 기억을 더듬듯 머리카락을 헤집더니 나지막하게 말했다.

"어렸을 때, 아주 어렸을 때 시혁이가 물에 빠진 적이 있었어요."

"……."

물에 빠진 적이 있었어요, 라는 그 말에 쿵쿵거리며 심장이 뛰기 시작했다.

"정말 어렸을 때니까 이모부가 선화 이모랑 재혼하기도 전이네요."

"재혼, 이요?"

아릿하게 두통이 느껴졌다. 자꾸만 하나의 장면이 눈앞을 어지럽혔다. 뚜렷한 윤곽조차 보이지 않는 희미한 장면이었으나 무시할 수가 없었다.

어두운 밤의 바닷가. 바닷가 위로 떠오른 물방울들. 거기에 스민 달빛. 그리고 한 명의…….

"가정사에 대해 떠드는 건 실례지만 상황이 상황이니만큼 간단히 말씀드리자면."

"네."

"시혁이 어머니는 시혁이를 낳으면서 돌아가시는 바람에 시혁이가 12살까지는 새어머니 밑에서 컸어요. 사고가 난 것도 아마 12살 때쯤이었나, 그럴 거예요. 나중에야 밝혀졌지만 새어머니가 정신적으로 문제가 있으셔서."

재경의 목소리에서 그늘이 느껴졌다. 서린은 점점 더 날카롭게 느껴지는 두통이 멎기를 기다리며 색채를 더해가는 눈앞의 장면을 애써 무시했다.

"이모부가 지금 선화 이모랑 재혼하실 때까지 새어머니라는 사람한테."

어두운 밤의 바닷가. 바닷가 위로 떠오른 물방울들. 거기에 스민 달빛. 그리고 한 명의…….

"학대를 당했어요."

소년.

서린은 다급하게 머리를 감싸 쥐었다.

몸 여기저기 성한 곳이 없던 소년, 말씨가 유난히 어눌하던 소년.

그가 누군지는 모르겠으나 갑작스런 고통은 끔찍할 만큼 집요했다. 재경은 깜짝 놀라며 자리에서 일어나 그녀에게 다가왔다. 서린은 겨우 입을 열어 한 글자씩 발음했다.

"괜찮아요. 가끔 이러니까."

"하지만."

"정말, 괜찮아요."

금방이라도 침대로 가서 휴식을 취하고 싶었지만 지금의 한 시간을 헛되이 보내서는 안 됐다. 서린은 정신을 다잡으며 계속 말해달라는 듯 손짓했다. 재경은 곤란한 표정으로 말을 이어갔다.

"그러니까, 음. 선상 파티 중에 비가 엄청 많이 왔었던 때 바다에 빠졌다가 다음 날 어떤 섬에서 구조됐던 걸로 기억해요. 이모부께서 막대한 거금을 들여 수색을 진행하셨거든요. 그 이후로 애가 달라졌어요."

"……어떻게요?"

"정확히는 표현할 수 없지만, 점점 변하더니 지금처럼 차가운 사람이 됐죠."

"그것 말고 특별한 건, 없었나요?"

"네. 특별히 없었어요."

눈앞을 어지럽히는 한때의 기억과 본능이 팽팽히 대립했다. 더 이상은 이 기억에 다가가지 말라고 누군가 외치는 것만 같았다. 토기가 일었지만 서린은 자리에서 일어설 수 없었다.

"서린 씨, 상태가 안 좋아 보여요. 그냥 어떻게든 지금 나갈까요? 나랑 잠시 어디 간다고 하면."

"아니에요."

분명한 것은 여기서 발을 빼선 안 된다는 것. 이 기억의 실체를 확인해야만 할 것 같았다.

비 오는 날만 되면 몸을 벌벌 떨어대는 것과 L그룹이 주최했던 선상 파티에서 그와 바다 위에서 만났을 때 느꼈던 미칠 듯한 어지러움. 이 모든 것들이 너는 더 이상 이 기억과 관련 없는 사람처럼 굴 수 없다고 경고하는 것만 같았다.

"서린 씨 뜻이 그렇다면 어쩔 수 없지만 이건 알아둬요."

"……네?"

"시혁이를 방심하게 해요. 어렸을 때부터 사랑에 굶주렸던 애예요. 이런 말은 잔인하지만, 저는 서린 씨가 여길 벗어났으면 하는 마음이 더 커요. 그러니까."

"……."

"상냥하게 대해줘 봐요. 시혁이는 분명 거기에 약할 거예요. 뭐든 다 내어줄 것처럼 행동할 테니까, 그때 여기서 벗어나요."

"재경 씨……."

"이거, 비정상적인 일 맞아요. 감금은 명확한 범죄예요. 애초에 신고해봤자 시혁이한테는 소용도 없을 테니 직접 빠져나오는 게 가장 확실하겠네요. 옆에서 계속 도와줄 테니까, 서린 씨. 내 말대로 해줄래요?"

갈색 눈동자에 햇살이 섞여들었다. 서린은 그의 눈을 응시했다. 변함없이 다정한 사람이었다. 어떻게 해서든 도와주려는 모습이 낯설었으나 거부할 수는 없었다.

"네, 그럴게요."

그 말에 재경은 가만히 미소 짓다가 입을 열었다.

"왜 이렇게 내가 돕고 싶어서 안달 난 건지 궁금하지 않아요?"

"네?"

"이렇게까지 서린 씨를 빼내오고 싶어서 안달인 이유, 알려줄까요?"

그의 다정한 음성에도 서린은 아무런 대답도 하지 못하고 입을 꾹 닫아버렸다. 그 모습을 씁쓸한 듯 바라보던 재경은 표정을 갈무리하곤 나지막하게 말했다.

"나, 서린 씨가 좋아요."

서린은 놀란 듯 눈을 크게 뜨고 그와 시선을 마주했다. 재경은 쑥스러운 듯 뒷머리를 긁적이며 말을 이어갔다.

"그냥 서린 씨란 사람이 좋아요. 아, 나도 좋아해달란 말은 절대 아니니까 부담 갖지 말아요."

"아……."

"이상하게 자꾸 챙겨주고 싶고, 편하게 해주고 싶고 그래요."

서린에게는 낯선 말이었다. 익숙지 못한 상황에 그녀가 계속해서 아무런 말도 하지 않자 재경은 자연스럽게 다른 이야기를 꺼내주었다. 부담 갖지 말란 말이 이런 뜻이었나.

"윤 회장님이 얼마나 걱정하시는지 아세요? 실종신고는 내려갔지만 하루빨리 직접 보고 싶어 하세요."

"……네."

실로 낯설게 느껴지는 이름이었다. 윤 회장. 서린은 어설프게 웃어 보였다. 아마도 여기서 나가게 돼도 다시 그의 집에 돌아갈 일은 없을 터였다. 그 집은 자신과는 아무런 관련도 없었다.

한 시간은 금방이었다. 무심코 바라본 전자시계가 2:59에서 3:00으로 넘어갔을 때, 건조한 노크 소리와 함께 나타난 비서는 시간이 다 됐다고 말했고, 재경은 초조한 표정으로 밖으로 나갔다.

'나, 서린 씨가 좋아요.'

왜인지 그의 음성은 쉬이 기억 속에서 사라져버렸다. 그는 고마운 사람이긴 했지만 서린은 그를 이성으로 본 적이 단 한 번도 없었다. 그녀는 침대로 돌아와 잠을 청할 뿐이었다.

누군가가 머리채를 틀어잡고 뒤흔들고 있는 것만 같은 두통 속에서 그녀는 서서히 눈을 감았다.

아동 보호 센터에서 서린은 '다리 불편한 벙어리'였다. 사실 벙어리는 아니었으나 그녀가 단 한마디도 입을 열지 않은 탓에 다들 그렇게들 생각했었다. 바다 근처에서 버려진 채로 발견된 아이는 즉시 보호 센터로 옮겨지긴 했지만 일주일이 지나서야 길고 긴 잠에서 깨어났다.

아무도 선뜻 아이를 맡으려고 하지 않았다. 어두운 죽음의 기운이 길게 덧씌워진 아이는 어떤 고아원으로 데려간다고 해도 며칠이면 죽어버릴 것 같았기 때문이었다.

아이는 꽤 유명했다. 길가나 고아원 앞, 심지어 나무 밑도 아니라 바다 근처에 버려진 아이라니. 평온한 세태에 불쌍한 사연이 필요했기 때문일까. 매스컴은 앞다투어 아이의 고약한 사연을 떠들어대기 시작했다.

그때 아동 보호 센터에 직접 방문해 아이를 입양하겠다고 한 사람은 당시 뇌물 수수 의혹으로 비판 여론이 거세게 몰아치던 Y그룹의 회장이었다. 아이는 어른들이 가라는 곳으로 가야 했기에 자신이 잡은 손이 누구의 것인지도 모른 채 Y그룹의 대저택 안으로 들어가게 되었다.

적당한 사례를 받은 기자들은 뇌물 수수 의혹 따위 덮어버리며 Y그룹의 회장, 윤성식의 성품을 칭송하고 그의 선행을 입이 마르도록 칭찬하기 시작했다. 뇌물 수수로 거센 비난을 받던 그는 아이를 입양한 지 하루 만에 전 세계에서 가장 인품 좋은 기업인처럼 포장되었다. 놀라운 효과였다.

그 이후로도 윤 회장이 아이를 휠체어에 태우고 산책을 간다든지, 아이에게 최고급 휠체어를 사준다든지 한 사연은 곧이곧대로 매스컴을 타고 미담처럼 자리 잡았다.

서린은 오랜 시간이 지난 지금이 되어서야 그가 왜 그렇게 자신을 내보이고 싶어 했는지 알 수 있었다. 그가 과시하고 싶었던 것은 Y그룹의 막내딸 따위가 아닌 자신의 덕 높은 체하는 인품이었다.

새삼스러울 것도 없었다. 쏟은 감정이 없으니 버려질 감정조차 없는 것은 너무나도 당연한 이치였다.

눈을 떴을 때는 이미 제법 어두운 저녁이 되어 있었다. 머리가 두 동강이라도 날 것처럼 아파왔기에 서린은 망설임 없이 욕실로 몸을 틀었다. 차가운 물이라도 맞아야 할 것 같았다.

가장 차가운 물이 나오도록 손잡이를 한껏 돌린 서린은 샤워부스 안에서 가만히 서 있었다. 이윽고 얼음처럼 차가운 물이 몸을 샅샅이 헤집어왔다.

"하아."

얼마간 그렇게 서 있었는지는 알 길이 없었다. 물줄기는 타의에 의해 끊어졌다.

"왜 이러고 있어."

머리맡에서부터 차가운 음성이 들려왔다. 서린은 무심히 눈을 들어 검은 눈동자를 들여다보았다.

화가 난 걸까. 하지만 왜? 왜 화를 내는 거지.

"머리가…… 너무 아파서."

"그렇다고 차가운 물을 맞고 있으면, 하아. 당장 나와."

손을 잡아끄는 그의 체온이 너무도 뜨거웠다. 가라앉은 체온으로 인해 벌어진 온도 차 때문이었다.

"신기한 것 보여줄까?"

서린은 샤워 부스에서 질질 끌려 나오면서 그에게 넌지시 물었다. 그의 발이 자리에 묶인 듯 뚝 멈췄다. 그가 뒤를 돌았을 때 서린은 짐짓 장난스러운 표정을 한 채 두 손에 담고 있던 물을 그에게 뿌렸다. 성시혁은 눈도 감지 않고 그녀를 바라보았다.

물은 그에게 닿지도, 바닥으로 떨어지지도 않았다. 물방울들은 욕실의 불빛을 머금고 허공에 멈춰 있었다.

"어때? 신기하지?"

오늘 재경과의 대화 중에 수도 없이 시야를 가려오던 장면 속에서 나온 상황이었다. 빛을 품은 채 허공에 흩뿌려진 물방울들.

성시혁은 멍한 눈으로 그녀를 바라보았다.

"알고 그러는 거야, 모르고 그러는 거야."

"글쎄. 어느 쪽일까."

"장난치지 말고 말해."

"모르겠어, 나도."

이것만큼은 진심이었다. 어떤 의도를 가지고 그에게 물방울을 보여준 것이 아니었다. 머릿속은 여전히 그 끝을 알 수 없을 정도로 복잡하기만 했다. 그리고 그 즈음, 왜인지 울 것 같은 기분에 괴로워졌다.

그는 어두운 눈으로 그녀를 바라보다가 한숨을 내쉬며 샤워 부스 안으로 들어갔다. 곧 그는 한 손에 샤워기를 든 채로 그녀의 옆으로 돌아왔다. 서린은 몽롱한 눈으로 정면을 바라볼 뿐이었다.

성시혁은 방금 전과 같이 길게 한숨 쉬다가 그녀의 목덜미로 미지근한 물을 뿌렸다. 미지근한 물이었으나 체온이 떨어진 그녀에게는 따뜻한 물이었다.

"따뜻하다……."

그 음성에 조심스런 손길로 머리칼을 쓰다듬던 그의 손이 움찔거렸다. 그러나 그는 계속해서 세심히 서린의 체온을 올려갔다. 그녀의 눈동자에 점점 푸른빛이 돌기 시작했다.

어느 정도 체온이 올라 서린이 달뜬 얼굴로 그를 올려다보았을 때였다. 우연히 눈이 마주쳤을 때 서린은 그 검은 눈동자가 요동치는 것을 볼 수 있었다. 물줄기는 이미 꺼진 채였다. 정신을 차렸을 때는 그의 혀가 입속으로 파고들어 와 있었다.

서린은 반사적으로 몸을 움츠렸다. 강렬한 쾌감이 머리를 뒤흔든 탓이었다.

"왜 계속 날, 미치게 해."

뜨거운 혀로 입안을 훑던 그가 잠깐 떨어져나갔을 때 들려온 으르렁대는 목소리는 거칠었다. 지독히 금욕적이었던 그의 얼굴이 서서히 일그러져갔다.

장신인 탓에 상체를 아래로 숙인 그는 서린의 얼굴을 커다란 손으로 감싼 채 망설임 없이 그녀의 아랫입술을 빨아들였다. 살이 적셔질 때 들리는 질척한 소리가 욕실 안에 가득했으나 그는 아랑곳하지 않았다.

물에 젖은 앞머리가 그의 눈 위를 가리고 있었을 뿐만 아니라 몸에 딱 맞춰 떨어지는 슈트가 젖은 탓에 그는 위태위태해 보일 지경이었다. 온몸으로 페로몬을 뿜어대는 남자를 앞에 두고 서린은 생각했다.

상냥하게 대해주라고 했었지. 상냥하게.

그에게 벗어나기 위해선 일단 이것이 최선인 것 같았기에 서린은 재경이 했던 말을 떠올리며 어색하게나마 손을 뻗어 그의 허리를 둘렀다. 그와 동시에 성시혁의 몸이 딱딱하게 굳었다.

"하."

한숨과 닮은 호흡이 귓가에 울려 퍼졌다. 오른쪽 귀를 자극하는 숨결에 서린은 어깨를 떨었다.

"유혹이라도 하는 거야? 응?"

목을 긁어 나온 음성은 탁하게 쉬어 있었다. 서린은 천천히 고개를 끄떡였다. 상냥함의 범위가 어디까진지는 모르겠으나 적어도 그를 내치지는 말아야 할 것 같았다.

숨소리조차 들리지 않는다. 그는 호흡을 멈추고 전기 충격이라도 받은 듯 자신을 바라보고 있었다.

거친 심장 고동 소리만이 귀가 아프도록 울려댔다. 그것이 그의 심장 소리인지, 자신의 심장 소리인지는 알 길이 없었으나 딱히 알 필요도 없었다.

순식간에 해일처럼 밀려온 그의 향에 질식해버릴 것 같았다. 거친 입맞춤에 서린은 그의 방으로 가고 있다는 것조차 침대에 등을 대기 직전에야 알 수 있었다.

다시 눈이 마주쳤다. 그는 입술을 깨문 채 낮은 숨을 몰아쉬고 있었다. 혈액은 좀 더 빨리 온몸을 돌기 시작했고 머리를 쾅쾅 때리는 지극히 성적인 쾌감에는 발끝이 절로 오므라들었다.

성시혁이 다시 목덜미로 파고들어 온 것은 그가 한쪽 입꼬리를 올리며 야릇하게 웃은 뒤였다. 그는 무릎 뒤가 저릿해질 만큼 지독히 여유롭고도 강한 수컷의 얼굴을 하고 있었다.

"하아……!"

목을 뒤로 제치며 신음하자 그는 보란 듯이 목덜미에 이를 세웠다. 올려다보는 눈빛은 전신을 핥아오듯 뜨거웠다. 부드럽게 미끄러진 입술은 이윽고 쇄골에 닿았다. 그는 쇄골 밑을 세게 빨면서 순흔을 남겨갔다. 서린이 인지하기도 전에 휘어진 그녀의 허리를 세게 껴안음과 동시였다.

다리 사이에 자리 잡은 남자는 서린의 희고 얇은 두 다리를 부드럽게 벌렸다. 내려다보는 눈길은 나체를 보는 듯 선정적이었다. 그는 그녀의 다리를 제 허리에 감은 뒤 천천히 물에 젖은 슈트 상의를 벗어나가기 시작했다.

재킷과 베스트, 넥타이를 벗어가는 손길은 우아하기 짝이 없었다. 마치 이 행위와는 아무런 관련이 없는 것처럼 고결했다. 와이셔츠의 단추를 하나씩 끌러가던 그가 셔츠를 벗어 던지고 완벽한 반나체가 되었을 때 서린은 그의 몸에서 눈을 뗄 수 없었다.

벌어진 어깨, 가슴 근육과 복근은 물론 전체적으로 운동으로 다져져 빈틈없이 잘 짜인 몸이었다. 슬쩍 몸을 트는 그의 몸짓에 보기 좋게 자리한 근육들이 이완했다. 서린은 신음하듯 말했다.

"하아, 우리…… 지금 뭐 하는, 거야?"

여린 살이 깨물리고, 빨리고, 핥아지는 감각은 눈앞이 아찔할 정도로 자극적이었다. 그러나 서린은 이 행위가 무엇인지 정확히 알 수가 없었다. 확실히 쾌감을 동반한 행위이긴 했으나 왜인지 무서웠다. 끝을 모르고 내달리는 전차 위에서 낭떠러지만을 기다리는 듯한, 지속하기 두려운 쾌감이었다.

성시혁은 나지막하게 대답했다.

"어른들만의 행위를 하려는 거지."

"……난 그게 뭔지 몰라."

"난 너랑……."

그가 귓가에 바짝 입술을 대고 발음했다.

"섹스를 하려는 거야."

공기를 울리는 축축한 발음이었다. 이렇게까지 직설적으로 나올 줄은 몰랐다. 서린은 확 달아오르는 얼굴을 느끼며 애써 시선을 천장으로 돌렸다.

아무리 그녀라도 성행위에 대해서는 어느 정도 알고 있었다.

이미 몸은 그가 주는 자극에 달아올라버렸지만, 무서운 건 어쩔 수 없었다. 아무런 준비도 되어 있지 않았다.

"싫어. 나 무서워, 그런 거."

멍하니 뱉어진 서린의 말에 성시혁이 그녀의 뺨을 쓰다듬었다. 여느 때와 같이 애처로운 손길이었다.

"아프게 하려는 거 아니야."

"……."

"내가 어떻게 널 아프게 해."

서린은 계속해서 쿵쾅대며 뛰는 자신의 심장이 이상했다. 어렴풋이 느껴지는 갈증마저도 그 원인이 모호했다. 허공에서 시선이 마주친 순간 갈증은 더욱 짙어졌다.

"난 너를…… 모르겠어."

솔직한 심정이었다. 아주 잠깐 그의 표정이 슬프게 일그러진 것도 같았다. 그러고 보면 어루만지듯 서린을 쓰다듬고 있는 그는 그녀가 거절의 뜻을 밝혀온 후로부터는 그 이상의 성적인 접촉조차 하지 않고 있었다.

"……너랑 얘기, 하고 싶어."

그것은 충동적으로 나온 말이었다. 서린은 불을 켜달라는 듯 천장에 달린 조명을 가리키며 다시 한 번 입을 열었다.

"너랑 말하고 싶은 게 있어."

비단 상냥하게 대해주라는 재경의 말 때문이 아니었다. 지금만큼은 진심이었다.

"얘기를 하자고."

그는 천천히 몸을 일으켰다. 그의 움직임에 따라 근육들이 요동치는 게 어둠속에서도 똑똑히 보였다. 딸깍, 하는 소리와 함께 백열등이 켜지자 그의 반나체가 한층 더 선명하게 보였다. 조명 아래 드러난 그는 평소와 달리 흐트러진 듯한 모습이었다.

"좋을 대로."

다시 침대로 걸어 들어온 그는 이글거리는 눈을 숨기지 않은 채 서린을 바라보았다. 단단한 팔로 그녀의 어깨를 감싸 안은 성시혁이 귓가에 대고 다시 속삭였다.

"안는 거 정돈 허락해."

끄떡이는 것 말고는 별수 없었다. 사실대로 말하자면, 그의 품만큼은 좋은 것도 같았다. 방금처럼 맹목적으로 쾌감을 줄 때와 달리 이렇게 체온을 나누는 행위는 뭉근히 마음을 적시는 뭔가가 있었다.

서린은 어렵사리 손을 뻗어 그를 마주 안았다. 그의 몸이 움찔거리는 것이 느껴졌지만 그는 좀 더 강하게 서린을 안아올 뿐이었다.

성시혁은 그녀의 귓가에 대고 한숨 쉬듯 말했다.

"그래. 뭐가 궁금해."

"다 대답해줄 거야?"

"할 수 있는 한은."

뒷머리를 쓰다듬는 손길이 다정했다. 서린은 그 다정함에 기대어 입을 열었다. 노곤하게 몸이 풀리는 것 같았다.

"그럼, 간단하게. 싫어하는 거? 뭘 싫어해?"

"흠."

"난 비 오는 날이 싫어."

"비 오는 날?"

그의 목소리가 따뜻하게 느껴지는 날이 오게 되다니. 백열등이 뿜어대는 빛과 마찬가지로 그의 풍부한 음성도 주홍빛으로 귓가를 감싸왔다. 서린은 다시 입을 열었다.

"비 오는 날만 되면 온몸이 벌벌 떨려. 이불을 머리끝까지 뒤집어쓰고 비가 그칠 때까지 기다리는 게, 생각보다 엄청 비참해."

"어제는 괜찮았던 것 같은데."

"나도 어젠 왜 그랬는지 잘 모르겠어."

"……."

"비가 오는데 몸이 안 떨린 건 처음이었거든. 그런 건 정말 처음이어서……."

우스운 일도 아니었지만 묘하게 기분이 좋아져서 실없이 헤실대며 웃자 그는 어이없다는 듯 낮게 웃었다. 목덜미를 넓게 감싸는 커다란 손이 따뜻했다.

"단 음식, 싫어해."

"……그래서 커피가 그렇게 썼던, 음."

확실히 그와 단 음식은 서로 어울리지 않았다. 아침에 마셨던 커피만 해도 끔찍할 정도로 썼으니까. 저도 모르게 튀어나간 진심을 얼버무렸지만 남자는 이미 뒷말을 짐작한 듯 다시 낮게 웃음을 터뜨렸다. 귓가를 간질이는 웃음소리였다.

"초콜릿 티 캡슐이라면 사주지."

"뭐?"

"네가 아침에 마셨던 거."

좋아하는 것 같던데, 하고 읊조리는 음성에 대놓고 어린이 입맛이라는 이야기를 들은 기분이었지만 부정할 수도 없었다. 분명히, 맛있긴 했었지.

"……뭐, 알겠어."

깊어가는 밤, 이런저런 이야기를 했다. 몽롱한 의식은 잠에 젖어들고 있었으나 어쩐지 그의 말소리가 귀찮다는 생각은 들지 않았다. 그의 목소리를 자장가 삼아 흘러가듯 잠에 들었다.

불면증을 앓던 것이 무색하게도, 무척이나 깊은 잠을 잘 수 있었다.

몸을 감싸온 타인의 체온은 부정할 수 없이 따뜻했다.

이제 엿새 정도 남았나.

서린은 저도 모르게 붉은 순흔이 피어오른 쇄골 아래를 더듬었다. 당연한 수순처럼 눈을 지그시 감은 채 젖은 피부를 입에 머금던 그의 얼굴이 눈앞을 스쳐 지나갔다. 찌릿, 하는 알 수 없는 감각에 어깨가 떨려온 것도 거의 동시였다.

"……."

옆자리는 비어 있었다. 왜인지 허탈한 기분이 밀려왔다. 이유는 알 수 없었다.

하지만 온기가 남아 있는 걸 보니 자리에서 일어난 지는 얼마 되지 않은 모양이었다. 그의 향마저 어렴풋이 고여 있는 것 같았다. 짙푸른 고독의 향. 닿지 않게 애련하기 짝이 없는 향.

서린은 저도 모르게 조심스레 손을 뻗어 그가 누웠던 자리를 쓸어보았다. 이유모를 간지러움이 손끝으로 느껴졌다.

"일어나. 아침이야."

갑작스레 문 쪽에서 들려온 낮은 음성에 서린은 재빨리 손을 거둬 주먹을 쥐었다. 봤을까. 봤겠지. 못 봤을 리가 없었다. 그녀는 얼굴로 열이 오르는 것을 느끼며 애써 아무렇지도 않게 대답했다.

"안 그래도 나가려고 했어."

"그런 것치곤 침대에서 나올 생각을 안 하던데."

"……잘못 본 거겠지."

서린은 문 앞에 서 있는 성시혁에게는 시선조차 주지 않은 채 거실을 향해 성큼성큼 걸어갔다. 물론 몇 걸음 못 가 손목을 붙잡히긴 했지만.

"또 뭐가 마음에 안 들어서 그러는……."

커다란 손으로 서린의 뺨을 감싸 쥔 성시혁은 그제야 새빨갛게 달아오른 그녀의 얼굴을 발견하곤 말을 멈췄다. 곧 그는 이마를 찌푸린 채 열을 재듯 손등을 그녀의 이마로 가져갔다. 서늘한 손이 피부 위로 닿자 기분 좋은 시원함에 절로 눈이 감겼다.

"아픈 건가? 왜 열이 있는 거야."

그 차갑던 얼굴이 순간 걱정스레 일그러진 모습이 낯설었다. 그래서일까. 그런 거 아니니까 이 손이나 치우라고 평소처럼 냉랭하게 말할 수가 없었다. 게다가 상냥하게 대해주라고 하지 않았던가. 서린은 우물거리며 대답했다.

"아니야, 그런 거."

"그럼 왜 그러는데."

집요하게 물어오는 음성에 서린은 반사적으로 그의 시선을 피했다.

"말해."

그러나 강압적인 어조에는 계속 입을 닫고 있을 수가 없었다. 서린은 눈을 이리저리 굴리며 한마디씩 힘겹게 말하기 시작했다.

"아픈 게 아니라 일어나 보니까 옆에 네가 없었어. 그래서 아무 생각 없이 그냥 네 자리, 만져보고 있었는데 갑자기 들어왔잖아, 너."

횡설수설거리는 말이 퍽 이상했던 것인지 그는 아무런 말도 없었다. 조금은 멍한 것처럼 보이기도 했다. 서린은 뒤늦게 밀려오는 부끄러움에 고개를 숙이고 중얼거렸다.

"몰라. 네 잘못이야."

그렇게 말한 뒤 그를 지나쳐 식탁으로 걸어가려 했다. 이번에도 얼마 가지 못해 손목을 잡힐 줄은 몰랐다.

"왜 또."

"방금 게, 내가 가지고 있던 마지막 경계를 허물기 위한 거였다면."

순간 마주친 그의 검은 눈동자는 숨이 턱 막힐 만큼 열렬했다. 성시혁이 잇새 사이로 짓이기듯 발음했다. 귓가로 그의 음성이 흘러들어왔다.

"성공했어."

"……뭐?"

"넌 이제 네 말이라면 환장하고, 네가 옆에 있는 게 안 믿기면서도 얼굴을 보고 있으면 진짜인 것만 같아서, 그게 너무 행복해서 좋아 죽는 병신 새끼를 하나 옆에 두게 된 거야."

"무슨……."

"싫어도."

시야 가득 그의 얼굴이 보였다. 손에 쥔 것을 잃을까 조마조마해하는 어린 소년의 얼굴이 언뜻 그의 얼굴 위로 스쳐갔다. 서린은 잠시 숨을 멈췄다.

"절대 못 갖다 버려. ……다시는."

입을 꾹 다물었던 그가 젖은 눈으로 말했다. 아마, 그것은 호소였다.

"버리지 마."

그 말을 하며 성시혁은 서린의 어깨를 조용히 끌어안았다. 서투름마저도 느껴지는, 온기를 갈구하는 처량한 몸짓이었다. 서린은 아무 말도 없이 그의 품에 머리를 기대었다.

버리지 마.

목적어도 없는 말이었건만 가슴이 욱신거렸다. 초조해 보였던 그의 얼굴에 이상하리만치 짙은 연민이 일어버렸다면, 이상한 것일까. 불안해 보이는 그의 머리칼을 넘겨주고 싶다는 기이한 마음마저 충동처럼 생겨났다.

이 서툰 사내에겐 이것이 고백일지도 모르겠다는 생각이 든 것은 조금의 시간이 지난 뒤였다. 서린은 새하얗게 번진 머릿속을 무시하며 입을 열었다. 상냥하게 대해주란 조언도 잠시 잊은 채였다.

"무슨 말인지, 잘 모르겠어."

서린은 가만한 눈으로 성시혁을 올려다보았다. 두 명의 시선이 어지러이 엉킨 것은 당연한 일이었다.

그러던 어느 순간이었다.

짙은 우울에 젖어 있는 그의 검은 눈동자 때문이었을까. 그녀는 저도 모르게 그에게 속삭이고 말았다.

"너, 슬프니?"

그래. 이 표현이 가장 적절했다.

그는 슬퍼 보였다.

성시혁은 아무런 대답 없이 물끄러미 서린을 응시했다. 그의 눈동자가 미세하게 떨리고 있음을 그녀가 모를 리는 없었다. 서린은 천천히 고개를 저으며 말했다.

"……슬프지 마."

공기 중에 뭉근히 섞인 여린 목소리에 그는 눈을 크게 떴다. 마치 그런 말을 처음 들은 사람처럼 놀란 그의 모습에 서린은 눈을 감아 내리고 만다.

눈이 아려왔다. 필히, 아침 햇살 때문이겠지.

말도 하기 전에 그가 묵묵히 날카로운 것에 베인 자국이 선연한 손가락을 내밀어왔었기에 서린은 지금 움직이는 데는 아무런 문제도 없었다.

혼자 남은 오피스텔의 거실 한쪽에 우두커니 서 있다가 소파에 앉아 TV채널을 이리저리 돌리던 그녀는 이제 자신이 다리를 움직이는 것에 제법 익숙해졌음을 깨달았다.

신기하다는 생각이 들었다. 결과적으로 보면 자신은 이 상황에 벌써 적응했다는 뜻이 되니 말이다.

전화벨 소리가 울린 것은 그 즈음이었다.

두어 번쯤 사용한 기억이 있는 모던한 디자인의 전화기로 다가간 서린은 지체 없이 수화기에 귀를 가져다 대었다.

"여보세요."

-안녕하세요, 서린 씨. 이재경이에요.

전과 같이 부드러운 목소리가 수화기를 통해 흘러나왔다. 서린은 그가 자신을 보지 못할 것을 알면서도 습관적으로 작게 고개를 끄덕였다.

-내일 상담차 다시 그쪽으로 가게 되었는데, 혹시 필요한 게 있으실까 해서요.

"필요한 거요?"

-밖에 못 나오시는 것 같아서요. 뭐든 괜찮아요.

사실 밖에 나가지 못한다는 것은 큰 문제가 되지 못했다. 갇혀 있다는 것이 정신적인 압박을 주긴 했지만 안에서의 생활에 결함이 될 만한 사항은 없었다. 원체 집 밖으로 나가는 것 자체를 즐기지 않기도 했으니까 말이다. 무엇보다 그의 오피스텔은 썩 훌륭한 편이었다.

필요한 건 없어요, 라고 대답하려던 찰나였다. 오늘 아침, 그의 표정 위로 스쳐 지나가던 낯선 소년의 얼굴이 문득 떠올랐다. 무슨 생각으로 그런 부탁을 했는지는 모를 일이었다.

"성시혁 씨, 어렸을 때 사진을 보고 싶어요."

손끝이 옅게 떨렸다. 재경은 의아한 듯 물었다.

–아? 그걸 왜요?

"저도 잘 모르겠지만, 왠지 봐야 할 것 같은 느낌이 들어서요."

이상하게 들릴 것이었다. 다짜고짜 봐야 할 것 같다는 느낌이 든다며 타인의 어릴 적 사진을 요구하다니. 그러나 재경은 순순히 그러겠노라 말하곤 다정한 말 몇 마디를 더해 통화를 마무리 지었다.

띠, 띠, 하는 소리만이 들리는 수화기를 제자리로 돌려놓은 서린은 한숨을 내쉬었다. 잠이 오지 않았지만, 잠이라도 자야 할 것 같았다.

다시 눈을 떴을 때는 바깥이 이미 컴컴해진 뒤였다.

"하아……."

서린은 공연히 제 얼굴을 쓸어내렸다.

어디로 흘러가고 있는지 모르겠다.

어디쯤 온 건지도 모르겠다.

아무 생각도 하고 싶지 않다는 생각만이 머릿속에 가득했다. 거기까지 생각이 미친 서린은 슬며시 웃었다.

아무 생각도 나지 않게 해주었는데. 맞부딪힌 두 입술에 정말 아무런 생각도 들지 않았었는데.

그 즈음, 정말 이상하게도, 어두운 저녁에 달빛이 스미듯.

성시혁의 얼굴이 떠올랐다.

고개를 들어 바라본 전자시계는 정확히 12:32라는 숫자배열을 출력하고 있었다.

거의 하루 반나절을 누워 있었다는 것인가. 점점 수면 시간이 늘어나고 있다는 게 좋은 징조는 아닐 터였다. 서린은 순식간에 몸을 덮쳐온 싸늘함에 미간을 찌푸리다가 주위를 둘러보았다.

아직 성시혁은 들어오지 않은 것 같았다. 이렇게까지 늦게 들어온 적은 없었는데.

불빛 한 점 없는 거실에서 소파 위에 웅크리고 있던 서린은 천천히 몸을 일으켰다.

사실 그녀는 다시 눈을 뜬 때부터 거의 미동조차 하지 않고 시계만 바라보고 있었다. 도저히 잠이 오지 않았던 탓이었다.

그를 기다리고 있는 걸까. 마음속 빈 구멍들을 빼곡하게 채우고 있는 이 불안한 마음은, 걱정인가.

서린은 잘 떼어지지 않는 발걸음을 옮겨 현관문으로 걸어갔다. 굳이 자세히 보지 않더라도 신을 만한 신발은 없다는 건 이미 알고 있었다. 서린은 맞지도 않는 페레가모 구두에 발을 집어넣곤 도어락에 손을 가져갔다.

철컥.

묵직한 금속음에 서린은 반사적으로 몸을 굳혔다. 은색 손잡이를 가볍게 돌렸을 뿐인데 문이 열려버렸다.

그녀는 정면에 펼쳐진 복도를 아연한 표정으로 바라보다가 어깨를 움츠렸다.

이대로 나가면 끝이다. 여기서 뒤돌아보지 않고 엘리베이터를 이용해 밑으로 내려가 어디로든 도망가면 정말 끝이다.

억지로 끌려오다시피 한 이 집에서 빠져나가면 그의 웃기지도 않는 납치범 놀이에 장단 맞춰줄 필요도 없게 된다. 게다가 머지않아 바다로 돌아간다면 영영 그와 다시는 볼 일이 없게 되는 것이었다. 정말 영영, 볼 일이 없을 거다.

"……영영."

묘한 어감이었다. 정말이지 막연하고, 그럼에도 쓸데없이 아련한. 이제껏 몰랐는데 참 이상한 느낌의 단어였다.

그러나. 아직은.

서린은 남자의 얼굴을 떠올려보았다. 이까짓 밤 따위는 비교도 되지 않을 만큼 까만 눈동자와 굳게 다물린 입매를 생각해보았다.

지독히 금욕적으로 보이던 그가 무너져 내렸던 지난밤도 자연히 머리 위에 그려진다. 버리지 말아달라 말하며 바투 자신을 끌어안던 오늘 아침 그의 몸짓마저 아주 적요하게 떠오른다.

아직은 떠나고 싶지 않았다.

그는 무슨 대답을 바랐던 것일까. 아니, 애초에 자신이 그로부터 그런 애원의 말을 들을 만한 존재였던가.

"……."

순간 그녀의 머릿속이 백지장처럼 하얗게 번졌다. 차가운 복도에 우두커니 서 있는 서린의 위로 커다란 그림자가 드리운 탓이었다.

확인해볼 필요도 없이 성시혁, 그였다. 서린은 반사적으로 입을 열어 말했다.

"잠시, 이건……."

"아니, 아무 말도 하지 마."

그의 음성은 언뜻 듣기에도 무척 불안정했다. 서린은 눈을 가늘게 떴다.

"뭐? 아니야, 네가 생각하는 그런……."

"그냥, 조용히 있어."

성시혁의 눈이 잔인하게 빛났다. 그는 일순 입술을 길게 찢어 올리며 말했다. 그의 음성은 그 어느 때보다 탁하게 상해 있었다.

"내가 뭘 하든…… 난 너한테 납치범일 뿐이야? 말 잘 듣는 개새끼마냥 너 좋다고 네 눈앞에 알짱거리는 것도, 역겹기만 해?"

말을 하는 건 그였지만 이상하게 서린은 자신의 가슴 언저리가 아릿하게 아파옴을 느꼈다. 부정해야 했다. 무엇을 어떻게 부정해야 할지는 모르겠으나, 저건 분명 틀린 말이었다.

그는 토해내듯 말을 이어갔다.

"내가 그냥 윤서린 좀 좋아하겠다는데 왜. 난 그냥, 좋아하는 것뿐이잖아. 그것도, 그것도 안 돼?"

남자는 헐떡이고 있었다. 냉소적인 태도를 고수하던 평소의 모습과는 달랐다.

서린은 그를 향해 천천히 손을 뻗었다. 어쩐지 기시감이 들었지만 그 정체를 알기도 전 그녀는 손목이 세게 붙잡힌 채 현관으로 들어가야만 했다.

성시혁은 그녀를 끌고 가다시피 해 침실에 몰아넣었다.

서린은 침대에 다다라서야 숨을 몰아쉬는 남자를 고요한 눈으로 응시했다.

그는 반쯤, 아니 완전히 정신이 나가버린 것처럼 보였다.

금방이라도 숨도 쉬지 못하도록 제 목을 조르곤 왜 도망치려 했냐고 물어볼 것 같기도 했다.

그러나 두려움 따위는 느껴지지 않았다. 서린은 희미하게 눈가를 적셔오는 이 감성이 서글픔이라는 것을 알고 있었다.

성시혁은 눈물로 하얀 뺨이 젖어가는 서린을 내려다보다 짓씹듯 말했다.

"왜 네가 울어."

"……."

"지금 네가 울 상황이라고 생각하는 모양이지."

절망 섞인 목소리로 말하는 그는 비참한 표정이었다. 세상에 버림받은 것처럼 초라하기 그지없는 얼굴을 하고 있었다. 서린은 멍하니 입을 열었다.

"넌 왜 그런 표정이야……."

"하."

아주 우스운 이야기를 들은 양 비참한 얼굴 위에 잔인한 웃음을 덧그려낸 그는 순식간에 거리를 좁혀오며 서린의 우악스레 블라우스를 벗겨냈다. 찢듯이 벗겨낸 블라우스에서 단추가 튕겨나갔으나 그는 개의치 않았다. 서린은 눈을 크게 뜨며 당황한 듯 입을 열었다.

"지금 뭐 하는……."

"입 다물어."

말을 가로막은 남자는 숨 쉴 틈도 없이 입을 맞춰왔다. 입속을 정신없이 헤집는 그에게서 배려 따위는 엿볼 수 없었다. 누구 것인지 알 수 없는 타액이 흘러내렸고, 짐승 같은 숨소리만이 침실 안을 가득 메웠다.

성시혁은 한쪽 입꼬리만 들어 올려 웃으며 차가운 공기 중에 드러난 봉긋한 젖가슴을 입에 머금었다. 이때까지와는 비교도 되지 않을 정도로 뜨거운 혀는 무서울 정도로 관능적으로 움직였다. 그에 반사적으로 튀어나오려는 신음을 참아낸 서린은 허리를 휘며 입을 다물었다. 성시혁은 그 모습을 놓치지 않고 그녀의 여린 입속으로 손가락을 넣어 거칠게 휘저었다. 그 손가락을 깨물어버릴 수도 있었으나 서린은 그러지 못했다.

지금의 행위는 무서울 정도로 저돌적이며 뜨겁다. 동시에 너무나도 건조했다.

그녀는 텅 빈 목소리로 물었다.

"네가 하고 싶은 게 뭐야."

숨을 할딱이며 가까스로 던져진 물음에 서린의 허벅지 안쪽을 애무하던 성시혁의 행동이 딱딱하게 굳었다.

서린은 그의 머리칼에 손을 넣어 쓰다듬듯 쓸어내리다가 상체를 들어 굳어 있는 그에게 시선을 맞췄다. 뒤얽힌 시선 속에서 서린은 고요히 말했다.

"날, 범하고 싶어?"

순간 성시혁은 숨을 멈췄다. 그토록 싱그럽던 그녀의 눈동자는 이제 탁하게 죽어 있을 뿐이었다. 서린은 다시 한 번 호흡을 가다듬고 입을 열었다.

"엉망진창으로 만들고 싶니?"

그 물음에 성시혁의 눈동자가 사정없이 흔들린다. 그토록 우악스럽던 사내는 어느새 어딘가를 정처 없이 헤매는 미아 같은 얼굴을 하고 있었다. 서린은 그 급격한 변화에 마른 웃음을 터뜨리고는 성시혁을 가까이 끌어당겼다. 곧 그녀는 그의 귓가에 대고 속삭이듯 말했다.

"그래. 마음대로 해. 그렇게 해버려."

여체를 안은 남자의 동공이 커진다. 곧 그의 표정은 경악과 고통으로 일그러져갔다. 성시혁은 제자리에 딱딱하게 굳은 채 부정의 말을 쏟아내기 시작했다.

"아니야, 널 엉망으로 만들고 싶은 것 따위, 아니야."

"뭐가 아니야."

서린은 짐짓 다정한 손길로 그의 귓가를 쓸어주었다. 그러곤 명확한 발음으로 말했다.

"네가 방금 날 그렇게 하려고 했잖아."

평온한 음성. 너무도 평이한 음성. 성시혁은 나신이 된 여체를 내려다보다가 이내 미친 듯이 고개를 내젓기 시작했다. 그의 몸이 부들부들 떨리고 있었다.

"그런 게 아니야. 젠장 할. 널 함부로 하려는 게 아니라고!"

"그럼 뭔데."

"……."

"말해봐."

그는 대답이 없었다. 그뿐만이 아니었다. 성시혁은 안절부절못하듯 시선을 한곳에 집중시키지도 못했다.

남자는 불안한 듯 서린의 어깨를 끌어안았다가 놓았다. 그러나 차게 식은 서린의 체온은 달아오를 기색조차 보이지 않았다.

서린은 그의 모습을 가만히 바라보다가 한숨 쉬듯 입을 열었다.

"가려던 게 아니었어."

"……."

"마음대로 오해하지 마."

여전히 그의 눈동자는 이리저리 흔들리고 있었다. 서린은 그를 향해 다시 한 번 말했다.

"나도, 상처받아."

말을 하고 있는 그녀의 눈가가 아프게 찌푸려졌다. 성시혁은 혼란스러운 눈으로 서린을 응시하다가 떨리는 손을 뻗어 찌푸려진 그녀의 눈가를 쓸어내렸다. 그 외엔 아무 말도, 아무 행동도 할 줄 모르는 것처럼 그저 애달프게 그녀의 눈가를 쓰다듬기만 했다.

서린은 그 손짓이 못내 애처로이 느껴졌다. 이 남자는 눈부시게 화려하지만 메말랐다. 어딘가 더없이 결핍되고 결여되어 바싹 메말라 있다. 그 메마름의 근원지는 아름다운 겉모습 너머 존재한 늪. 서린은 그곳을 알고 있었다. 그래서 그를 모질게 떨쳐낼 수가 없었다.

그제야 인정할 수 있었다. 울컥, 차오르는 감정의 색은 더없이 짙푸르다.

마주 닿은 시선 속에 서린은 작게 말했다.

"넌 지금 나한테, 미안한 거야."

"……."

"이럴 땐 그냥 미안하다는 말 한마디면 돼."

성시혁은 멍한 표정으로 서린을 돌아보았다. 서린은 그런 그를 향해 가볍게 손짓하며 말했다.

"……이리 와봐."

이 서툰 남자를 어떻게 하면 좋을까. 미안하다는 말도 할 줄 몰라서 화를 내기나 하는 이 남자를, 정말 어쩌면 좋지.

성시혁은 불안정하게 서린을 응시하다가 이내 눈을 감아 내리며 고요히 다가와 그녀를 품에 안았다.

서린은 품에 안기기 직전 스쳐가던 그의 얼굴에 숨을 멈췄다. 그 얼굴은 마치 눈꺼풀에 새겨지기라도 한 듯 한동안 눈앞을 떠나지 않았다.

조각 같은 얼굴이 죄책감에 일그러져 있었다. 묘한 분위기를 자아내는 기다란 속눈썹마저, 사정없이 떨리고 있었다.

"미안해……."

밤과 새벽 사이, 그 애매한 기로 속 어딘가에 그의 탁한 목소리가 섞여 들어갔다.

그저 가만히 안는다.

조용히, 안긴다.

#5

흐릿한 시야 속 낯선 듯 익숙한 이들이 헤엄치고 있었다. 린은 기묘한 기시감에 몇 발자국쯤 떨어져 그들을 바라보고 있기만 했다.

그 속에 감히 끼어들 수는 없었다. 아름다운 인어의 무리. 그들은 바다에 속해 있는 이들. 저와는 다르다.

그렇게 얼마만큼의 시간이 지났을 때일까. 린은 그들 중 하나와 우연이 눈이 마주쳐버렸다. 눈이 마주친 인어는 놀란 듯 눈을 크게 떴다. 그녀의 물빛 눈망울에 눈물이 차오른 것은 금방이었다.

"린!"

경악과도 같은 그 음성에 린은 어깨를 움츠렸다. 그녀는 자신의 이름을 알고 있었다.

"가엾게도……."

린은 그 자리에 굳은 채 아무것도 할 수 없었다. 어느새 인어들은 하나같이 빠짐없이 슬픔과 절망에 뒤범벅된 얼굴로 자신을 응시하고 있었다. 그들은 누가 먼저랄 것도 없이 소리치듯 말해왔다.

"빨리 생명력을 되찾아오렴!"

"시간이 얼마 남지 않았어!"

생명력?

남은 시간?

"그것이 **인어공주 '릴레'가 하지 못한 일**이야!"

인어들은 이해 못 할 말들만 늘어놓곤 멀어져 갔다. 린은 그들을 따라갈 수 없었다. 끝까지 가만히 굳어 있기만 했다.

서린은 눈가를 쓰다듬는 조심스러운 손길에 미간을 찌푸렸다. 그녀는 곧 누가 옆에 있는 것인지 확인하기 위해 한쪽 눈을 치켜떴지만 보이는 것은 넓은 창가 너머로 펴져 있는 푸르스름한 새벽빛뿐이었다. 어제 거실에서 잠 들었던 모양이다. 그보다 베란다로 향하는 문을 열어둔 것인지 선선한 새벽의 냄새가 코끝을 스쳐왔다.

"더 자둬."

나직한 울림을 가진 목소리가 머리맡에서부터 들려왔다. 막연히 안심이 되었다. 적어도 여기에선 혼자가 아니구나.

"……몇 신데?"

"아직 4시밖에 안 됐어. 더 자도 돼."

잔뜩 목소리를 낮춘 그가 안심시키듯 말해왔지만 이미 서린은 잠에서 완전히 깬 상태였다.

"너 없는 동안 하루 종일 자서 괜찮아. 안 잘래."

조용히 그녀를 내려다보던 그는 이내 소리 없이 자리에서 일어났다. 침실로 가는 건가 싶었지만 아니었다. 주방 쪽의 불이 순차적으로 켜졌고, 이내 커피 머신이 작동되는 소리가 적막한 거실을 가득 채웠다.

오래지 않아 다시 소파 옆으로 온 그는 짙은 색 계열의 머그컵을 서린에게 내밀었다.

"초콜릿 티."

이게 뭐냐는 듯한 눈짓을 보내는 그녀에게 당연하다는 듯 답한 성시혁은 그녀의 맞은편 소파에 등을 대고 앉았다.

초콜릿 티는 달콤한 향을 풍기고 있었다. 무척이나 먹음직스러운 냄새였다.

서린은 조심스럽게 초콜릿 티를 한 모금 머금었다. 이윽고 익숙지 못한 단맛이 무섭도록 혀를 자극해왔지만 싫지 않았다. 맛있었다. 이제껏 몰랐는데, 단 음식을 좋아하고 있었나 보다.

"왜 이렇게……."

맞은편에서 들려온 나지막한 음성에 서린은 고개를 들었다. 그의 음성은 열기를 띠고 있었다. 그는 어떻게 늘 저런 목소리를 낼 수 있는 것일까.

"불안한 건지 모르겠어."

"……."

"항상 그래. 난."

그는 이 세상에 존재하는 이라곤 그녀밖에 없는 듯 모든 감각을 오롯이 그녀에게 집중시키고 있었다. 서린은 저도 모르게 팔을 뻗어 천천히 남자의 머리를 끌어안았다.

뜨겁다. 손끝으로 느껴지는 그의 머리칼조차 순식간에 버석거리며 스러지지 않을까 싶을 정도로.

그렇게도 꼿꼿했던 남자가 들뜬 한숨을 내쉬며 품에 안겨왔다. 어느새 허리에 감긴 단단한 두 팔은 초조한 기색을 띠고 있었다.

그는 멍하니 서린을 올려다보다 애절히 말했다.

"그래도 여기 있어야 해."

서린은 그를 마주 보았다.

"……."

끝까지 대답은 하지 못했다.

서린은 그때에 처음 성시혁을 제대로 마주 보았다. 그 어떤 눈속임도 없이 오롯이 그 자신으로.

그의 두 눈에는 핏발이 서 있었다. 그에 린은 입을 열어 말했다.

"힘들어 보여. 좀 더 자."

지독히 피곤해 보이는 얼굴을 하고 있던 남자는 그녀의 말을 듣고서야 안심한 듯 몸에서 힘을 풀었다.

잠든 남자는 조각상처럼 아름다웠다. 부정할 수 없는 사실이었다. 염색 따위로 만들어진 게 아닌 까만 머리칼은 그의 흰 피부와 대조되어 서늘한 인상을 주었고 깎아내린 듯 높은 콧대와 굳은 턱은 강인해 보였다.

그러나 자신의 말 한마디에도 슬퍼하던 남자라는 걸 알고 있다.

린은 고요히 그의 얼굴을 내려다보다가 잠든 그의 얼굴을 쓸어보았다.

지금은 새벽. 모든 것이 조용하고 고요한 시간이다. 아침은 느리게 찾아올 테고 그때가 되면 자연히 태양은 뜨겁도록 타오르리라. 그러나 지금만큼은 서늘하다. 린은 그 서늘함을 핑계로 그에게 가만히 몸을 기대었다.

소리로 표현되지 못한 수많은 말들과 생각, 마음이 새벽바람과 함께 흐르고 있었다. 맴돌고 있다.

린은 한산한 새벽에 천천히 고개를 들었다.

소녀의 뺨이 소리도 없이 젖어들어가기 시작한다.

아, 그런 것이었구나.

단 한 번도 느껴본 적 없었던 감정이었다. 누군가를 안아주고 싶다거나 부디 슬프지 않았으면 하고 바라본 적은 여태껏 없었다. 하지만 그 이유랄 것이 알고 보니 무척이나 간단하고도 쉬워서 알고 나니 허무하기 그지없다.

그저 살아지기에 살아왔다. 왜 자신은 밀랍 인형 같았던 이들을 탓했던가. 조금도 다를 게 없었는데.

그러나 그의 옆에선 꿈틀거리는 무엇인가를 느꼈다. 감정이 격동했다. 역겨운 밀랍 덩어리 따위가 아닌 아직 채 자라지 못한 한 소녀가 된 듯했다.

바다로 돌아갈 수 있는 시간은 조금밖에 남지 않았다. 그때를 위해 지난 십수 년을 기다려온 것이 아니었던가.

돌아가야 하는데. 나의 종착지는 바다인데.

자꾸만 그의 절망적일 만큼 메말라버린 늪, 그 안을 들여다보고 있다. 마치 닻을 내릴 곳을 찾듯. 도무지 이성적으로는 이해할 수 없는 급진적인 끌림이었다.

그때, 울음 섞인 소녀의 목소리가 터져 나왔다.

"나 어떡하면 좋지. 널 좋아하나 봐……."

옅은 잠에 들었던 소년은 그 목소리에 거짓말처럼 눈을 떴다.

그가 멍한 눈으로 자신을 바라보고 있다는 것도 모른 채 소녀는 두 손으로 눈물을 훔쳐내기 바빴다.

무엇이 그렇게도 서러운 것일까. 울고 있는 소녀를 물끄러미 바라보던 그는 소리 없이 몸을 일으킨 뒤 조심스레 소녀를 품에 안았다.

이내 성시혁은 쉴 새 없이 눈물을 훔쳐내는 손을 부드럽게 떼어내곤 미끄러지듯 린에게 입을 맞추었다. 혀를 섞지도, 호흡을 앗아가지도 않고 그저 입을 맞추기만 했다.

도저히 엉엉 우는 소녀를 달래줄 방법이 생각나지 않았다. 여린 몸을 가만히 안고 있는 것 말고는, 정말 아무런 방법도 떠오르지 않았다.

그렇게 얼마의 시간이 흘렀을까. 갑작스런 충동과도 같은 감정에 소녀는 그를 향해 팔을 뻗어보았다. 이윽고, 그를 마주 안아보기도 했다.

소녀는 눈을 꼭 감고 천천히 그 품에 파고들었다.

아, 이토록 따스했던 새벽은 이제껏 없었다.

다정하게 대해주고 싶어. 듣기 좋은 말을 해주고 싶어. 남겨진 유예 시간, 휘발된 기억 따위들은 모두 뒤로 제쳐두고 일단 지금은 그러고 싶어.

문득 린은 정면을 향해 시선을 돌렸다. 곧바로 아침 준비에 분주한 남자의 등이 시야에 들어왔다. 단단하고 근육 잡힌 몸은 아침 햇살 아래 현실성 없는 피사체처럼 보이기도 했다.

오래지 않아 로얄 코펜하겐의 그릇에 담겨 나온 것은 토마토 카프레제 샐러드와 잘 익은 닭 가슴살이었다.

성시혁의 머리칼은 햇빛을 받아도 여전히 검게 보였다. 늘 위로 올렸던 앞머리는 요즘 들어 이마를 가리며 아래로 흐트러져 있었지만 느슨하게 느껴지기는커녕 묘하게 색정적인 인상을 줬다. 그는 나른히 린의 옆에 앉아 한마디의 말도 없이 식사를 시작하려는 듯 포크와 나이프를 집어 들었다. 린도 얼결에 식기를 쥐었다.

그 즈음이었다. 무표정한 얼굴로 샐러드를 포크 위에 올린 성시혁은 모짜렐라 치즈를 두어 개 더 얹고는 그대로 그것을 린의 입가로 내밀었다. 여전히 지독히도 무표정한 얼굴이었다.

린이 꽤 오랫동안 아무 반응이 없자 그는 포크를 쥔 반대쪽 손으로 턱을 괴고는 그녀를 뚫어져라 응시했다. 린은 웃음을 터뜨리고 말았다.

"뭐야, 이거?"

그 질문이 꽤 어이가 없었던 듯 린을 따라 실소를 터트린 그는 샐러드를 눈짓하더니 천천히 입을 열었다.

"먹으라고 주는 건데 말이지."

"왜 굳이?"

린은 식기를 쥔 자신의 두 손을 가볍게 흔들어 보였다. 이렇게나 신체가 멀쩡한데 왜 굳이 먹여주려는 건지 모르겠다는 뜻이었다.

그러한 그녀의 행태를 바라본 성시혁의 표정이 한층 더 굳었다.

"그냥 먹여보고 싶어졌어."

린은 묘한 표정을 하다가 일단은 이렇게 버티고 있을 수도 없는 것 같아 순순히 입을 열고 샐러드를 먹었다. 상큼하게 터지는 토마토와 담백한 모짜렐라 치즈가 잘 어우러져 맛이 괜찮았다.

린은 성시혁에게서 눈을 뗄 수 없었다. 방금 성시혁이 내민 포크를 입에 물었을 때 그가 짐짓 만족스러운 표정을 했던 것이 진짜인가 싶어서였다.

원래라면 무뚝뚝하게 앉아 신문을 보며 쓰디쓴 커피를 마시고 있었을 것이다. 그러면서도 열이 오른 눈으로 응시해왔겠지. 금방이라도 입술을 헤집어 그 안으로 들어가고 싶다는 듯 묘하게 고개를 기울이면서. 그게 마음에 들지 않아 말싸움을 시작했을지도 모르겠다.

린은 다시 진지하게 포크 위로 치즈를 쌓는 그를 바라보다가 말했다.

"나 오늘 밖에 잠깐 나갈래."

딱히 높낮이라곤 없는 음성에 성시혁의 손이 뚝 멎었다. 그는 의중을 살피듯 린을 바라보다가 고개를 저었다.

"안 돼."

"왜?"

그는 무슨 그런 당연한 것 묻느냐는 듯 미간을 찌푸리며 스마트폰의 날씨 어플을 한 번 꾹 눌렀다.

-최대 35도, 폭염주의보가 발령되었습니다.

여성의 목소리로 간주되는 전자음이 거실을 울렸고 린은 이게 뭐 어쨌냐는 듯한 눈으로 그를 바라보았다. 성시혁은 낮은 목소리로 경고하듯 말했다.

"일사병 걸려 죽을지도 몰라."

"……."

좋게 말해 걱정, 실상은 과보호다. 차갑기 짝이 없는 목소리로 짐짓 우울한 척하는 그를 바라보던 린을 할 말을 잃고 말았다. 린은 오랜 정적 후에 포기하듯 말을 뱉었다.

"저녁에 선선해지면 나갈게. 그럼 안 죽어."

그 말에 그의 입꼬리가 말려들어 간다. 사냥에 성공한 포식자의 얼굴로 그는 야릇하게 웃어 보였다.

"퇴근을 일찍 하면 되겠군. 같이 나가."

이따위의 결론을 얻고 나서야 당했다는 걸 깨달은 스스로도 참 멍청하기 짝이 없었다. 린은 불퉁하게 대꾸했다.

"……출근이나 해. 벌써 10분이나 늦었어."

"오늘은 좀 늦게 가도 돼. 잊었나 본데, 난 내 위에 상사가 없거든."

"너 사장인 거 모르는 사람 없는 거 아니까 굳이 상기시켜줄 필요는 없어. 그보다 그렇게 날로 먹어도 돼?"

"흠, 걱정 마."

언제 묻었는지는 모르겠지만 입술 위에 샐러드드레싱이 묻어 있었던 모양이다. 가볍게 눈을 맞추며 드레싱을 훔친 그는 아무렇지도 않게 제 손가락을 스윽 핥았다. 곧 목울대가 울렁거리는 장면까지, 일부러 저러는 게 틀림없었다.

그는 짙게 웃으며 덧붙였다.

"날로 먹어도 너 먹여 살릴 만큼은 벌어."

"그런 거 걱정한 적도 없는데……."

마음대로 생각하라는 양 자포자기의 심정으로 나온 음성에 성시혁은 피식 웃고는 자리에서 일어났다. 그를 따라 시선을 좇던 린은 그가 등 뒤에 선 탓에 고개를 뒤로 꺾을 수밖에 없었다.

그의 길게 뻗은 속눈썹이 눈에 들어왔다. 가볍게 아래를 내려다보는 얼굴도.

공중에서 시선이 진득이 얽힌 후에야 린은 자신이 잠깐 숨을 멈추고 있었다는 것을 깨달았다. 냉혹할 만큼 무표정한 그의 얼굴이 점점 더 가까워졌다. 원한다면 밀어낼 수 있었다. 그걸 염두에 둔 듯 그의 움직임도 느릿했다. 하지만 밀어낼 수 없었다.

커다란 손으로 린의 머리를 감싼 그가 그녀의 이마 위로 뜨거운 입술을 짓눌렀다.

"……읏."

그것만으로도 심장이 빨리 뛰어오는 것만 같았다. 입술은 그대로 콧대로 미끄러져 내려갔다. 그의 숨결이 지나치게 가까워지고 있다고 생각했을 땐 그가 코끝을 스치듯 핥기도 했다.

그렇게 두 입술이 맞닿기 직전, 그는 낮은 웃음소리를 흘리고는 고개를 들었다. 슬쩍 입가에 걸려 있던 웃음기는 그가 자세를 바로 했을 때가 되어선 온데간데없이 사라져 있었다.

"나머지는, 갔다 와서."

그의 눈가가 붉게 상기되어 있었다. 누가 봐도 흥분한 기색이 선연했다. 무슨 생각으로 그랬는지는 모르겠다. 인정하기 싫지만 아쉬운 마음이 들어버린 탓이었다. 린은 반사적으로 뒤돌아가려는 그의 옷깃을 잡아챘다.

거기에 성시혁은 으르렁거리듯 말했다.

"더 이상 하면 자제 못해."

물론 그 말에는 스르르 손이 풀렸다.

그 후 성시혁은 성난 사람처럼 인상을 쓰고는 급히 현관문을 나섰다. 인사 같은 건 생략한 지 오래였다.

그가 나간 뒤 한참을 멍하니 앉아 있던 린은 방금 전 손가락을 핥아 올리던 그의 모습이 불현듯 떠오른 탓에 작게 신음했다. 생각이 나도 무슨 그런 장면이.

가끔씩 이성만으로는 이해할 수 없는 일들이 일어나기 마련이다. 린은 앓는 듯한 신음을 삼키며 눈을 감아 내렸다.

네가 그렇다. 너의 모든 것이 비상식적으로 깊게 파고 들어온다.

이해할 수 없어.

받아들이기 힘들어.

응. 그래도 네가 좋아.

정확히 2시에 현관문이 열렸다. 전에 단 한 번 보았던 비서라는 남자는 없었고 양손 가득 뭔가를 들고 온 재경이 혼자 문을 열고 들어오고 있었다.

"안녕하세요."

조심스레 인사를 건네자 재경이 양손에 든 쇼핑백을 슬쩍 들며 웃어 보였다. 부탁했던 것을 가져왔다는 듯한 동작에 서린은 애매하게 고개를 끄덕이다가 안으로 들어오라는 듯 손짓했다.

"저번엔 문 앞까지 비서라는 분이 절 감시했었어요. 진짜 깜짝 놀랐었다니까. 어떻게 하신 건진 모르겠지만 오늘은 안 그러네요. 시혁이가 많이 누그러진 것 같아. 맞나요?"

그가 누그러졌느냐고. 서린은 저도 모르게 오늘 새벽 자신의 품 안에 머리를 기댄 채 정신없이 잠에 빠져들던 그의 모습을 떠올리고 말았다.

"……그런 것 같아요."

"다행이다. 아, 그리고 오늘은 기분 전환 겸 디저트들도 가져와봤어요."

저번과 마찬가지로 식탁 맞은편에 앉은 그가 오른손에 든 커다란 쇼핑백을 내밀었다. 그가 누군가에게 자신이 만든 음식을 먹이는 걸 좋아한다는 사실을 상기한 서린이 마다하지 않고 그 쇼핑백을 받아들었고, 그와 동시에 재경의 갈색 눈동자가 햇살 아래 부드럽게 휘어졌다.

"이번 마카롱은 저번보다 더 잘됐어요. 진짜, 내 입으로 말하긴 좀 그렇지만 날마다 실력이 일취월장한다니까."

"저번에도 맛있었어요."

"정말요? 그렇게 말해주다니 엄청 기쁜데요."

그냥 하는 말이 아닌 것 같았다. 그는 진심으로 기쁜 듯 상기된 얼굴로 어깨를 으쓱였다.

고마운 사람이었다. 별 볼 일 없는 자신을 위해 이런저런 말들을 해주고, 걱정스런 눈길을 보내주고. 이런 다정한 사람을 또 다시 볼 수 있을까 싶을 정도였다.

"이번 야심작은 유자 마들렌이에요. 레시피 자체는 그리 어렵지 않은데 만드는 사람에 따라 풍미가 조금씩 다르거든요."

내 건 진짜 완전 맛있어요, 하고 진지하게 덧붙이는 그를 보며 서린은 작게 웃어버렸다. 재경은 잠시 멈칫하곤 그녀의 표정을 들여다보았다.

"역시 웃는 게 훨씬 예뻐요, 서린 씨는."

빙긋 웃어 보인 재경은 자신의 뜬금없는 칭찬에 서린이 어색해하기도 전에 뭔가가 생각났다는 듯 손가락으로 딱, 소리를 내며 입을 열었다.

"서린 씨가 부탁한 사진도 들고 왔어요."

그렇게 말한 그가 나머지 쇼핑백을 뒤적이기 시작했다. 서린은 마른침을 삼키며 그를 주시했다. 곧 재경이 몇 장의 사진을 꺼내 식탁 위에 나열했고, 서린은 저도 모르게 무릎 위에 올린 두 손을 꽉 쥐었다.

어린 나이의 성시혁은 지금과 달랐다. 공허하기 짝이 없는 검은 눈으로 렌즈를 응시하는 아이의 얼굴은 삭막하기 그지없었다. 금방이라도 증발해버릴 듯 아스라한 소년의 모습에 숨이 턱 막혔다.

한참을 말없이 사진만 바라보던 린은 흔들리는 눈으로 정면을 바라보았다.

그 소년이 낯설지가 않았다.

"감사해요, 재경 씨."

식탁 위의 사진을 그가 앉아 있는 쪽으로 밀자 재경은 아무 말 없이 사진들을 챙겨 넣었다. 그는 아무것도 물어보지 않았다. 왜 사진을 요구했는지조차도. 하긴, 그는 첫 만남에서도 이름 한번 물어보지 않던 사람이었다.

이내 재경은 근래 자신에게 있었던 일들을 늘어놓기 시작했다. 그의 수다는 지루하지 않았다. 이런저런 이야기를 하는 그의 목소리가 공기 중을 부드럽게 울렸다.

서린은 막연히 이곳을 떠나면 그와도 볼 수 없을 거란 생각이 들었다. 그렇구나, 싶었다. 아쉬운 마음은 들었지만 가슴이 못 견딜 만큼 저릿한 건 아니었다.

역시 이상한 일이었다.

어젠 쉴 새 없이 눈물이 흐르던데.

혼자 남겨진 집 안에서는 딱히 할 일이 없었다. 그렇다고 린이 지루함이나 태평함을 못 이기는 건 절대 아니었다. 지난 수년간 제일 많이 한 짓이 그냥 앉아서 창밖이나 바라보는 거였기 때문에 이 정도 여유는 아무것도 아니었다. 이 권태로움은 꽤나 즐겁기까지 했다. 이상하지만, 곧 돌아올 누군가를 기다린다는 것만으로도 그랬다.

커다랗고 푹신한 소파에 파묻히다시피 한 린은 리모컨을 집어 들어 TV를 켰다. TV를 틀자마자 성시혁 아니랄까 봐 딱딱한 뉴스

채널이 나왔다. 흥미가 떨어진 그녀가 담요를 온몸에 둘둘 둘러매고 대리석 바닥에 뒹굴거리고 있을 때였다. 정시 퇴근 시각 6시가 되지 않았는데도 현관문이 철컥하며 열리는 소리가 들렸다.

"어?"

놀란 듯 문 쪽을 바라보자 아침에 나갔을 때의 모습과 크게 다르지 않은 성시혁이 서 있었다. 입고 있는 아르마니 정장은 자로 잰 듯 몸에 달라붙어 있어 무척이나 잘 어울려 보였다. 성적인 매력을 뿜어대는 듯 깊은 눈매로 아래를 바라본 그는 바닥에 몸을 움츠리고 있는 린을 발견하고 눈썹을 치켜 올렸다.

이내 그는 넥타이를 오른손으로 살살 풀며 육감적인 입술을 열었다.

"아침에 하던 거 마저 해."

"……뭐? 아니, 그것보다 왜 이렇게 빨리 왔어? 퇴근은 6시 아니야?"

"일이 손에 안 잡혔으니까."

정말 힘들었다는 듯 미간을 찌푸리는 남자를 보고 있자니 위험 감지 경보가 머리 위에 울리는 듯했다. 이대로는 안 된다. 피해야겠어, 까지 생각이 미친 린은 자리에서 발딱 일어나 몸에 담요를 두른 채로 자신의 방으로 전력 질주했다. 전에 없이 빠른 속도에 성시혁은 기가 막힌다는 듯 코웃음 쳤다.

그는 굳게 닫힌 문 앞에 서서 나직이 말했다.

"뭐 하는 거야, 지금. 사람 애태워놓고? 네가 하도 출근, 출근 거려서 아침엔 참아줬잖아."

"네, 네가 뭘 할지 알고 있으니까 그러지."

"하아, 그래? 내가 뭘 하려고 그러는 거 같은데?"

낮아진 목소리는 분명 의도한 것일 테다. 린은 인상을 찌푸리며 담담히 대답했다.

"나도 알 건 다 알거든."

그 말에 피식거리는 웃음소리가 들려온 것 같았다. 곧 그는 웃음기 섞인 목소리로 문을 똑똑 두드렸다.

"그러니까 얼마나 아는지 확인해보자고."

이내 문고리가 두어 번 휙휙 돌아가더니 어떻게 한 건지는 모르겠지만 문이 활짝 열렸다. 린의 얼굴이 파리해졌다. 그에 성시혁은 짙게 웃으며 숨을 들이켜며 뒷걸음치는 린을 좇아 한 발자국씩 가까워졌을 뿐이었다.

그는 침대를 한 발자국쯤 앞둔 린을 보며 뭔가를 가늠하듯 린을 눈에 담더니 그녀를 단숨에 품에 감싸 안았다. 깊은 남자의 체취가 흠씬 밀려왔음은 당연한 일이었다.

성시혁은 린을 끌어안고 그녀의 머리를 톡톡 두드리며 나직이 말했다.

"뭐가 그렇게 무서워, 응?"

"……넌 어떤지 모르겠지만."

"그래."

"난 다 처음이란 말이야. 키스도, 뭣도 다."

"그러면서 다 아는 척했어, 방금?"

성시혁은 쿡쿡 웃으며 린의 머리 위로 입을 맞췄다. 몇 번이고

도장 찍듯 꾹꾹 눌렀다. 그는 흘리듯 말했다.

"할 수 없지."

"……으응?"

답지 않게 바보 같은 대답을 한 그녀를 내려다보던 그가 덧붙였다.

"내가 하나하나 가르쳐줘야겠네. 그렇지?"

"아닌 것 같은데……."

그는 단숨에 담요를 끌어내려 어정쩡하게 서 있는 린의 목덜미에 입술을 묻었다. 흰 목덜미에서는 달콤한 향이라도 나는 것 같았다. 그에 만족스레 그르릉거리는 것처럼 목을 울린 성시혁은 음미하듯 눈을 감아 내렸다. 린은 반사적으로 고개를 뒤로 젖히며 성감에 찬 숨을 토해냈을 뿐이었다.

"읏……."

스스로의 소리에 놀란 린이 커다래진 눈으로 입을 틀어막았으나 성시혁이 린의 입을 막고 있는 오른손을 한 손가락씩 옭아매어 깍지 꼈다. 그리고 그는 명령조로 말했다.

"소리 참지 마."

"싫, 어……."

"듣기 좋거든."

"……흣, 너 정말."

오른쪽 귓가에 속닥이는 그의 음성에 머리로 열이 확 몰리는 것 같았다. 입안이 바짝바짝 말랐고 호흡이 속절없이 가빠져갔다. 그는 신음 소리를 칭찬하듯 린의 머리칼을 헤집었다.

몸을 짓누르고 있는 그의 무게마저도 자극적이었다. 린은 평소와는 다른 얼굴로 달뜬 호흡을 내뱉기 바빴다. 그러나 성시혁은 참을 수 없다고 하던 게 거짓말처럼 이성적으로 보였다. 우아한 손길로 눈 깜짝할 새에 원피스를 벗겨낸 그는 멍하니 누워 있는 린에게 다시 한 번 속삭였다.

"내 허리에 다리 감아봐."

처음엔 그 말을 인지하지 못했던 린은 뒤늦게야 알아듣곤 고개를 저었다.

"……읏."

그제야 린은 성시혁의 눈이 지나치게 가라앉아 있다는 것을 눈치챘다. 성시혁은 축축하게 젖은 눈으로 속옷밖에 남지 않은 여린 몸을 감상하듯 내려다보고 있었다. 그는 입술을 짓씹으며 곤란한 듯 뱉었다.

"젠장."

참을 수 없는 부끄러움에 얼굴이라도 가려보려 했지만 그마저도 제지당했다. 공중에서 진득한 시선이 얽혔다. 이미 반나체의 상태가 된 그가 다시 달려든 것은 오래지 않아서였다.

"하아……."

성시혁은 타인의 손길이 낯설기 짝이 없는 그녀의 몸 곳곳을 부드럽게 어루만졌다. 그의 입안은 너무나 뜨거워서 린은 안절부절못했다. 그 상태를 아는 듯 그녀의 두 팔을 끌어다 자신의 등을 껴안게 한 그로 인해 두 육체는 더더욱 밀착됐다.

손톱을 세워도 그는 으르렁거리는 듯 흥분한 기색이 선연한 숨을 토해낼 뿐이었다. 잡아먹히고, 잡아먹는다. 그 누가 먹이사슬의 우위를 선점하고 있는지도 모른 채 홧홧한 시선이 오고 갔다.

전혀 경험해본 적 없었던 쾌락과 닮은 고통이, 또 고통스런 쾌감이 한데 섞여 전신을 지배해왔다. 이대로 머리가 어떻게 돼버리는 것은 아닐까 싶어 무서울 지경이었다.

저도 모르게 성시혁의 목을 바싹 끌어안은 린은 쾌감으로 그렁그렁한 눈을 감추지 않고는 안 될 것 같아 그의 품 깊숙이 고개를 묻었다. 그녀를 바싹 끌어안은 성시혁이 후희를 즐기듯 그녀의 머리카락을 다정스레 쓰다듬었다. 린은 더더욱 그의 품에 파고들었다.

그녀는 천천히 고개를 들어 성시혁을 마주 보았다. 그에 따라 기어코 뺨을 따라 흘러내린 눈물에 성시혁은 곤란한 듯 웃으며 그녀에게로 몸을 기울였다. 린은 눈물 자국을 따라 혀를 미끄러뜨리는 그를 응시했다. 눈이 마주친 성시혁은 작게 웃으며 말했다.

"좋아한다고 해봐."

"뭐?"

"사랑한다는 말도, 괜찮고."

처음 듣는 말은 아니었다. 저 말을 한 적 있었다.

"……듣고 싶어?"

"그래."

소년과 소녀는 아직 서툴렀다. 어두운 밤이 되어 달빛을 머금은 선선한 바람이 불어오고 나서야 나중에 할래, 하는 말이 공기 중에 퍼져나갔다. 따스한 색을 담은 말은 바람 따라 흘러들었다.

블라인드 사이로 쏟아져 흐르는 햇빛에 아침이 왔음을 알 수 있었다. 아침이란 본래 더없이 권태로운 때다. 감은 눈을 찔러오는 햇살을 피하기 위해선 블라인드를 쳐야겠지만 손가락 하나 까딱하고 싶지 않은 마음도 아마 그 때문이겠지. 모로 누운 린은 몸을 움츠리며 머리끝까지 이불을 덮기 위해 양옆을 더듬어봤지만 짚이는 것은 어떤 탄탄하고 따뜻한 것밖에 없었다.

"이게 뭐……."

갈라진 목소리를 내며 한쪽 눈만 겨우 뜬 린은 손에 닿았던 것의 정체를 확인하기 위해 고개를 뒤로 돌렸다.

"……히익."

머리를 괸 채 린을 내려다보고 있던 그 탄탄하고 따뜻한 몸의 주인이 무표정하게 그녀를 덥석 안아 들었다. 순식간에 공중에 뜬 린은 몸을 바둥바둥거렸지만 성시혁은 고개를 숙여 이마 위로 입술을 묻었을 뿐이었다.

"아침부터 자극하면 곤란한데."

"내가 언제……."

설마 방금 전 일로 그러는 건가. 린은 사색이 되어 그를 올려다보았다. 불안한 듯한 눈매를 읽은 성시혁은 피식 웃으며 입을 열었다.

"방금."

느긋한 어조에 린의 얼굴이 순식간에 화르륵 붉어졌다.

성시혁은 린을 가까운 소파 위로 천천히 올려놓고 그 위로 몸을 겹쳐왔다. 금방이라도 잡아먹힐 것만 같은 기분에 린은 이리저리 눈을 굴렸다. 성시혁은 이글거리는 눈으로 말했다.

"네 잘못이야."

"……순 억지."

"흠, 억지라고."

그의 체취가 훅 밀려왔다. 특유의 짙은 미소를 띤 채 그가 노곤하게 중얼거렸다.

"좀 더 자세히 말해줘야겠네."

"……응?"

"너 때문에 지금."

그가 고개를 아래로 내려 린의 귓가에 속삭였다.

"흥분했다고."

"……."

"책임져야지?"

무슨 뜻인지 한 번에 와 닿지 않았다. 하지만 그 뜻을 헤아려보기도 전에 진득한 눈빛으로 아랫입술을 핥는 그로 인해 머릿속이 텅 비어버렸다.

"흐읏……."

혀는 감질나게 움직였다. 마치 간지럼 태우듯 아랫입술 위로 혀를 놀리던 그는 불시에 그녀의 몸을 끌어당겨 입안으로 파고들었다. 그녀의 혀를 감아 우악스레 빨아올리고 입안 곳곳을 훑어 성감을 고취시켜놓은 그는 방금 전 입을 맞춰왔을 때처럼 갑작스럽게 멀어졌다. 그는 느릿하게 음을 늘어뜨리듯 말했다.

"싫어?"

린은 멍한 와중에도 당황한 눈으로 그를 살폈다. 그는 무슨 대답을 바라고 있는 것인가.

"하지 말까?"

그러나 그 말과는 달리 그가 다시 입을 맞춰온 탓에 린은 가만히 입을 벌리는 것 말고는 아무것도 할 수 없었다. 순간 뜨거운 타액이 훅 넘어오는 기분에 린은 작게 신음했다. 이건 입맞춤이라기보다는 호흡을 앗아가는 약탈 행위였다. 손끝이 저릿저릿했다.

"말해보라니까."

"……아니야."

볼멘소리로 답했지만 그는 못 들은 척하며 린의 목덜미를 쓸어내렸을 뿐이었다. 린은 고개를 홱 들어 그를 올려다보았다.

"좋아……."

린은 이내 조심스레 손을 들어 그의 머리카락 위로 얹었다. 결좋은 머리카락이 손가락에 감겨왔다. 그는 허리를 감은 팔을 더 깊게 끌어당겼다. 이것도 아침의 권태로움 때문일까. 모르긴 몰라도 맞닿은 몸에서 퍼져 나온 체온만은 무척이나 따뜻했다. 그래, 일단 지금은 그거 하나면 충분한 것 같았다.

마치 점화와도 같았다. 무서운 속도로 타오르고 있었다. 혹 종내에는 아무것도 남지 않을지언정 멈추고 싶지 않았다. 질 나쁜 장난과는 달랐다. 그보다는 훨씬 애절한 일이었다.

그 속도만큼이나 시간은 빨리 지나가고 있었다. 성시혁은 더 이상 아침에 손가락을 헤집지 않았다. 입술을 맞부딪혀올 뿐이었다.

"내일 저녁에야 들어와. 지방 출장 건이 있어."

"……응."

내일은 꼼짝없이 발 묶여 지내야 한다는 뜻이었다. 현관문을 나서는 그를 응시하던 린은 여상히 인사하듯 말했다.

"빨리 갔다 와."

그 말에 성시혁의 몸이 움찔거렸다. 순식간에 몸을 튼 그는 깊은 한숨을 토해내며 린의 두 뺨을 커다란 손으로 감쌌다.

이내 두 입술이 겹쳐졌다. 숨결 하나 놓치려 하지 않는 그의 몸짓에 부응하듯 린은 그의 허리에 팔을 둘렀다.

남은 것은 이틀.

이틀 뒤 나는, 어디쯤 있으려나.

부디 그곳에서는 그의 향기가 나기를.

그가 없는 하루는 그럭저럭 지나갔다. 떠올랐던 해가 지고 새 아침을 맞이한 것도 잠시, 다시 어둑해지는 창밖을 보고 있자니 새삼 기분이 묘했다. 이제 장마철이라고 떠들어대던 뉴스를 반증하듯 창밖으로 비가 내리고 있었다. 기다렸다는 듯이 몸에 한기가 도는 것이 느껴졌다.

그가 없기에 계속해서 몸이 벌벌 떨려올 것이었다. 머리끝까지 이불을 뒤집어쓴 린은 어서 다시금 잠에 들길 기도하며 몸을 웅크렸다.

잠에서 깬 것은 과도한 습기 때문이었다. 아니나 다를까 밖에

서는 거센 비가 내리고 있었다.

이대로 가다간 세상이 물에 잠겨버리지 않을까 싶을 정도로 비가 많이 왔다. 온통 새까만 집 안, 린은 침대 위에 올라가 머리끝까지 이불을 뒤집어썼다. 몸뚱이는 미친 듯이 떨리고 있었다. 정신을 다잡아보려 해도 쉽지 않았다.

이렇게까지 심각할 정도로 눈앞이 깜깜해졌던 적은 없었다. 빗줄기가 창문을 쾅쾅 때렸다. 머지않아 모든 것이 산산조각 날 듯했다. 창문도, 이 공기마저도.

지독한 공포가 육신을 먹어치우기 시작했다. 린은 두 귀를 틀어막으며 침대 속으로 파고들었다. 그렇게 눈을 꼭 감았을 때였다.

저기 희미하게, 뭔가가 보였다.

새까맣기 그지없는 시야 속에 희미한 형체가 살아 움직이기 시작한다.

그것은 순결한 소녀의 모습이었다. 물빛 꼬리를 살랑이며 여기저기 헤엄치는 소녀는 누가 뭐라고 해도 행복해 보였다. 온갖 이름 모를 물고기들이 소녀를 따라다녔다. 놀아줘, 같이 놀아줘, 조르면서.

린을 고통스런 신음을 내는 와중에도 옅게나마 입가를 휘었다. 물고기들은 늘 소녀에게만 같이 놀아달라 조르곤 했다. 짐짓 귀찮은 척했지만 그 칭얼거림이 정말 싫었던 적은 단 한 번도 없었다.

꼭 감은 눈에 눈물이 차올랐다. 어느 날 바닷속에서 올려다본 해수면은 왜 그렇게도 아름다웠던지.

저 멀리 보이는 소녀는 길을 잃은 것처럼 보였다. 바다의 끝에 다다르고 만 것이겠지. 그 경계를 넘으면 무슨 일이 벌어지게 되는지조차 모른 채 소녀는 수면을 뚫고 단 공기를 취했다. 그것이 독이었음을 깨달은 것은 너무도 오랜 시간이 지난 뒤였다.

그때였다.

선명한 감각이 머릿속을 꿰뚫고 지나갔다. 린은 온몸을 바짝 굳히며 멍하니 흐려진 눈동자로 허공을 응시했다.

'푸른 달이 뜨면 다시 올게.'

그 언젠가 떠올렸었던 천진한 소녀의 음성. 소년은 그 말을 철석같이 믿고 고개를 끄덕였었다.

린은 눈앞에 환각처럼 떠오른 구체에서 시선을 떼지 못했다. 저 구체의 이름은 푸른 달이다.

푸른 달.

순간 방 안이 무시무시하게 커다랗게 느껴졌다. 떨리는 몸은 도무지 진정되지 않았다.

그날의 빗소리가 귓가에 모질게 내리친다. 린은 벌벌 떨리는 손발이라도 어떻게든 해보려고 했으나 떨림이 멈추기는커녕 손발에는 작은 힘조차 들어가지 않았다.

눈앞이 흐릿했다. 순간 낯선 듯 익숙한 장면이 뇌리를 스쳐갔다.

폭풍우가 내리치던 밤이었다.

살려달라는 듯 애처로운 그 손을 잡았었다.

꺼져가는 생명을 품에 안아서,

외딴 섬을 향해 헤엄치고, 헤엄치고…….

린은 감았던 눈을 홉떴다. 부정하고 있던 기억이 순식간에 파노라마처럼 펼쳐진 까닭이었다. 머리가 깨질 듯이 아파왔으나 그 날의 기억은 점점 더 원색적으로 살아나고 있었다.

"흐윽……."

머리를 감싸 안았지만 이미 또 다른 장면이 머릿속에 펼쳐지고 있었다.

소년은 상처투성이였다. 얼굴 곳곳에 폭력의 흔적이 남아 있었고, 여기저기 피딱지가 내려앉아 흉한 모습을 하고 있었다. 다친 지 얼마 되지 않아 보이는 상처는 곪아 있기까지 했다. 칠흑의 밤보다 어두운 눈으로 자신을 바라보던 소년은 꿈을 꾸듯 말했었다.

'너가, 아름다워.'

어눌한 말씨였으나 듣기 좋은 목소리였다.

린은 숨이 턱턱 막혀옴에 발작적으로 숨을 내뱉었다. 자꾸만 눈물이 맺혔다. 닦아내고 닦아내도 계속해서 눈물이 차올랐다. 숨 막힘에 따른 생리적 현상인지, 다른 이유 때문인지 짐작조차 가지 않았다.

그 소년이 자신에게 처음 달을 가르쳐준 사람이었다.

정말 아름다운 것을 보듯 다정한 눈으로 자신을 바라보아주던 소년과 외딴 섬에서 하루 꼬박을 지새웠었다.

그 검은 눈이 자신이 알고 있는 누군가와 너무나 닮아 있었다.

린은 입을 틀어막았다. 비명이 나오려는 것을 겨우 참아냈다.

소년을 놓아줘야 할 때가 되었을 때, 그 아이에게 약속을 하나 했었다.

'푸른 달이 뜨면 다시 네게 올게.'

자신의 것이 분명한 앳된 목소리가 머릿속에 공명했다.

그녀의 세계에서는 15일에 한 번 푸른 구체가 떠올랐었다. 인간 세계에서도 마찬가지일 것이라 생각했었다. 그러나 인간 세계에는 푸른 달 따위는 없었다. 자신은 명백히, 소년에게 거짓말을 한 것이었다.

언젠가 성시혁이 했던 말이 홀연히 떠올랐다.

'그날 밤은 나 혼자만의 밤이 아니었다고 생각했으니까.'

그래, 그날 밤은 너 혼자만의 밤이 아니었다.

'난 그날만 보고 살아왔으니까. 웃기지도 않는 푸른 달을 기다리면서.'

잇새로 신음 소리가 흘러나왔다.

너는 기다렸던가. 내가 잊은 그 밤을 너는 간직하고 있었던가.

문득 문이 벌컥 열리는 소리가 들렸다. 여전히 몸은 사시나무 떨듯 하였다.

다급히 걸어오는 발걸음에는 초조함이 잔뜩 묻어났다. 아무것도 보이지 않았던 어두운 시야 속에 누군가가 나타났다.

떨리는 몸을 단숨에 끌어안아 오는 그에게서 고독한 향이 났다. 울컥, 울음이 터져 나왔다. 울음 섞인 말이 두서없이 튀어나왔다.

"바보, 넌 진짜 바보야."

"그래."

"진짜 싫어. 너, 너무 이상하단 말이야."

"알겠어. 알겠으니까."

빈틈없이 맞닿은 몸에서 온기가 느껴진다. 등을 쓰다듬어주는 커다란 손에 문득 서러워졌다. 엉엉대며 울고 있다는 사실을 뒤늦게 깨달았다. 두 손으로 눈물을 훔치며 있다는 게 믿기지 않았다.

"왜 그랬어, 왜, 대체."

왜 기다리고 있었어. 왜 나를 기억하고 있었어. 나는 잊고 있었는데. 조금도 남겨두지 않고 묻어버린 기억이었는데.

성시혁의 낮고 탁한 목소리가 머리맡에서 가만히 울렸다.

"알겠어, 미안해."

그는 사과하고 있었다. 무엇을 책망하는지도 모르면서, 그저 미안하다 말했다.

'왜 네 다리는 내가 가까이 갈수록 살아나는 걸까.'

'나는 너를 어떻게 알고 있는 걸까?'

언젠가 그가 했던 말이 떠올랐다. 그건 발악이었다. 알아봐달라는, 그리고 여전히 기다리고 있다는.

그 질문들에 대한 답을 이제야 낼 수 있었다.

그건 내가, 네게 날 기다리라 했기 때문이야. 다시 올 거라는 지키지도 못할 약속을 했기 때문이야.

왜 그런 이에게 이제껏 그리도 모질게 대했던가.

린은 탈력감에 몸을 늘어뜨렸다. 성시혁은 그 몸을 꽉 안아왔다. 소중히 머리칼을 쓰다듬어주던 손길이 눈가에 머문다. 이내 그의 뜨거운 숨결이 스며들기 시작한다. 치열을 훑는 그는 조심스러웠다. 혹여 또 울지는 않을까 걱정이라도 하듯.

린은 그의 목에 팔을 감고는 눈을 감았다. 입맞춤은 그 어느 때보다 상냥했다. 그 상냥함이 미어지도록 슬펐다.

그래, 그냥 화풀이가 하고 싶었던 거다.

낯선 세상에서 날 가장 열렬히 사랑하는 이에게,

삼켜왔던 모든 독을 토해내며, 무고한 이를 더럽히며.

그는 그 더러운 마음을 하나도 남김없이 다 받아주었다.

소년은 잘못한 게 없었다. 그저 만발한 마음으로 껴안아주었을 뿐.

몸의 떨림이 서서히 잦아든다.

빗소리가, 요란하다.

잔인한 인간에게 감히 생명력을 나눠주지 말라!

어리석은 사랑은 나로 끝나게 해다오…….

인간에게 생명력을 나눠준 인어는 영원히 고통받게 되리라!

순간 누군가의 호통처럼 머릿속에 파고든 음성이 있었다. 린은 천천히 눈을 감았다.

금기를 범한 어린 인어는 바다에게 버려졌었다. 뭍으로 쫓겨난 소녀에게 허락된 것은 몇 없었다. 반쪽짜리 인간의 몸, 온전치 못한 기억. 거기다 유예 시간마저 덧씌워진 것은 오래지 않아서였다. 유예 시간의 목적은 간단했다.

인어공주 '릴레'가 하지 못한 일을 해내어라.

그것이 유일하게 용서받는 방법이었다. 저주를 푸는 것도 아닌, 용서받는 방법.

소년이 아랫입술을 부드럽게 머금어온다. 소녀는 흐르는 눈물을 그대로 두었다.

못 해. 나는 못 해. 소녀는 고개를 내저었다.

애초에 할 수 있을 리가 없었다.

그의 심장을 꿰뚫어 그 언젠가 심장에 불어넣었던 생명력을 다시 앗아가는 일 따위, 할 수 있을 리가 없잖아.

남은 것은 고작 하루였다.

그토록 기다렸던 그때는 바다로 돌아갈 시간 따위가 아닌 생명력을 앗아 돌아가는 데까지 정해진 제한 시간이었다.

지키지 못하면 릴레, 그녀가 그랬듯 사라지리라. 물방울이 되고 말겠지.

비가 올 때마다 온몸이 벌벌 떨렸던 것은 일종의 경각이자 경고였던 모양이다. 소년을 찾아 생명력을 되찾아오라는 지독하기 짝이 없는 독촉이었겠지. 그것이 온몸으로 발현된 것일 테고.

그래서 그가 옆에 있을 때에는 아무렇지 않았던 것인가. 곧 생명력을 앗아갈 것이 당연한 순리임을 알고?

너무나도 잔인하다. 소녀는 그때로부터 하나도 자라지 못했다. 여전히 저주를 감당하기엔 어리고 여렸다.

린은 가만한 눈으로 그를 올려다보았다. 왜일까. 그 검은 눈을 마주하자 거짓말처럼 마음이 삭아들었다.

방 안은 어두웠다. 그 옅은 어둠 속에서 린은 조용히 미소 지으며 입을 열었다.

"눈을 감고 열을 세렴. 지금은 꿈꾸러 갈 시간이야."

그것은 언젠가 소년에게 불러주었던 노래였다. 쉬이 잠들지 못하는 소년을 위해 소녀는 기꺼이 밤을 노래했었다. 마주한 검은 눈동자가 크게 뜨인 것은 그때였다.

"내가 여기서 속삭이고 있을게."

고요한 음성은 언제고 사라질 것처럼 아스라했다. 울음 섞인 여린 목소리는 소년을 뒤흔든다.

"나쁜 꿈을 꾸거든 내 목소리를 듣고 눈을 뜰 수 있도록."

성시혁은 한마디조차 하지 못했다. 한참 동안 넋이 나간 얼굴로 린을 응시하기만 했다. 그러던 어느 순간 세게, 아주 세게 그녀의 몸을 안았다. 그런 그를 마주 안으며 린은 마지막 소절을 불렀다.

"내가 여기서 속삭이고 있을게."

그의 숨소리가 귓가에 터져 나왔다. 마치 그녀가 처음 수면을 뚫고 나왔을 때처럼 서툴기 짝이 없는 호흡이었다. 린은 그의 머리칼을 쓰다듬어 내리며 조심스레 물었다.

"……어때?"

"……."

"나 그때만큼 잘 부르는 것 같아?"

괜히 눈가가 시큰해지는 것 같은 기분에 린은 어깨를 움츠렸다. 성시혁은 아무 말도 없이 연신 고개를 끄덕일 뿐이었다.

그 몸짓이 왜 그렇게도 애처롭게 느껴지던지.

기억의 무게를 혼자 짊어지고 왔을 그였다. 그 누구에도 보여줄 수도 없고, 함께할 이도 없는 기억을 그는 소중히 다루어주었다.

막연히 그런 생각을 했다. 이제부터 어떤 일이 벌어지든 간에, 그와 함께하고 싶다.

린은 힘겹게 입을 뗐다.

"도망가자."

어디서부터 무엇이 잘못된 건지는 모르겠지만, 오롯이 우리 둘만이 존재하는 곳으로.

가버리자.

#6

향의 이름을 알 수 없는 양초가 타오르고 있었다. 검은 눈의 소년은 물끄러미 불꽃을 응시하다가 온기를 따라 손을 뻗었다. 소년에겐 불이 뜨겁고 위험한 것이라고 알려준 사람이 없었다. 그것을 만져서는 안 된다고 말해준 사람 역시 존재하지 않았다. 때문에 불꽃을 움켜쥐는 소년은 거침이 없었다.

이내 매캐한 연기를 흘리며 촛불이 꺼졌다. 소년은 불에 데어버린 손바닥을 물끄러미 응시했다. 이제껏 겪어보지 못했던 살이 녹는 듯한 고통이 소년을 덮쳐왔지만 그는 그 흔한 신음 소리 하나 내지 않았다. 고통에 찬 소리를 내어봤자 자신에게 와줄 사람은 없음을 이미 너무나 잘 알고 있었기 때문이었다.

소년은 결코 어리지 않았다. 때문에 주변 사람들이 쉬쉬하고 있는 일에 대해서도 모조리 다 알았다. 우선 아버지의 옆에서 역겨운 웃음소리를 흘리는 그 여자는 진짜 엄마가 아니었다. 친모는 자신을 낳다가 죽어버렸다. 아버지는 그녀의 희생을 거름 삼아 세상에 태어난 자신을 싫어했다.

어리다고 자신을 향한 적의나 경멸을 모를 리는 없었다. 소년은 누가 자신에게 어떤 감정을 가지고 있는지도 속속들이 파악하고 있었다. 중요한 사실이 하나 있다면, 아직까지도 자신에게 긍정적인 감정을 보여준 이는 단 한 명도 없었다는 것뿐이었다.

소년은 자신이 눈엣가시 같은 존재라는 것을 알았다. 때문에 진짜 엄마 행세를 하는 그 여자가 손찌검을 할 때도 싫은 기색조차 내보이지 않았다. 그 때문인지 늘 제풀에 지쳐 떨어지는 것은 그 여자였다.

그 날은 기이할 정도로 그 여자가 화를 많이 낸 날이었다. 여느 날과 같이 머리부터 발끝까지 명품으로 휘감은 여자는 집에 돌아오자마자 소파에 앉아 있는 소년을 붙잡고 정신이 나간 것처럼 손찌검을 해대기 시작했었다. 폭력의 이유는 끝까지 알 수 없었으나 끝내 그 여자는 자해까지 했었다. 소년은 그 일련의 과정을 말없이 지켜보기만 했다. 그런 상황에서 무엇을 해야 옳은 것인지조차 소년은 몰랐다. 아니, 그때에 허용되었을 옳은 행동이라는 것이 과연 존재하긴 했을까.

소년의 아버지 성 회장은 퇴근 후 자해를 한 뒤 거실에 정신을 잃고 쓰러져 있는 제 부인과 구석에 무릎을 세우고 앉아 그 속에 고개를 파묻고 있기만 했던 자신의 아들을 발견하곤 격노했다. 그는 그날 처음 자신의 아들에게 폭력을 행사했다. 작고 흰 얼굴을 마구 내려치는 그는 도저히 어린아이를 상대하고 있다는 사실을 염두에 둔 것 같지 않았다. 두툼한 손바닥에 소년의 입술이 터져 피가 고였다. 얼굴 곳곳에는 살이 찢긴 상처가 생겼다.

그만하라는 말조차 못하고 소년은 검은 눈동자로 그를 올려다 보기만 했다. 그 어느 때보다 깊게 가라앉아버린 검은 눈동자였으나 그것을 눈치챈 사람은 없었다. 늘 그랬다. 그날도 소년은 혼자 슬퍼했다.

소년은 학교를 다니지 않고 집에서 가정교사와 공부했기에 바깥세상으로 나올 수 있는 때가 손에 꼽을 만큼 적었다. 때문에 소년은 선상 파티에 가게 되었음을 남몰래 기뻐할 수밖에 없었다. 이제까지 그가 보았던 바다는 늘 비현실적으로 아름다웠다. 이번에도 끝없이 펼쳐진 수평선은 감동스러울 것이었다.

현실은 상상을 압도했다. 그는 승선 후 세 시간을 꼬박 바다만 바라보았다. 파도가 치고, 태양빛이 바다에 부서져 반사되는 모습을 끊임없이 눈에 담기도 했다. 언제 다시 오게 될지 모를 바다였다. 일분일초가 아까운 게 당연했다.

가능하다면 내내 맑은 바다를 보고 싶었건만 야속하게도 날씨는 급변했다. 먹구름이 몰려와 비를 뿌리기 시작하니 파도가 거세지는 것도 금방이었다.

"너, 여기서 뭐 하니."

표독스런 음성에 소년은 가만히 고개를 돌려 여자를 바라보았다. 평소보다 몇 배는 더 신경 쓴 듯한 그녀의 옷차림을 감흥 없이 바라보던 소년은 대답 없이 바다를 가리켰다. 대답을 대신하는 손짓이었다. 여자는 코웃음 치며 말했다.

"네가 벙어리야? 똑바로 말해."

그때였다. 거센 파도에 배가 크게 흔들렸다. 난간에 서서 바다를 바라보고 있던 소년은 본능적으로 중심을 잡기 위해 허우적거렸지만 주위에 잡히는 것은 없었다. 다급히 여자에게 손을 뻗었음에도 그녀는 조용한 눈으로 그를 내려다보기만 했다.

그가 마지막으로 본 장면은 씨익, 하고 여자의 입꼬리가 휘어져 올라가는 모습이었다.

이내 크게 기운 소년의 몸은 난간 밖으로 떨어져 내렸다. 소년은 찢어질 듯 눈을 크게 떴다.

바닷물이 살을 에듯 차가웠던 것이다. 그렇게나 아름다운 바다였는데. 바다는 무자비하게 어린 생명을 삼켜버렸다.

그의 입안으로 소금기 섞인 물이 쏟아져 들어갔다. 무슨 의지가 남은 것인지는 알 수 없었다. 다만 소년은 끊임없이 수면을 향해 손을 뻗었다. 늘 그랬듯 그 손을 마주 잡아줄 이는 없음을 알고 있음에도 손을 거둘 수가 없었다.

제발, 누가 내 손을 좀 잡아줘. 한 번만이라도 좋으니까.

소년의 희미한 시야로 푸른빛이 스민 것은 그 즈음이었다. 숨이 넘어가고 있는 와중에도 살랑거리는 푸른빛이 너무도 아름다워 소년은 도저히 눈을 뗄 수가 없었다.

"하아……."

옅은 한숨 소리와 함께 누군가가 손을 마주 잡아왔다. 처음 느껴보는 온기, 그 생경함에 놀라기도 전에 그는 까무룩 정신을 잃어버렸다.

"눈을 떠봐."

저 먼 곳에서 누군가가 다정하게 속삭였다. 아마 자신에게 해주는 말은 아닐 것이었다. 그럼에도 부질없는 기대가 피어올랐다. 내게도 누군가 다정한 말을 해줬으면 좋겠다. 그렇게 해준다면 분명 기쁠 텐데.

모든 것이 희미했다. 감각, 감정, 느낌. 죄다 불투명하기만 했다. 그런 그를 두드려온 것은 믿을 수 없을 만큼 따뜻한 온기였다. 입술로 흘러들어온 온기가 몸 전체로 퍼지기까지는 오랜 시간이 걸리지 않았다. 손끝 발끝까지 미쳐온 따뜻함에 소년은 천천히 눈을 떴다.

이윽고 시야에 가득 담긴 것은 한 소녀의 얼굴이었다. 소녀는 바다를 닮은 눈동자와 머리카락을 가지고 있었다. 소년은 멍하니 그녀를 응시했다. 소녀의 얼굴 위로 떠오른 환한 웃음이 눈부시게 아름다웠다.

"드디어 일어났구나?"

"……."

"기다리고 있었어. 너무나 외로웠거든."

장대비가 몸 곳곳을 모질게 내려치고 있었지만 소년은 하나도 아프지 않았다. 그저 외로웠다고 말하는 소녀를 따뜻하게 해주고 싶다는 마음만이 들었다. 그는 몸을 일으켜 소녀를 품에 안았다.

소녀는 의아한 듯 웃다가 이내 몸을 맡겨왔다.

그렇게 얼마간 맞닿아 있었을 때였을까. 그는 조심스레 입을 열었다.

"어쩌다, 여기……."

소년은 말하는 것이 서툴렀다. 이제껏 대화를 해본 적이 몇 없었기 때문이었다. 그럼에도 소녀는 소년의 말을 잘 알아들을 수 있었다.

"생명의 기운을 느꼈어."

소녀는 물빛 눈망울을 반짝이며 유리알 굴러가듯 맑은 목소리로 말했다. 소년과는 정반대였다.

소년은 의아한 듯 피딱지가 말라붙은 입술을 열어 물었다.

"그거, 뭐인데?"

그 물음에 소녀는 손가락을 바다 표면의 그것처럼 장난스럽게 넘실거렸다. 소년은 소녀에게서 눈을 떼지 못했다.

"물속에서 해수면 밖의 생명이 느껴졌다는 거야. 살려주지 않으면 안 될 것 같은 절박한 기운이어서 그냥 갈 수가 없었어."

"나는…… 몰라."

"괜찮아. 몰라도 돼. 대신 너는 저것의 이름을 알고 있지 않니?"

소녀는 손을 들어 하늘을 가리켰다. 정확히는 하늘에 떠 있는 노란 것을 가리키는 것이었다.

그 몸짓에 소년의 가슴이 뛰어오기 시작했다.

소녀가 모르는 모든 것을 알려주고 싶었다. 늘 이렇게 알려줄 테니 가지 말고 옆에 있어달라고 하고도 싶었다. 그러나 말주변이 없는 소년은 소녀가 가리킨 만월을 바라보며 무뚝뚝하게 답할 뿐이었다.

"달."

'달'이라는 말이 재밌는 걸까. 까르르 웃던 소녀는 몇 번이고 반복해서 그 단어를 입에 담았다.

주인 없는 섬, 만월의 달빛은 고요하였다. 모래사장 위에서 몸을 움츠린 소년과 얕은 바닷물에 몸을 담그고 헤엄치는 소녀만이 생명력을 뿜어내는 존재들이었으나 그럼에도 표류는 나쁘지 않았다. 시간의 흐름은 바람결에 잊혀졌다.

소년은 고개를 기울여 소녀를 바라보았다. 불현듯 떠오른 물음이 하나 있었다.

"너, 이름."

정확하지 못한 발음에도 용케 그가 하고 싶은 말을 알아들은 소녀는 선뜻 제 이름을 알려주었다.

"내 이름은 린이야."

소녀를 닮아 어여쁜 이름이었다. 소년은 그 이름을 입에 담아보았다.

"린, 린."

입에 담는 것만으로도 울컥, 하고 눈물이 차오를 것 같았다. 어떻게 이렇게나 다정한 아이가 있는 것일까. 소년은 린이 못 견디게 사랑스러웠다. 린은 계속되는 부름에도 귀찮은 기색 없이 대답하듯 눈을 휘기만 했다.

"응?"

"린……."

"응, 말해."

"내 이름, 은."

"너의 이름?"

눈이 마주친다. 소년은 그 어느 때보다 정확한 발음으로 말했다.

"시혁."

그 누구에게도 먼저 말해본 적 없던 자신의 이름이었다. 소녀가 마음에 들어하지 않는 건 아닐까 염려했지만 소녀는 눈을 반짝 뜨며 감탄해왔다.

"우와, 멋진 이름이구나?"

멋지다고 했다. 부끄러운 마음보다 기쁜 마음이 훨씬 컸다. 그래서 소년은 작게 고개를 끄덕이고 말았다.

"……응."

"그런데 있지, 시혁아."

돌연 소녀의 목소리가 진지해졌다.

"나, 돌아가면 완전 혼나겠지?"

철썩이는 파도 소리가 다소 요란했지만 소녀의 목소리는 무척이나 또렷했기에 소년은 그녀의 말을 무리 없이 알아들을 수 있었다.

혼난다니? 소년은 의아한 눈으로 어깨를 축 늘어뜨리는 소녀를 바라봤다. 뒤늦게야 그 시선을 알아챈 소녀가 시무룩하게 덧붙여왔다.

"밖으로 나오는 건 금지되어 있거든. 인간들과 접촉을 해서도 안 된다고 그랬고."

"누, 가."

"아빠랑 언니들이. 나한테 바깥은 정말 무서운 곳이라고 매일같이 겁을 줬었어. 치, 사실 아빠랑 언니들은 나와본 적도 없을걸? 그런 게 아니고선 이렇게 아름다운 곳을 못 가게 했을 리가 없어."

"아름답, 다워?"

"응, 아름다워."

소녀는 그렇게 대답하며 조각난 달빛이 남실대는 물을 두 손 가득 담아 소년에게 뿌렸다. 장난기가 다분한 행동이었다. 소년은 차가운 물에 맞을까 순간적으로 몸을 움츠리며 눈을 꼭 감았지만 아무것도 느껴지지 않았다. 곧 조심스레 한쪽 눈을 뜬 소년은 잠시 숨을 멈췄다.

셀 수 없이 많은 물방울들이 허공에 멈춰 있었다. 달빛은 그 물방울 하나하나에 스며들어 영롱한 빛을 뿜어냈다. 소년은 멍하니 소녀를 바라보았다.

"어때? 신기하지?"

눈앞에 벌어진 요술 같은 일에 소년은 천천히 고개를 끄덕였다. 소녀는 의기양양한 얼굴을 하다가 이내 헤실헤실 웃었다.

소년은 그 얼굴에서 눈을 떼지 못하며 물방울 너머의 소녀를 향해 떨리는 손을 뻗었다. 상처투성이의 손은 군데군데 생채기가 나 엉망이었지만 소녀는 그 손을 피하지 않았다. 소년은 천천히 입을 열었다.

"……아름답다."

소년에게 있어 느낀 바를 있는 그대로 말한 것은 처음 있는 일이었다. 당연히 소년은 그 사실을 자각하지 못했기에 그저 하고 싶은 대로, 물기 젖은 소녀의 머리카락을 가만가만 쓰다듬을 뿐이었다.

소녀는 고개를 갸웃거렸다.

"이 물방울들? 그게 말이야, 나는 물방울들과 친하거든."

"너가."

"응?"

"너가, 아름다워."

서툰 말솜씨였지만 소녀는 그 말이 진심이라는 것을 알았기에 기쁘게 웃었다.

"고마워."

그렇게 말한 소녀는 소년의 거친 손 위로 자신의 손을 겹쳐 올렸다.

"네 손은 따뜻해."

소년과 소녀의 심장 고동 소리가 온 바다에 그득했다.

그 즈음, 소년은 자신의 옆자리를 가리켰다.

"여기, 와."

조금이라도 더 가까이 있고 싶었기에 소년은 바다에 몸을 담그고 있는 소녀를 향해 손짓하기도 했다. 소녀는 곤란한 듯 웃으며 고개를 저었다.

"안 될 거야. 난 다리가 없거든."

하지만 조금이라도 더 가까이 있고 싶은 건 마찬가지였기에 소녀는 꼬리로는 힘들 거란 걸 알면서도 조심스레 바다를 빠져나왔다.

그러자 믿을 수 없는 일이 일어났다. 물기가 말라감에 따라 꼬리가 두 다리로 변모한 것이었다. 소녀는 들뜬 마음을 어쩔 줄 몰라 하며 환히 웃었다.

"이것 좀 봐. 내게 다리가 있어! 너와 생명을 나누어서 다리가 생긴 건가 봐."

"생, 명?"

"응. 네가 눈을 감고 있었을 때 내 생명력을 불어넣어줬었거든. 너의 생명력도 내게 흘러들어왔나 봐."

소년은 조심스레 소녀를 향해 다가갔다. 그에 소녀는 더 환하게 웃어주었다.

"네가 가까이 올수록 다리가 살아나고 있어."

깊은 밤이 되어서야 하늘이 갰다. 그들은 나란히 누워 하늘을 바라보고 있었다.

"잠이, 못 자겠어."

이상한 어법을 구사하는 소년의 말에도 소녀는 그저 빙긋 웃었다.

"하지만 이렇게나 어두운걸. 어서 자야 하지 않겠니?"

"……가?"

소년은 무서웠다. 소녀가 자신이 자는 동안 가버리기라도 하면 또 혼자 남겨질 것이니까. 아니, 혼자 남겨질 것보다 무서운 것은 더 이상 소녀가 없을 미래였다. 그런 그를 아는지 모르는지 소녀는 열심히 도리질 치다가 자신의 옆자리를 두어 번 탁탁 두드릴 뿐이었다.

"가까이 와볼래?"

소년은 무릎걸음으로 소녀의 옆에 다가섰다. 소녀는 자기 자랑을 직접 하기가 조금 민망했던 터라 뺨을 붉게 물들이고는 소년의 귓가에 손을 가져다 대고 속닥였다.

"언니들이 나한테 노래를 잘한다고 했었어."

"으응."

"나는 가지 않아. 대신 노래를 불러줄게."

소녀는 밤을 노래할 줄 알았다. 부디 이 밤이 영영 끝나지 않길. 소년은 태어나 처음으로 헤어짐이 두려워졌다.

기대와는 달리 어김없이 아침은 밝아왔다. 어른들은 소년이 아닌 S&H그룹 성 회장의 아들을 찾기 위해 이곳저곳을 수색했고 오래지 않아 그들의 섬에까지 발을 들였다. 소녀는 멀리서 보이는 사람들의 무리에 놀란 듯 어깨를 떨었다.

그때 소년은 직감할 수 있었다. 지금이 헤어져야 할 때임을.

소녀는 특별한 존재였다. 그녀가 너무도 사랑스럽고 아름다움에, 많은 사람들에게 드러나선 안 되는 모양이었다. 마지막 순간에 소녀는 말했다.

"걱정하지 마."

"……."

"푸른 달이 뜨면 다시 네게 올게."

소년은 그 말을 철석같이 믿었다. 매일같이 하늘을 바라보았다. 그러나 끝내 푸른 달은 떠오르지 않았다.

배에서 내린 린은 주위를 둘러보았다. 애초에 어디로 가야 할지를 미리 정해두고 도망가자는 말을 한 것은 아니었다. 그것은 지극히 충동적인 말이었다. 그러나 성시혁은 날이 밝자마자 그녀를 이끌고 이곳으로 데리고 와주었다. 마치 꼭 한 번 같이 와보고 싶었던 곳인 것처럼.

"여기……."

린은 숨을 크게 들이마시고 주변을 둘러보았다. 한눈에 알아볼 수 있었다. 이곳은 다른 곳도 아닌 바로 그날의 섬이었다.

"어떻게, 너."

성시혁은 말을 잇지 못하는 린을 바라보며 작게 웃었다. 곧 그는 등 뒤를 가리켰다. 자연스레 그곳으로 시선을 옮긴 린은 그 자리에 딱딱하게 굳고 말았다.

그곳에는 작은 오두막집이 한 채 있었다. 다른 누구도 아닌 눈앞의 이 남자가 만들어두었을.

어떤 마음으로 이 섬을 찾았을까. 무슨 생각을 하며 저 오두막집을 지었을까.

가슴이 먹먹해져옴에 린은 그저 웃어버렸다.

그와 함께 들어간 오두막집은 그다지 넓진 않았지만 있을 건 다 있었다. 포근하고 아늑한 공간이었다. 정말이지 둘만의 공간인 것만 같았다.

그 때문일까. 요즘 들어 아침이나 점심쯤은 가볍게 거르는 린이었지만 오늘만큼은 뭔가를 만들어보고 싶다는 생각이 들었다. 그러고 보니 그에게 뭔가를 만들어주는 것은 처음이었다. 저도 모르게 맛있게 먹어줬으면 좋겠는데, 까지 생각이 미친 린은 눈을 흡떴다. 이래서야 무슨 신혼부부라도 된 것 같지 않은가.

린은 저도 모르게 붉어진 얼굴로 온갖 식재료가 있는 냉장고를 바라보았다.

언제 다 채워둔 건지 모르겠다. 문제는 이렇게나 재료가 많은데도 어떤 요리를 해야 할지에 대한 판단이 서질 않았다는 것에 있었다. 즉석식품이 잔뜩 담긴 트레이로 잠시 눈을 돌리던 린은 이내 고개를 내저었다. 그래도 처음 만들어주는 음식인데 즉석식품을 주고 싶진 않았다.

때마침 린의 옆으로 온 성시혁은 냉장고를 가리키며 물었다.

"뭐 만들려고?"

"왜? 못 미더워?"

"사실을 말하자면, 그래. 썩 미더운 건 아니지."

성시혁은 짓궂게 웃으며 내가 하는 쪽이 분명 맛은 더 있을 거라 말해오기도 했다. 물론 그렇다고 그에게 만들어달라고 할 마음이 생긴 건 아니었다. 린은 성시혁에게 눈을 맞추며 어깨를 으쓱였다.

"내가 차린 밥 먹어보고 싶지 않아?"

"뭐?"

"난 지금 약간, 신혼 부부 같다고 생각했는데."

답지 않게 달아오른 얼굴을 숨기느라 오래지 않아 시선을 아래로 내리깔긴 했지만 그가 픽, 하고 웃는 소리만큼은 생생히 들려왔다.

"어쩌자는 거야."

그는 다정히 머리카락을 쓰다듬어왔다. 그러곤 귓가에 속삭였다.

"차라리 나랑 키스하고 싶다고 말을 해."

"너 진짜……."

린은 고개를 절레절레 젓고는 붉은 얼굴을 꾹꾹 누르며 다시 냉장고 안으로 시선을 돌렸다.

"어, 여기."

그녀는 제과점 로고가 박힌 생크림을 검지로 가리켰다.

"생크림도 있네."

성시혁은 고개를 비스듬히 기울이며 여상하게 물어왔다.

"좋아해?"

"응."

"너, 단 거 정말 좋아해."

그러고 보니 그런 것도 같다. 자신은 원래부터가 어린이 입맛이었던 것인가.

린은 구태여 부정하지 않고 생크림이 담긴 용기로 손을 뻗었다.

"너도 먹어봐. 맛있는데."

자신만 어린이 입맛 취급당한 것이 조금은 억울했던 린은 달다, 부드럽다, 같은 형용사들을 나열해 맛에 대해 묘사하는 것보다 그가 직접 생크림을 먹어보는 것이 낫다고 생각했기에 용기의 플라스틱 뚜껑을 열었다.

부실해 보이는 겉과 달리 내용물은 꽤나 많았던 듯 뚜껑을 열자 생크림 중 일부가 뺨 위로 튄 것 같긴 했지만 그 정도는 닦아내면 그만이었다.

"먹어봐."

린은 그렇게 말하며 생크림이 담긴 플라스틱 용기를 내밀었지만 성시혁이 받아들인 바는 조금 다른 듯했다.

그는 별안간 조심스레 두 손으로 린의 얼굴을 감싸더니 천천히 몸을 낮춰왔다.

갑작스런 그의 행동에 린은 저도 모르게 자리에서 굳어버렸다.

"뭐, 뭐 하려는 거야?"

"먹어보라며."

나지막한 목소리가 들린 이후 그녀에게 느껴진 것은 뜨거운 혀가 뺨을 핥아내는 감각이었다. 처음 두어 번은 간지러울 정도였으나 그는 그 맛이 꽤 마음에 들었던 듯 곧 뺨 위의 생크림을 샅샅이 핥아먹는 것처럼 진득하게 뺨을 핥아왔다.

이내 그가 뺨에서 혀를 떼어냈을 때는 젖은 뺨 위로 서늘한 공기가 느껴질 정도였다. 그는 즐거운 듯 말했다.

"생각보다 다네."

"지금 뭐 하는 거……."

그를 올려다보던 린은 이어지는 그의 말에 멍한 얼굴이 되어버렸다.

"마음에 들어. 맛있네."

그렇게 말한 그는 몇 번이고 더 생크림을 핥아내고 나서야 떨어졌다. 린은 고개를 푹 떨어뜨리며 소심하게 중얼거리는 것밖에 할 수 있는 게 없었다.

"……앞으로 생크림은 먹을 생각도 하지 마."

그 말을 끝으로 린은 볶음밥을 다 만들어낼 때까지 단 한마디도 하지 않았다. 이윽고 완성된 볶음밥을 사기그릇에 담아내는 린의 얼굴은 터질 듯 달아올라 있었다.

"볶음밥. 먹어봐."

안에 들어간 재료에 대해서도 간단한 설명을 해줄까 생각하던 린은 이내 입을 다물었다. 워낙 정신없이 만든 것이라 안에 뭘 넣었는지에 대한 기억도 잘 나지 않았다.

성시혁은 볶음밥을 가만히 내려다보더니 천천히 숟가락을 들어 식사를 시작했다. 볶음밥의 맛은 썩 훌륭하지는 않았으나 먹기 힘들 정도로 나쁘지도 않았다. 중요한 것은 그 볶음밥을 먹고 있는 것이 혼자가 아니라 둘이라는 사실이었다.

눈부신 햇살이 시야를 덮쳐왔다. 성시혁은 자연스레 린을 뒤에서 안으며 말했다.

"여기, 바다만 있는 거 아니야."

"그럼?"

"언덕 같은 게 있던데."

그건 또 언제 알아본 건지. 린은 장난스럽게 고개를 뒤로 젖히며 입을 열었다.

"가보자."

"지금 가자고?"

"응. 가보고 싶어."

린은 대답도 듣지 않고 다리에서 벌떡 일어나 밖으로 나갈 준비를 하기 시작했다. 준비라고 해봤자 전혀 거창할 것 없이 간단한 먹을거리를 챙기는 뿐이었지만 말이다.

방금 둘러봤던 부엌에서 비스킷, 음료, 초콜릿 같은 간식을 챙겨온 린은 피크닉 바스켓을 발견하곤 그 안에 간식거리를 넣기 시작했다.

"빨리 가자."

귀찮은 척해도 결국은 따라올 것을 알고 있다. 린은 오두막집 밖으로 걸어갔다. 당연하게도, 오래지 않아 등 뒤로 발소리가 들려왔다.

누군가가 나를 따라오고 있다, 라. 익숙지 않은 일이었으나 그의 발소리는 꽤나 듣기 좋은 것도 같았다. 타박타박 걸어가는 소리에 맞춰 각종 간식들을 담은 그녀의 피크닉 바스켓이 흔들렸다.

도로가 들어서지 않은 길은 발걸음이 닿는 곳마다 새로운 길이 되었다. 린은 여기저기를 둘러보며 느릿하게 한 걸음, 한 걸음 나아갔다. 그의 말대로 저 멀리에 언덕이 보였다.

"왜 굳이 가려고?"

별안간 등 뒤에서 들려온 목소리는 그의 것이었다. 그래서 그녀는 즐거운 마음으로 대답할 수 있었다.

"소풍 가는 거야, 우리."

그에 대한 대답은 들려오지 않았지만 어쩐지 그가 짓고 있을 표정이 머리 위로 떠오르는 것만 같았다. 린은 미소를 흐릿하게나마 지으며 앞으로 걸어갔다.

여기저기에서 여름에 생명을 만발하는 꽃이나 풀, 나무 같은 것들도 잔뜩 보였다. 발걸음은 그 어느 때보다 가벼웠다.

이윽고 그들이 가파른 산길을 지나 도착한 곳은 꽤나 높은 동산의 등성이였다. 오는 길에 봐왔던 것들과 마찬가지로 곳곳에 자리한 생명들은 호화로운 색을 띠고 있었다.

풀밭 위로 아무렇지 않게 누운 린은 작게 미소 지은 채로 천천히 눈을 들어 위를 바라보았다.

오늘따라 파란 하늘이 보일 거라는 생각과 달리 성시혁이 하늘이며 구름을 모조리 가리고는 자신을 내려다보고 있었다. 의아한 그의 표정에 린은 자신의 옆에 누우라는 듯 풀밭을 두어 번 두드렸다.

그럼에도 그는 비킬 줄을 몰랐다. 뭔가 이상함을 느낀 것은 그가 멍하니 흐려진 표정으로 자신을 응시했을 때였다. 린은 얼굴을 스치는 바람을 느끼며 눈을 지그시 감고는 그를 향해 물었다.

"왜? 뭐 묻었어?"

"아니, 그냥."

어디에선가 따뜻한 바람이 불어오고 있었다.

"웃는 게 예뻐서 봤어."

린은 갑작스런 그의 말에 놀란 듯 입을 벌리고 성시혁을 향해 시선을 고정했다. 그는 여전히 여상한 얼굴로 덧붙이듯 말했다.

"예뻐, 너."

"……."

"어, 얼굴 빨개졌네."

성시혁은 그렇게 말하며 린의 볼을 아프지 않게 쿡 찔러왔다. 거기에 안 그래도 빨갛게 달아올랐던 그녀의 얼굴이 완전히 잘 익은 토마토처럼 새빨개졌다.

이내 린의 옆자리에 앉은 성시혁은 한 팔로 그녀를 안아 제 품에 가두었다.

맞닿은 심장이 쿵쿵대며 뛰고 있었다. 린은 그의 품에 얼굴을 묻으며 말했다.

"계속 이러고 있고 싶어."

어떻게 이 섬은 이렇게나 따뜻한 곳일까. 네가 따뜻한 사람이기 때문인 걸까. 그 즈음이었다. 린의 말에 성시혁이 웃음기 섞인 목소리로 속닥였다.

"고개 좀 들어봐."

"응?"

고개를 들자 열기를 품은 그의 입술이 부드럽게 닿았다 떨어졌다. 린은 저도 모르게 웃음 짓고 말았다. 정말, 평생 이러고 있고 싶어. 그럼 정말 좋을 텐데.

그렇게 그 누구도 모르게 잠에 든 모양이었다. 그 어디도 아닌, 서로의 오롯한 체온 안에서.

"일어나 봐."

"……싫어, 조금만 더."

"안 돼. 빨리 일어나."

말과는 달리 어깨를 흔드는 손길은 본인도 깨우는 것이 미안한 듯 무척이나 조심스러웠다. 성시혁은 린의 머리를 자신의 무릎 위로 올려주기도 했다.

곧 그는 꽤나 익숙한 손길로 그녀의 머리카락을 쓰다듬기 시작했다. 여전히 눈을 못 뜨는 린이었지만 그의 손길은 기분이 좋았기에 멈칫할 수밖에 없었다.

그는 조심스럽게 움직였다. 머리칼을 정리해주듯 쓸어내리다가도 부드럽게 쓰다듬는 그의 손길은 오늘도 간질간질했다. 왠지 상냥하면서도 달콤한 손길에 린은 그에게 무슨 말을 하려고 했는지도 잊어버리고 저도 모르게 가만히 누워 그 손길에 기분 좋은 웃음마저 짓고 말았다.

별안간 그의 손이 뚝 멎은 것은 그가 고개를 숙여 귓가에 뭔가를 속삭여왔을 때였다.

"넌."

귓가를 간질이는 목소리에 린은 반사적으로 목을 움츠렸다.

"……응?"

"내가 이렇게 하는 거 좋아하지."

린은 이성 따위는 철저히 무시한 채 몽롱한 정신으로 고개를 끄덕였다. 사실이었다. 그가 쓰다듬어주는 것은 기분이 좋았다. 그런 린을 확인한 그가 낮게 웃었고 이내 그녀의 머리칼을 매만지던 손은 그녀의 목덜미 위로 깃털처럼 사뿐히 내려앉았다.

"내가 여기……."

은밀한 속삭임이 이어졌다.

"키스하는 건."

"……."

"가끔은 깨물어주는 것도 좋아하는 것 같던데."

잠결이지만 얼굴이 달아오르기 시작하는 린과 달리 그의 목소리는 점점 더 깊이 가라앉고 있었다. 린은 조심스레 눈을 떠 그를 확인했다. 저녁 빛이 그의 등 뒤로 내려앉아 있었고, 어렴풋이 보이는 그는 웃고 있는 것 같았다.

뭐야, 웃으면서 잘도 그런 말을.

"……있잖아, 넌 부끄럽지도 않아?"

"전혀."

사실이었다. 그는 이제껏 부끄러운 시늉조차 해 보인 적이 없었다. 단 한 번도 망설인다거나 주저한 적도 없었다. 그저 생각이 나면 생각나는 대로 말했고, 하고 싶은 일이 생기면 머뭇거림 없이 행했다.

린은 그의 품이 달콤한 나머지 꽤 오래 자버린 것이 미안한 듯 웃으며 벌써 눈을 가릴 만큼 자라버린 그의 앞머리를 향해 손을 뻗었다. 동시에 그는 당연한 것처럼 린이 자신에게 닿기 쉽도록 고개를 아래로 숙이며 눈을 지그시 감았다.

그녀가 그의 눈을 가리고 있는 머리카락을 가만히 뒤로 넘겨주자 그는 목을 울리며 작게 신음했다.

멈칫하는 린을 모를 리가 없는 그는 이내 천천히 눈꺼풀을 들어 올렸다. 드러난 눈동자에 그녀는 숨을 멈추고 말았다.

여전히, 오늘도 숨이 멎을 정도로 새까만 눈동자였다. 칠흑 같은 밤을 닮아 아름다웠다. 린은 한참 동안이나 눈을 떼지 못하다가 몇 초쯤 지나서야 천천히 상체를 일으켰다.

린은 멍하니 그를 바라보았다.

아마 난 너를 잊지 못할 거야.

차마 입 밖으론 내지 못할 말이 머릿속을 계속해서 맴돌았다.

하루는 어째서 이렇게나 짧은가. 널 보내기엔 한없이 짧다.

언덕에서 내려와 바다를 거니는 일은 생각보다 훨씬 애달픈 일이었다.

시간은 흘러 세상에 어둠에 잠기고, 언젠가 소년이 가르쳐주었던 달만이 빛을 발하는 시간이 되었다. 모래사장에 앉아 발장난을 치던 린은 공연히 옆으로 고개를 돌려 성시혁의 얼굴을 눈에 담았다. 그는 어딘가 몽롱한 눈으로 바다를 바라보고 있었다.

밀려온 파도가 부서지고, 그 위로 밀려온 파도도 오래지 않아 부서지고 마는, 지루할 만큼 반복적인 순환을 지켜보던 그가 문득 웃었다.

린은 모양 좋게 휘어진 그의 입술에서 눈을 뗄 수 없었다. 뭔가를 훔쳐본 것만 같은 기분이 들었다. 그는, 저렇게도 웃을 줄 아는 사람이었구나.

모든 것이 타버린 뒤 남은 재 같았던 소년은 어느새 밀려오는 파도에 가슴이 뭉클할 정도로 아름다운 미소를 지을 줄 아는 남자가 되어 있었다.

그것은 아름다운 것을 조금이라도 더 가까이에서 느껴보고 싶은 마음이었다. 린은 무의식중에 그에게 손을 뻗고 말았다. 성시혁은 그 웃음을 거두지 않은 채 조용히 그녀의 손 위로 뺨을 가져다 댈 뿐이었다. 그는 지그시 눈을 감으며 말했다.

"나한텐 아무것도 없었어."

"응?"

"내 손을 잡아준 건 너밖에 없었거든."

그는 린의 손 위로 커다란 자신의 손을 겹쳐왔다.

"그래서 놓을 수가 없었어."

눈을 들어 하늘을 확인한 그는 자조적으로 웃었다.

"사랑할 수밖에 없었다고 말하고 있는 거야."

"……바보."

린은 천천히 자리에서 일어났다. 에둘러 말하고 있지만 그가 무슨 말을 하고 있는지 알 수 있었다. 더 이상은 안 되겠다. 눈물이 날 것 같은 기분에 린은 애써 미소 지었다.

"뭘 그렇게 장황하게 말해. 나한테 첫눈에 반한 거잖아?"

아니, 그런 말이 아니라는 거 알고 있다. 계속 옆에 있어달라고 말하고 있는 거, 사실 난 알고 있어.

장난스러운 음성에 소년은 가만히 웃기만 했다. 발에 묻은 모래를 툭툭 털어낸 소녀는 가볍게 몸을 풀었다. 헤엄을 치기 위해서였다.

"있잖아, 나도 너한테 반했던 것 같기도 해."

"……."

"빨리 안 일어서면 놓고 간다?"

그 말을 듣고 나서야 소년은 천천히 자리에서 일어났다. 소녀는 재촉하듯 소년의 손을 잡아 바다로 이끌었다.

발부터 발목, 종아리, 무릎까지. 그들은 천천히 젖어들어 갔다. 밀려드는 물에 소녀는 기분 좋은 웃음소리를 터뜨렸다. 소년은 덩달아 가슴이 부풀어 올랐다. 그들이 약속이라도 한 듯 동시에 바다를 향해 몸을 던진 것도 오래지 않아서였다.

하반신은 물론 가슴까지 물이 차올랐을 때, 소녀는 반쯤 눈을 감고 바다 위에 몸을 뉘였다. 물결을 따라 일렁이는 그녀가 아스라하게 느껴져 소년은 잡은 손에 힘을 꼭 주었다.

달빛에 흔들리는 꼬리가 눈부시게 반짝였다. 흩날리는 지느러미가 부드러워 보였다. 소년은 소녀에게서 눈을 뗄 수 없었다.

세상은 멈춰 있었다. 분명, 모든 게 멈춰 있었다. 오직 소녀를 따라 물결이 흐르고, 심장이 뛰었을 뿐이었다. 별안간 뭔가가 생각난 듯 소녀가 입을 열기 전까지, 소년은 자신의 심장 소리가 너무 큰 건 아닌지에 대해 염려했다.

"너, 기억해?"

"뭘."

"너 그땐 헤엄 못 친다면서 물 가까이에도 안 왔었어."

"……하아?"

달빛 아래 속살거림은 은밀히 다정했다.

소년은 소녀의 옆으로 누웠다. 철썩이는 파도 소리도, 어딘가에서 들려오는 바닷새의 소리도 아득할 뿐이었다.

달빛은 딱 그날과 같이 고요하였다.

바다는 누가 먼저랄 것도 없이 서로의 입술을 탐하는 소년과 소녀로 인해 푸르게 빛나고 있었다. 소년과 소녀는 그 찬연한 푸른빛에 속절없이 젖어들어 갔다.

소년과 소녀는, 사랑을 하고 있었다.

분명 사랑을 하고 있는데.

소년은 불안한 눈으로 소녀를 응시했다. 갑작스런 감정은 아니었다. 하루 종일 그를 괴롭혀왔던 감정이었다. 오늘따라 그녀가 멀어 보였다. 그 이유를 어쩌면 이미 알고 있었는지도 모르겠다. 애써 부정했지만 그는 이미 이런 감정의 색에 익숙했다.

바다에서 나와 모래사장에 서 있는 소녀를 바라보며 그는 천천히 입을 열었다.

"……가?"

소년이 담담한 목소리로 물었다. 가느냐고.

어떻게 알았을까. 세 발짝쯤 떨어져 있던 소녀는 멍하니 소년을 바라보았다.

그는 늘 불안하다고 말했었다. 애원하듯 옆에 있어달라고도 말했던 것 같다.

이상하리만치 불안해하는 그가 이상하다고 생각했건만, 결국 떠나는 건 자신이었다.

투명하리만큼 텅 빈 눈동자로 소년은 물어왔다.

"푸른 달이 뜨면, 그땐 다시 올 수 있는 걸까."

그 말이 제대로 인지되지 않았다. 이미 어른이 된 소년은 푸른 달 따위는 없음을 알고 있을 것이었다. 그렇게나 참아보려 했는데. 소녀는 기어코 눈물을 터뜨리고 말았다. 소년은 이렇게라도 희망을 가지고 싶어 하는 거란 걸 어렴풋이 깨달아버린 것이다. 그 허무맹랑한 희망은 아마 소녀가 사라진 세상에서 그가 살아갈 이유가 될 것이었다.

쏴아아. 밤바다는 계속해서 파도를 밀어낸다.

"있잖아."

고개를 떨어뜨린 린은 여린 몸을 부들부들 떨었다. 더 이상은 헛된 희망으로 그를 괴롭히고 싶지 않았다.

"난 아마도."

이윽고 고개를 든 그녀의 얼굴은 일그러져 있었다. 웃는 것도 같았지만 분명 울고 있었다. 찡그려진 눈매에 어여쁜 눈동자가 가리어졌다.

네 눈을 보고 싶어. 울지 마. 소년은 그 생각뿐이었다.

"물거품이 되어버릴 거야."

그래서 그 말을 이해할 수 없었다.

이해하기 힘들다는 듯 미간을 찌푸린 소년을 앞에 두고 소녀는 한달음에 그의 품에 안겼다. 그의 체취가 물씬 풍겨왔다. 소녀는 그를 조금 더 꽉 끌어안았다. 스치듯 바라본 밤하늘에는 거짓말처럼 별이 하나도 없었다.

"이상한 말."

소년은 손을 뻗어 소녀의 머리카락을 쓰다듬어 내렸다. 그러곤 속삭였다.

"네가 어떻게 물거품이 돼."

이렇게 내게 안겨 있는데.

따뜻한 품속에 파고든 소녀는 희미하게 웃는다.

"넌 내 외로움을 달래준 유일한 존재였는데."

밤을 노래해주던 아름다운 목소리는 이제 잔뜩 잠겨 있을 뿐이었다.

"난 너에게 외로움만 주는구나."

내려앉은 정적 속에서 소년은 가만히 소녀의 머리카락을 귀 뒤로 넘겨주기만 했다. 린은 애써 그의 품에서 헤어 나왔다.

째깍, 째깍, 째깍.

소녀의 귀에만 들리는 초침 소리가 있었다.

말도 안 된다. 이렇게나 빨리. 린은 눈을 커다랗게 떴다.

시간은 얼마 남지 않았는데 할 수 있는 것이 너무나도 없었다.

린은 힘겹게 한 발짝씩 내디뎌 성시혁의 뒤에 섰다. 그는 얼굴을 마주하기 위해 자연스레 뒤를 돌아보려 했으나 린은 고개를 내저으며 그의 등을 천천히 감싸 안았다.

"뒤돌아보지 마."

소년의 표정이 설핏 굳는다. 그의 얼굴을 쓰다듬듯 움직이던 보드랍고 작은 손이 귓가로 옮겨간 것은 금방이었다.

소녀는 소년의 귓가에 손을 대었다.

파도가 무너지는 소리, 또 새로운 물살이 밀려오는 소리.

바다가 귓속으로 고요히 흘러들어온다. 등 뒤로 맞닿은 체온과 평화로운 바다의 소리에 소년은 그저 눈을 감아버렸다.

그렇게 얼마쯤의 시간이 지났을까. 린은 발꿈치를 들어 파도 소리에 잠긴 그의 귓가에 속닥였다.

아스라이 멀게 느껴지는 목소리였다.

"……사랑해."

순간 소년은 이를 사리물었다. 사랑해. 이제껏 들어본 그 어떤 말보다도 달콤했다. 눈가가 시큰해졌다.

등 뒤의 체온은 점점 떨어지고 있었다. 떨어지고 있는 게 맞긴 한가. 사라지고 있는 것은 아닌가.

소년은 불안함을 견딜 수 없었지만 뒤를 돌아보지 말라는 소녀의 말을 상기하곤 꾹 참았다. 소녀는 애달픈 표정으로 단단한 등을 올려다보다가 나지막이 말했다.

"나를 잊어."

"……."

"그래도 돼."

가능하면 소녀가 했던 말을 들으려고 했다. 그러나 그 음성에 무너져버렸다. 더 이상은 참을 수 없었다.

성시혁은 단숨에 몸을 돌려 정면을 응시했다. 이윽고 그의 눈은 찢어질 듯 커졌다.

린이 사라져가고 있었다. 다급하게 손을 뻗어보았지만 닿지 못했다. 허공을 더듬고 있을 뿐이었다.

그는 멍하니 그 모습을 바라보다가 이내 자조적인 희미한 웃음을 걸치곤 입을 열었다. 소녀는 어깨를 떨며 울고 있었다.

비록 닿진 않지만, 소년은 소녀의 얼굴을 천천히 쓰다듬어 내렸다.

"아니, 기억할래."

소녀는 놀란 듯 눈을 맞춰온다.

"내가 널 어떻게 잊어."

그 순간 눈을 접으며 웃는 소년은 아름다웠다. 소녀는 그에게서 눈을 뗄 수 없었다. 그는 두어 번 고개를 끄덕인 후 다정히 말했다.

"넌 내게 다녀갔어."

그때였다. 휘몰아치는 감정의 광풍을 이기지 못한 소녀는 쓰러지듯 소년에게 입을 맞추고 말았다. 당연하게도 그에게는 아무것도 느껴지지 않았다. 소녀는 점점 더 투명해져가고 있었다.

이것은 마지막 인사일까.

언제라도 떠날 거란 걸 알고 있었지만 역시 아무렇지 않을 수가 없다.

그들은 입술을 마주한 채 눈을 감았다.

숨결이…….

없다.

소년은 천천히 눈을 떠 물거품이 허공으로 떠오르는 장면을 말없이 바라보았다. 비눗방울 같구나. 무의식중에 뻗은 손이 물거품과 닿았다.

팟.

남은 것은 터져버린 물거품뿐이었다.

끝까지 희미하게 웃고 있던 그의 표정이 그제야 일그러졌다. 성시혁은 자리에 허물어져 내렸다. 그는 흐르는 눈물을 닦을 생각도 않은 채 굳은 어깨를 떨어대기만 했다.

너는 어느 날 불현듯 다시 나타나 내 삶을 휘저어놓고는, 걷잡을 수도 없게 빠져들게 만들고는.

"……사랑해."

끝까지 사랑하게 하는구나.

절망 섞인 고백은 오래지 않아 짙푸른 색을 띤 바다 깊은 곳까지 가라앉아버렸다.

#7

연회장에 들어서자마자 집중된 관심 따위는 익숙한 것이었다. 개떼처럼 몰려들어 한마디라도 섞어보기 위해 남녀노소 할 것 없이 꼬리를 흔들어대는 꼴이 퍽 우스웠으나 성시혁은 그럴듯한 미소를 걸친 채 한 명, 한 명에게 눈을 맞춰가며 대화를 이끌어갔다.

"벌써 수년째라고 들었습니다. 그것도 호텔업의 일환이신가요?"

탐욕에 찌든 눈을 번들거리며 아들뻘인 성시혁에게 꼬박꼬박 존대를 하는 노인은 재작년에 있었던 부도의 위험을 겨우 넘긴 T건설의 회장이었다. 성시혁은 비웃음을 흘릴 뻔한 것을 겨우 참아냈다. 시공권이라도 따내보려는 속셈이겠지만 어림도 없었다.

"소문이 어떻게 났는지는 모르겠습니다만, 개인적인 목적으로 진행하고 있을 뿐입니다."

그렇게 적당히 대화를 마무리 지으려 했지만 노인은 끈질기게 들러붙었다. 그와 말을 섞기 위해 몰려든 이들이 하나같이 짜증의 기색을 내비쳤지만 노인은 아랑곳하지 않았다.

"그래도 섬에 건물을 들인다는 건 훗날 리조트 건설에 뜻이 있으시다는 것 아니겠습니까."

"그렇게 해석될 수도 있겠군요."

"역시 그렇지요? 그렇게 된다면 언질이라도 해주십사 하는데요."

대답을 기다리는 노인은 꽤나 간절해 보였다. 거기에 곤란한 듯 웃어 보인 성시혁은 이내 고개를 끄덕이며 말했다.

"연락드리죠."

그 말에 노인은 기쁜 듯 화색을 띠었지만 그 섬은 그와 소녀만이 허락된 곳이었다. 정확한 좌표조차 없음에도 십수 년에 걸쳐 찾아낸 섬이었다. 리조트 따위를 지을 리가 없었다.

그는 노인과의 지루한 대화를 어서 끝내고 담배를 한 대 태우고 싶었을 뿐이었다.

자신에게 호감을 보이는 이들에게는 적절히 그 호감을 유지할 만큼의 말과 행동을 하고 간혹 반감을 보이는 이에게도 스스럼없이 친절을 베푸는 체하면 사교계에서의 평판은 나빠질 수가 없었다. 적어도 성시혁에게는 그러했다.

시종일관 친절한 낯을 유지하던 그는 테라스로 들어서자마자 표정을 바꾸었다. 순식간에 차갑게 얼어붙은 그의 표정은 매스컴에 알려진 바와 크게 달라 괴리를 야기할 정도였다.

테라스에는 이미 누군가가 있었다. 평소 타인에 대해 일체 관심이 없는 그로서는 드물게 의자에 앉아 있는 여성의 뒷모습이 눈에 밟혔다. 여린 어깨와 마른 등을 말없이 응시하던 그는 이내 테라스로 온 목적을 상기해내곤 담배 한 대를 꺼내 물었다. 불을 붙이자 담배 끝이 타들어가기 시작했다.

바람이 찼다. 난간에 기대어 서너 번쯤 매캐한 연기를 내뿜었을 때였나.

"콜록콜록."

버거운 기침 소리가 오른쪽에서부터 들려왔다. 반사적으로 뒤로 돌아보려던 성시혁은 자리에 멈춰 선 채 중얼거렸다.

"앞에 흡연구역이라고 적혀 있는 것 못 봤나."

모처럼의 흡연을 방해받은 것에 대한 불쾌함에 날이 선 음성이었다. 앉아 있던 여자가 대답한 것은 잠깐의 정적 뒤였다.

"……못 봤어요."

성시혁은 손을 멈칫했다. 곧 다시 필터를 입에 물긴 했지만 입 안에 고인 싸한 연기는 전만큼의 감흥을 주진 못했다.

묘한 떨림을 가진 음성이었다. 음울한 듯하면서도 나긋한 목소리는 상냥하게 들리진 않았지만 마음을 이끄는 뭔가가 있었다. 성시혁은 저도 모르게 입을 열었다.

"왜 이런 곳에 있지?"

"안보다는 여기가 더 버티기 쉬우니까요."

다시금 들려오는 목소리에 지그시 눈을 감은 성시혁은 잇새로 터져 나오려는 욕설을 겨우 참아냈다.

심하게 동하는 목소리다. 우울을 노래하는 듯 묘한 음성이 집요히 귓가를 파고들어 왔다.

그 목소리를 더 듣고 싶었다.

"……버텨?"

"어쩌다 보니 이렇게 됐네요."

"몇 시까지."

"아마 11시까지인 걸로 기억하는데……."

여자가 말을 할 때마다 마음이 일렁거렸다. 스스로도 이해할 수 없는 이상 현상이었다.

그래서 더 이상은, 참을 수가 없었다. 성시혁은 등 뒤의 여자와 눈을 맞추기 위해 담배를 끄고 천천히 몸을 돌렸다.

달빛 아래 드러난 얼굴은 단정했다. 아니, 단정하기보다는 무감각했다. 단백질 인형을 보는 기분이었다. 평소 만나왔던 여자들과는 상당한 거리가 있는 외모이기도 했다.

그러나 단 한 가지, 회색빛이 섞여든 고요한 눈동자에서만큼은 눈을 뗄 수 없었다. 마음이 동해버렸음을 부정할 수 없었다.

성시혁은 그녀의 눈동자가 놀란 듯 흔들리는 것을 보곤 흐릿하게 웃었다. 자신을 이미 알고 있다는 뜻이었다. 그런 여자치고 자신에게 매력을 못 느끼는 경우를 본 적은 없었다.

"날 알아?"

확인해서 나쁠 건 없었다. 예상대로 여자는 천천히 고개를 끄덕였다. 성시혁은 비틀어진 웃음을 지을 뻔한 것을 억누르곤 말했다.

"눈이 마음에 들어."

사실은 아까 전부터 그 눈동자만 바라보고 있었다. 더 가까이서 그 눈을 마주하고 싶은 강렬한 욕구에 발끝이 저릿할 지경이었다. 성시혁은 다시 한 번 입을 열어 나직하게 말했다.

"날 이미 알고 있으니 쓸데없는 소리 할 필요 없을 테고."

“……무슨 뜻이죠?”

순진한 척인지, 진짜 뭘 잘 모르는 건지는 알 수 없었다. 뭐, 조금 있다가 확인하면 될 문제였다.

“궁금해?”

“네.”

순순한 대답에 짙게 웃은 그는 어떤 말을 할까 잠깐 고민했다. 원색적인 단어들이 머리를 스쳐 지나갔지만 그는 선심 쓰듯 은유적으로 답했다.

“11시까지 같이 있어주겠다는 뜻이야.”

그 말을 마친 직후였다. 워낙에 주위가 어두웠던 탓에 미처 몰랐는데 여자가 앉은 곳은 의자 위가 아니었다.

휠체어?

다시 시선을 들어 마주한 여자의 눈은 곤란한 듯 찌푸린 채였다. 순식간에 기분이 시궁창으로 처박히는 것을 느꼈다. 눈동자에서 거절을 읽은 탓이었다.

그 뒤로 어떤 모욕적인 말을 하고 테라스를 나왔는지는 잘 기억도 나지 않았다. 자신을 거부하던 그 눈동자만이 뇌리에 깊게 새겨졌다.

기분이 더러웠다. 말 그대로 엿 같았다.

뭔가를 지키기 위해서는 힘이 필요하다는 것을 너무나 이른 나이부터 깨달아버린 소년은 언젠가 돌아올 소녀를 위해 악착같이 일에 매달렸다. 뒤처지지 않기 위해 잠을 줄였고, 인격적으로 결함이 없는 것처럼 보이기 위해서 위선도 서슴지 않았다. 괴물처럼 성장한 소년은 어느새 칭송받는 기업인이 되어 있었다.

"……."

내용은 전혀 기억나지 않는 악몽에서 깨어난 성시혁은 습관처럼 스탠드의 불빛을 켜고는 숨을 골랐다.

그때였다. 순간 그의 뇌리에 누군가의 얼굴이 스쳐 지나갔다.

성시혁은 표정을 굳히고 낮게 욕설했다. 그 눈동자에 마음이 동했던 이유가 있었다. 그는 핸드폰을 꺼내 들어 어딘가로 전화를 걸었다.

새벽이었지만 상대방은 신호음이 울린 지 몇 초 지나지 않아 전화를 받았다.

-말씀하십시오, 사장님.

비서실장인 이태형이었다. 성시혁은 짓씹듯 말을 뱉었다.

"어제 연회 참여했던 사람들 명단…… 아니, 그럴 필요도 없겠군. 다리가 불편한 여자는 하나뿐이었으니까."

기본적으로 성시혁은 유능하고 말귀를 잘 알아듣는 사람을 좋아하는 편이었다. 그런 의미에서 이태형은 그의 기준에 최적화된 인물이었다.

-그분에 대해 조사해서 최대한 빨리 보고서 올리겠습니다.

만족스런 대답에 성시혁은 한쪽 입술을 휘어 올리며 웃었다.

"그래, 기대하지."

자신의 기분을 망쳤던 여자에 대해서 알 필요가 있어보였다. 그의 유능함을 반증하듯 보고서는 하루가 채 지나지 않아 올라왔다.

〈윤서린, 27세.

Y그룹의 막내딸.

12살 때 입양.〉

나열된 간단한 정보 밑에는 입양 당시의 기사들이 정리되어 있었다. 비리를 저지른 윤 회장이 언론을 잠식시키기 위해 입양이라는 카드를 사용한 모양이었다. 게다가 아이는 바다 근처에 버려져 있었다고.

보고서를 보고 나면 홀가분할 것이라 생각했지만 오히려 보고 난 뒤 기분이 더 가라앉았다. 더러운 기분이 도무지 나아질 기미를 보이지 않았다. 게다가 이름에 '린'이 들어간다는 사실에 대단히 불쾌해졌다.

그의 세상이 존재하는 이유라면 유일했다. 언제 다시 돌아올지 모를 소녀. 오직 그 소녀에 위해 존재했다.

긴 세월에 다른 기억들은 변색되고 퇴색하였을지언정 그날의 기억만큼은 선명했다. 분명 한눈에 알아볼 수 있을 것이었다. 자신도, 그녀도.

L그룹에서 주최하는 선상 파티에 참여한 것은 오로지 어머니의 뜻이었다. 피도 한 방울 섞이지 않은 여자였지만 일단은 어머니였기에 그녀의 부탁을 거절할 수는 없는 노릇이었다.

그날따라 사람들을 만나는 게 심히 귀찮았다. 웃고 싶지 않은 상황에 웃음 짓고, 듣고 싶지 않은 것에 경청하는 척하는 일쯤은 이골이 날 지경인 그였지만 그날은 유독 그러했다.

그러다 죽은 듯이 기절해 있는 그 여자를 발견했다.

인정하고 싶지 않게도, 순간 미친 듯이 심장이 뛰어왔다. 눈을 감은 그 모습이 누군가를 연상시켜서 눈앞이 핑 돌 지경이었다.

거슬린다. 저 여자가 미치도록 눈에 거슬려.

이런 파티에서 험한 꼴을 당할 가능성은 그다지 높진 않겠지만 그래도 그대로 둘 수가 없어서 객실로 그녀를 데리고 온 뒤엔 종잡을 수가 없는 마음에 한동안 혼란스러워야 했다.

"젠장……."

필터를 짓씹으며 담뱃불을 붙이려 했으나 담배 연기에 콜록거리던 그 여자가 생각나 답지 않게 입에 물었던 담배를 버렸을 땐 허탈한 웃음마저 나올 따름이었다.

절로 욕설이 튀어나왔다. 그 여자가 대체 무엇이기에.

그때, 문이 열렸다. 이제까지의 번뇌가 무색하게도 눈을 뜬 그 여자를 볼 수 있을 거란 생각에 단순한 생각 하나로 기대감이 피어올랐다.

하지만 그것은 일방적인 감정이었음을 증명하듯 눈이 마주쳤을 때 느껴진 감정이란 거부감이었다. 더 이상 가까워지고 싶지 않다는 듯 눈살을 찌푸리는 그 얼굴에 입이 제멋대로 움직였다.

"굉장히…… 거슬리는군."

"당신이 할 말은 아니야."

그것은 분명한 적의였다. 순간 느껴진 뭔가에 후려 맞은 듯한 통증이 의아했다.

"죽고 싶은 거면 아무도 없는 곳에서 혼자 죽는 게 어때. 그런 장면 보는 취미는 없거든."

경멸 섞인 그 말을 듣고서야 그는 이제껏 느껴왔던 감정에 대한 정의를 내릴 수 있었다. 자신은 저 여자에게서 소녀의 그림자를 보고 있었다. 저 눈에 마음이 동했던 이유는 그거 하나였다.

"……죽어? 내가?"

사실을 확인할 수 있는 방법이 하나 있다. 정신 나간 짓이 분명했지만 이미 옳고 그름을 판단할 수 있는 사고회로는 고장 난 지 오래였다.

"아니."

그는 망설임 없이 바다로 몸을 던졌다.

네가 정말 그 아이라면 나를 구해주겠지. 그러니 나는, 죽지 않아.

물에 빠져 모든 것이 푸르게 보이는 가운데 기민하게 움직이는 뭔가가 흐릿한 시야에 들어왔다. 성시혁은 이미 그녀의 하반신이 두 다리가 아님을 깨달을 수 있었다. 물거품 사이로 비늘이 반짝였다.

그때에 느낀 감정은, 뭐라 형용할 수 없는 벅차오름이었다.

"……미친 사람."

그래, 이건 미친 짓이 맞았다. 그러나 돌아간다 해도 수백 번이고 이 짓을 반복할 거란 걸 알았다.

속절없이 가슴이 뛰어왔다. 오랜만에 심장이 미친 듯이 달음박질쳤다. 할 이야기가 너무나도 많았다.

하지만 다시 배로 옮겨진 지 얼마 지나지 않아 그는 자신이 착각했음을 깨달았다.

그녀는 자신과 더 이상 이야기를 나누고 싶어 하지 않았다. 그게 정말 알아보지 못해서인지, 알아보지 못하는 척인지는 확실하지 않았지만 전자라고 믿고 싶었다.

하지만 둘 중 어느 상황이건 그녀를 놓아줄 생각은 없었다.

누군가의 얼굴을 보고 그의 감정을 완전히 파악할 수 있을 날이 올 줄은 몰랐다. 그러나 다시 문을 열고 들어온 그녀를 보면서 성시혁은 세상 모든 부정적이고 날카로운 감정을 맛볼 수 있었다.

그때 분명히 깨달을 수 있었다. 그녀는 나를 완전히 잊었음을.

"누가, 날 물에서 끄집어 올렸지?"

"……선내에서, 대기 중이시던 안전 요원분께 부탁했습니다."

안전 요원 따위는 없다는 걸 알고 있다. 성시혁은 작은 연결고리 하나도 허용하지 않으려 하는 그녀에게 말했다.

"경고 하나 하지. 다시는 내 눈 앞에 띄지 않는 게 좋아."

성시혁은 진심이라곤 하나도 담기지 않은 스스로의 경고에 조소했다. 다시 눈앞에 띄지 않는 게 좋다는 말은 명백한 거짓말이었다. 짐짓 자비로운 척 경고의 색을 띠고 있는 말일 뿐, 그는 그가 스스로 찾아가서라도 그녀를 만날 생각이었다.

"다음번엔 내가 어떻게 날뛸지 나도 몰라."

"그러죠. 다신 보지 않기로 해요."

다시 보지 않길 원하는 소녀의 소망 따위는 이뤄지지 않을 텐데도 자꾸만 불안해졌다. 사실은 이 방에서도 나가지 못하게 하고 싶었다. 24시간 눈앞에 둘 수 있다면 좋을 텐데.

"……근데, 애초에 내가 다시 보고 싶다고 말한 적 있어?"

그녀는 그렇게나 싸늘히 말하며 방을 나갔다.

하루하루가 일그러져가기 시작했다. 미치도록 그녀가 보고 싶었다. 역시 어떤 억지를 써서라도 그 방에 잡아둬야 했나.

마침내 그녀를 공동 투자에 참여한 아쿠아리움에서 마주쳤을 땐 확신이 섰다.

잡아둬야 한다.

자신을 기억하지 못한다면, 나게 해주면 되는 것이었다. 모진 시간의 흐름에 그때의 순결함과 애틋함은 사라졌을지언정 그녀는 명백히 그날의 다정했던 소녀였다.

그가 존재하는 유일한 이유인, 그 소녀였다.

함께한다는 것만으로도 꿈결 같았다. 그 거짓말 같은 시간에 너무나도 깊이 젖어 있었던 모양이었다.

눈을 떴을 땐 방 안이 싸늘했다. 그날로부터 며칠이나 지났지만 여전히 잠은 쉽사리 오지 않았다. 멍하니 밖을 내다보던 성시혁은 상처투성이인 손가락을 내려다봤다. 상처가 아물고 있었다. 빌어먹게도, 상처는 아문다. 그녀가 남기고 간 유일한 흔적이 날마다 옅어지고 있었다. 상처가 완벽히 아물어버리면 그녀가 있었음이 거짓이 되어버릴 것만 같았다. 순간 미칠 듯한 불안감이 그를 덮쳐왔다.

떨려오는 손끝을 가만히 보던 그가 날카로운 펜을 꺼내들었다. 곧 그는 망설임 없이 상처 위를 헤집었다.

알싸한 따가움이 손끝에서부터 퍼져나갔지만 성시혁은 그제야 안심할 수 있었다. 그러나 이내 이 상처를 치료해줄 이가 더 이상 없음을 깨닫곤 가슴이 꽉 조여오는 것만 같은 답답함에 몸서리쳐야 했다.

"......."

문득 그는 혹시나, 하는 마음에 창가로 다가가 고개를 들어보았다.

달은 여전히 구역질이 날만큼 새하얬다. 오늘도 푸른 달은 뜨지 않을 모양이었다.

이게 얼마나 머저리 같은 짓인지는 누구보다 잘 알고 있었다. 그러나 그는 내일도 달을 확인할 자신을 알고 있었기에 쓰게 웃음 지을 수밖에 없었다.

지혈이 되지 않은 손끝에서는 계속해서 붉은 선혈이 꿈질대며 흘러나왔다. 창틀에 기대앉아 달을 보던 남자는 오늘도 편히 잠들지 못할 것임을 깨닫곤 수면제 몇 알을 입안에 털어 넣었다. 머지않아 정신이 몽롱해지기 시작했다.

시야에 담긴 모든 것들이 일그러져갔다. 원인을 알 수 없는 둔탁한 소리와 뭔가가 깨지고 찢어지는 소리들이 이리저리 섞여 난잡하게 머릿속을 헤집어왔다. 이윽고 그는 잠에 들 수 있었다.

"사장님, 눈떠보십시오."

지극히 사무적인 목소리였다. 성시혁은 어렵지 않게 그 목소리의 주인이 비서실장 이태형임을 알 수 있었다.

"사장님."

다시 한 번 들려오는 음성에 눈을 뜬 그는 몸 곳곳에 느껴지는 통증에 미간을 찌푸렸다.

"이게 어떻게 된……."

자리에서 일어나 주위를 살펴본 그는 머지않아 난장판이 된 집 안을 확인할 수 있었다.

"뭐지? 도둑이라도 들었던 건가."

맞을 확률이 높지 않은 가설이었다. 이 오피스텔의 경비는 실로 삼엄했다. 나가는 건 몰라도 거주자가 아닌 이가 들어오는 것만큼은 상당히 어려운 걸로 알고 있는 바였다. 막 눈을 뜬 그의 추측에 이태형의 표정이 보기 드물게 굳어져갔다.

성시혁은 그제야 자신의 양손이 피투성이임을 눈치챘다. 고작 펜 따위에 그인 상처가 아니었다. 여기저기 찔리고 베인 흔적이 역력한 손 곳곳에 피가 굳어 있었다. 정강이나 허벅지 아래는 멍이라도 든 듯 욱신거렸다.

여러 가지 정황을 조합해봤을 때 이 상황을 초래한 것은 어느 모로 보나 자신인 것 같았다. 성시혁은 인상을 쓰고 나지막하게 말했다.

"처음 이 집에 들어왔을 때 상황에 대해 보고해."

"……보시다시피, 10분 전 이 집에 들어왔을 때부터 집이 난장판이었습니다. 사장님은 잠들어 계셨고요. 일단 사장님을 깨워야 한다는 생각이 먼저라 다른 조치는 아무것도 취한 바 없습니다."

멀쩡한 가구가 거의 없었다. 접시도 하나같이 깨져 있었다. 성시혁은 낮게 한숨 쉬고는 이태형에게 명령했다.

"일단 업체 불러서 수습하고 치료할 의사 불러. 가구는 똑같은 걸로 다 다시 사서 그대로 배치하고."

"예, 알겠습니다."

그에게는 패악을 부렸던 기억이 남아 있지 않았다. 그렇다면 수면제를 먹고 무의식중에 한 짓이라고밖에 결론이 나지 않았다.

"사장님."

"뭐지?"

"실례되는 말씀일 수도 있겠지만 근래 눈에 띄게 불안해 보이셨습니다. 개인적인 의견으로는 정신적 상담이라도 받아보는 것이……."

"내가 정신병이라도 걸렸다는 뜻으로 들리는군."

"그런 뜻이 아닙니다."

"주제넘는 말이야."

성시혁은 싸늘히 덧붙였다.

"시킨 일이나 잘 처리해."

정신적인 문제가 있건 없건 업무상의 문제는 없었다. 그는 오직 정신력에 의존해 맡은 바를 무서운 속도로 처리하고 있었다. 분명 그는 인터폰으로 들려온 여비서의 말이 들리기 전까지만 해도 놀라울 정도로 멀쩡해 보였다.

–사장님을 뵙고자 하는 분이 계십니다.

"방문인의 이름과 소속을 밝히면서 안내하는 것쯤은 기본 매뉴얼에 적혀 있을 텐데요."

–그게…….

여비서가 말끝을 흐렸다. 성시혁은 결재 서류를 보던 시선을 인터폰으로 돌렸다.

"뭐죠?"

–L그룹의 이재경 씨가 오셨습니다.

그 말에 성시혁은 자리에서 일어나 문을 열고 나왔다. 응접실에 앉아 있던 이재경과 눈이 마주친 것도 그 즈음이었다.

그녀의 상담을 맡았던 것이 이재경이라는 것은 그도 잘 알고 있었다. 원래 성시혁과 이재경의 사이는 썩 좋지 못했다. 성격 자체가 상극이었다. 그럼에도 그를 집에 들인 것은 그녀가 상담을 원했기 때문이었다.

"이야기 듣고 왔어."

이재경이 특유의 차분한 어조로 말했다.

"무슨 이야기."

"너 오늘 아침에……."

"쓸데없는 소리 지껄이고 싶은 거면 당장 돌아가."

"내 말 안 들으면 너만 손해야."

차분히 대꾸하는 이재경을 싸늘히 내려다보던 성시혁은 입술을 비틀어 올렸다.

"손해? 미안하지만 난 더 잃을 게 없어."

거기서 의식이 뚝 끊겼다. 어젯밤과 같았다. 마치 폭격음 같은 소리들의 연속, 제대로 인식할 수 없는 번잡한 색채의 자극.

"하아, 하아……."

숨을 몰아쉬고 눈을 뜨니 오늘 아침과 비슷한 상황이 펼쳐져 있었다. 테이블 위의 유리가 거미줄 모양으로 금이 가 있었고, 협탁이나 인테리어용 콘솔은 물론 스탠드들도 모조리 박살나 있었다. 성시혁은 가라앉은 눈으로 주위를 둘러보았다.

겁에 질린 비서들이 멀찌감치 떨어져 있었고 눈앞에 몇 대쯤 얻어맞은 듯한 이재경이 서 있었다.

"……역시."

이재경이 이마 위로 흐르는 피를 닦아내곤 씁쓸한 눈으로 성시혁을 응시했다.

"너 이거 공황장애야. 폭력성 공황장애. 사람한테는 안 그러는 것 같은데 물건이나 가구 같은 건 모조리 박살내더라."

"내가, 했다고?"

대답을 들을 것도 없었다. 그의 오른손에 협탁의 다리였던 게 분명한 기다란 나무 기둥이 쥐어져 있었다. 성시혁은 머리카락을 거칠게 쓸어 넘겼다. 치료한 지 얼마 되지 않은 상처가 다시 벌어진 모양인지 붕대가 붉게 젖어 있었다.

이재경은 조용히 답했다.

"그래. 네가 했어. 눈 뒤집혀서 다 때려 부쉈다고. 태형 씨한테 네 상태 듣고 부랴부랴 온 거야. 나 정신의학과 복수 전공한 거 알고 있으니까 물어본 것 같던데, 그럼 너 이거 벌써 두 번째인 거네."

성시혁은 나무 기둥을 손에서 떨어뜨렸다.

공황장애라.

"빼도 박도 못할 증거 하나 더 있는데 알려줄까? 네 집 다 박살났는데."

"……."

"서린 씨가 썼던 방만 멀쩡하대."

"그 이름."

그는 사나운 눈으로 이재경을 내려다보았다.

"함부로 입에 담지 마."

"마침 말 잘했네. 하나 물어볼 게 있는데 말이야."

"닥치고 있는 게 좋을 텐데, 이재경."

이재경은 그의 말에 동요하지 않고 말을 이어갔다.

"네가 했던 게 범죄란 건 알아? 제정신이야, 너? 사람을 마음대로 감금해?"

그 말에 틀린 부분은 없었다. 그래서 더 듣기 싫었는지도 모른다. 성시혁은 경고하듯 내뱉었다.

"닥치라고 했어."

"그래, 좋아. 닥쳐줄게. 꺼져도 줄게. 그런데 시혁아, 이거 하난 확실히 해두자."

"……."

"치료받아. 그 몹쓸 병 가만뒀다 누구 힘들게 하려고."

그때 응접실의 문이 열리며 이태형이 걸어 들어왔다. 비서들 중 누군가에게 이미 상황 보고를 받은 듯 그는 침착해 보였지만 그것도 잠시, 응접실 내부를 본 뒤엔 얼어붙고 말았다.

"아, 태형 씨."

이재경이 그를 불렀다. 이태형은 흠칫하며 그를 바라보았다. 그도 그럴 것이 이재경은 성시혁을 말리느라 여기저기 얻어맞은 것은 물론 이마가 찢어져 피까지 흐르고 있었던 탓이었다.

"이재경 씨, 치료받으셔야 하는……."

곧 그의 시선이 자신의 직속 상사의 손에 미쳤다. 상처가 벌어질 대로 벌어져 붕대는 시뻘겋게 변해 있었다. 이번에야말로 이태형은 완전히 동상처럼 굳어버렸다.

"아니에요. 급한 건 시혁이 쪽이에요. 시혁이는 치료 꼭 해야 해요. 손이든, 정신이든."

"아…… 그것 때문에 찾아오신……."

"뭐, 결과적으론 얻어맞기만 했지만요. 아는 의사들한테 연락해둘게요. 당장 내일부터라도 상담받는 게 좋을 겁니다. 저런 심인성 질환은 가만둔다고 해결되는 게 아니거든요, 절대."

이번에도 그의 말은 틀린 게 없었다.

성시혁은 자신의 두 손을 내려다보았다. 딱히 이재경의 말이 아니더라도 지금의 이 상태는 심히 비정상적이었다. 이것도 그녀의 흔적이라면 흔적일까. 그러나 이 상태를 지속할 순 없었다.

분명 이성이 망가졌었다. 정신을 잃고 있었다고 보는 게 맞았다. 혹여 제정신이 아닐 때 그녀가 돌아오기라도 한다면 그녀를 알아볼 수 없을 것이었다. 그러니 치료를 받아야 했다.

전문의는 가능한 수면제를 먹지 말라고 했지만 수면제 없이는 잠들 수 없었다. 수면제를 먹더라도 하루에 한두 시간 자는 게 고작이었다. 지독한 불면증이었다.

성시혁은 테라스에 서서 바깥을 바라보았다. 저층이 아니었기에 내려다본 아래는 까마득할 정도였다. 그러나, 순간 그는 똑똑히 볼 수 있었다.

제자리에 멈춰 서 있던 그는 다급히 현관문을 열고 엘리베이터의 버튼을 눌렀다. 초조함에 손이 떨렸다. 무감각할 만큼 단정한 얼굴에 가슴께까지 내려오는 머리카락. 먼 거리였지만 알아볼 수 있었다. 분명, 분명 그녀였다.

엘리베이터에서 내려 미친 듯이 거리를 내달렸다. 땀이 비 오듯 쏟아졌고, 다리는 후들거릴 지경이었다. 한참을 헤맸다. 그러나 그녀와 닮은 그림자조차 보지 못했다.

그제야 그는 자신이 헛것을 봤음을 인정해야 했다. 애초에 15층 높이에서 사람을 알아보는 게 불가능하다는 것을 왜 간과하고 있었을까.

땀에 젖어 다시 집에 돌아왔을 때였다.

'늦게 왔네.'

그는 몸을 경직시켰다. 그녀의 것이 분명한 목소리였다. 어렴풋이 그녀의 뒷모습이 보인 것도 같았다. 미친 듯이 주위를 두리번거리던 그는 이 집에서 유일하게 한 번도 훼손된 적 없던 방을 향해 걸어갔다. 막연히 두려운 마음에 그녀가 떠난 날 이후 단 한 번도 들어가 보지 못한 곳이었다.

형광등을 켰지만 그녀의 모습은 보이지 않았다.

그는 뒤늦게 이 모든 것이 환각이자 환청임을 깨달았다.

성시혁은 눈을 내리 감곤 허탈하게 웃었다.

공허한 울림을 가진 음성이 공기 중에 음울히 맺혔다.

점점 미쳐가고 있었다. 잠깐이라도 정신을 놓으면 주위의 것들이 박살나 있었고, 환각인 줄 알면서도 그녀의 모습만 보이면 여기저기 개처럼 뛰어다녔다. 그러면서 드는 생각이라면. 환각이라도 놓으니 좀 더 자주 보고 싶다, 쯤일까.

계속되는 정신과 상담과 진료에도 정신을 놓는 횟수가 점점 잦아졌다. 그에 따라 성시혁이 차라리 주위에 깨부술 것이 없는 환경을 만드는 게 낫겠다고 생각한 탓에 한 달 만에 모든 가구는 철제로 대체되었다. 무기가 될 만한 것도 일체 놓지 않았다. 그나마 사람에게는 폭력을 휘두르지 않는다고 하니 다행이었다.

하루에 한두 시간씩 자는 불면증은 여전했다. 아니, 요즘은 그마저도 못 자는 게 사실이었다.

그럼에도 업무에는 전혀 차질이 없었다. 괴물 같은 능력이었다.

"저번에 말씀해주셨던 그 섬에 관한 업무입니다. 확장 공사를 예정대로 진행하실 생각이십니까?"

업무 중 자연스레 나온 말이었지만 성시혁은 능숙히 대답하지 못했다. 이태형은 의아한 눈으로 그를 살피다가 다시 물었다.

"사람을 보내 얼마 정도가 적절할지 보고하라고 하는 쪽이 나을까요?"

"아니."

"……예?"

지친 기색이 역력한 성시혁이 눈을 감은 채 말했다.

"내가 직접 가서 둘러보지."

"직접, 말씀이십니까?"

"일주일쯤 후에. 그래, 그쯤이 좋겠군."

그렇게 말하는 그는 근래 들어 가장 편안해 보였다. 이태형은 알 수 없는 불안감에도 알겠노라 대답할 뿐이었다.

사실은 알고 있었는지도 모른다. 그녀가 다시 올 일은 없다는 것을.

이젠 그에게 남은 것이 정말 아무것도 없었다. 그러니까, 이건 마지막 수였다.

그는 더 이상 버틸 힘이 없었다. 돌아오지 않을 거란 현실을 매일 밤 새하얀 달을 보며 절감했고, 스스로가 미쳐간다는 사실조차 점점 버거워지기 시작했다.

정신을 차려보니 주변이 초토화가 되어 있는 상황이 손에 꼽을 수도 없을 정도로 빈번히 일어났다. 차라리 환각이나 환청이 나았다. 정신을 놓은 후엔, 그 상황이 지나고 나면 언젠가 완전히 미쳐버릴 수도 있겠다는 생각이 들곤 했던 것이다.

성시혁은 시트에 몸을 묻은 채 희미하게 웃었다.

한 달 만에 다시 가는 곳이었다. 그때와 달리 오늘의 자신은 혼자다. 철저히, 혼자다.

"괜찮으시겠습니까, 사장님?"

섬은 배를 타고 들어가야 했다. 성시혁은 이태형에게 대답을 하는 대신 블랙 슈트 위로 걸친 로로피아나의 코트를 여미고는 뒤돌아섰다.

시간은 오래 걸리지 않았다. 한 시간이 채 되지 않아 도착한 섬에 발을 들이며 그는 모래사장 위를 걷기 시작했다.

이 섬을 찾을 수 있는 단서는 단 한 가지였다.

빛을 머금고 허공에 떠 있는 물방울들.

얼마쯤 걸어갔을까. 성시혁은 그날의 흔적을 발견하고 발걸음을 재촉했다.

온갖 환각과 환청이 난무하는 가운데 저것만은 선명한 현실이었다.

'어때 신기하지? 그게 말이야, 나는 물방울들과 친하거든.'

앳된 소녀의 목소리가 귓가를 스친다. 성시혁은 피식 웃으며 자리에 앉았다. 소녀는 물방울들이 살아 있는 것처럼 대하곤 했었다.

너희들이라도 소녀에게 닿을 수 있다면.

성시혁은 나지막이 읊조렸다.

"……데리고 와줘."

검은 눈으로 물방울을 응시하던 그는 천천히 자리에 누웠다.

겨우 뭔가를 지킬 수 있는 힘을 갖게 되었는데 주위를 둘러보니 지키고 싶었던 모든 존재들이 사라져 있었다.

별의 찬란함도, 파도의 다정함도, 그의 세상이었던 소녀마저도.

그 탓을 누구에게 돌려야 하는 것일까.

흐릿한 눈으로 자리에서 일어난 성시혁은 천천히 바다를 향해 발을 뻗었다. 몽롱한 얼굴은 전에 없이 평안해 보였다. 눈을 감은 채 한 발자국씩 걸어가던 그는 어느덧 발끝으로 차가운 바닷물이 밀려옴을 느꼈다.

소년은 물결치는 바다 저편을 바라보다가 문득 환하게 미소 지었다.

이상한 일이었다. 저기에 소녀가 보였다. 정말 이상한 일이 맞는데, 그보다 큰 반가움에 소년을 웃음 지을 수밖에 없었다.

소녀는 그날 밤과 같은 모습으로 저기에 있었다. 바다를 품은 푸른 눈동자는 여전히 아름다웠다.

그 눈을 보고 싶었어, 너무나도.

내일이 오지 않을지라도, 오늘 밤으로 끝일지라도.

너는 아름답구나.

그는 흐리게 미소 짓다가 하늘을 올려다보았다.

그래, 당연하게도 여기엔 푸른 달이 없었다.

새하얀 달을 올려다보던 그의 시선이 천천히 소녀의 얼굴로 옮겨온다.

그때였다.

소녀의 목소리가 들려왔다.

"그만해!"

소녀는 그에게 다가갔다. 한 걸음, 한 걸음 내딛는 것이 새삼 또 낯설어 어떻게 앞으로 가고 있는 것인지조차 제대로 인지하지 못하면서도 그저 그를 막아야 한다는 생각만으로 나아가고 있었다.

그 음성에 앞으로 나아가던 성시혁의 몸이 딱딱하게 굳었다. 천천히 몸을 뒤로 돌리는 그를 보고 있자니 린은 자꾸만 눈앞이 흐려졌다.

그는 초췌한 모습을 하고 있었다. 까칠해진 피부와 탁하게 충혈된 눈동자가 자꾸만 눈에 밟혔다. 부드럽던 머리카락은 푸석하게 젖어 있었다. 그에게는 생기라는 것이 조금도 남아 있지 않았다.

뒤돌아 린을 발견한 그는 이내 흐리게 미소 지었다.

반가워할 줄 알았다. 린은 왜 그가 저런 반응을 보이는 것인지 의아해하다가도 그의 소맷부리를 움켜쥐고 따지듯 말해버리고 말았다.

"지금 뭐 하는 거야, 대체."

우발적인 말이 쏟아져 나왔다. 다정한 말을 해주고 싶었는데. 따스한 말들을 해주려 했었는데. 자꾸만 이유 모를 서러움에 뾰족한 말만 튀어나왔다.

그는 금방이라도 사라질 듯한 모습으로 천천히 입을 열었다.

"너에게 가려고."

나직한 목소리가 귀를 조심스레 휘감아왔다. 뺨을 쓰다듬는 손길조차 조심스럽기 짝이 없었다. 린은 차오르는 눈물을 거칠게 닦아내며 말했다.

"가서, 뭐 하려고."

괜히 자꾸만 미운 말이 튀어나왔다. 미련한 그의 모습에 가슴이 미어졌다.

"네가 가서, 뭘 할 건데."

그 울음 섞인 물음에 성시혁이 근사하게 웃었다. 위태위태함에도, 지독하게 아름다운 남자였다.

곧 그는 고개를 기울여 린의 이마에 입을 맞춰왔다. 잠깐의 입맞춤이었으나 피부 위로 와 닿는 숨결은 뜨거웠다.

"……이런 걸."

입술을 뗀 남자는 다시 한 번 웃었다.

"그래, 이런 거."

금방이라도 사라질 듯 아스라한 웃음이었다. 곧 그는 다시 그녀를 등진 채 바다를 향해 걸어가기 시작했다. 린은 반쯤 넋이 나간 채 그 뒷모습을 바라보다 이내 솟구쳐 오른 애달픈 마음에 반사적으로 그의 손목을 잡아챘다. 동시에 남자의 표정이 놀란 듯 굳어졌다.

"이번 환각은, 진짜 같네."

읊조리는 음성에 린은 멍한 기분이 되고 말았다. 속절없이 먹먹해졌다.

환각, 이라고 했다.

버려진 채 고통에 떨었을 그의 모습이 머릿속을 스쳐간다.

더 이상은 참을 수 없었다. 린은 놀란 듯 자신을 바라보는 남자의 가까이로 다가섰다. 그리고 그녀는, 숨소리가 들릴 만큼 가까운 거리에서 망설임 없이 그의 목을 감싸고 입을 맞추었다.

그의 눈이 크게 뜨인다.

맞닿은 입술이 뜨거워지기 시작했다.

당장이라도 그의 체온을 탐하고 싶었지만 아직은 일렀다. 린은 천천히 입술을 떼어내곤 그를 응시했다. 그러고는 믿을 수 없다는 듯 몽롱한 눈으로 서 있는 그를 향해 입을 열었다.

"이래도……."

"……."

"나, 환각이야?"

그 이후 파도처럼 덮쳐온 커다란 몸은 그 주인이 너무나도 명백했다. 쿵쿵거리는 심장 소리도 잠시, 그와 함께 물속으로 넘어져버리고 말았다. 풀썩, 하는 파도 소리가 귓가를 어지럽혔다.

그럼에도 품에 꽉 안은 그의 단단한 팔만은 풀리지 않았다. 수위는 낮았기에 굳이 일어서지 않아도 될 정도였다. 그는 몇 번이고 힘주어 껴안더니 문득 하늘을 바라보았다.

린은 그의 시선을 따라가다가 그 끝에 새하얀 달이 걸려 있음을 알고 어깨를 움츠렸다.

그래, 여기엔 푸른 달이 없었다. 그는 있지도 않은 푸른 달을 기다리고 있었다고 했지.

새하얀 달을 올려다보던 그의 시선이 천천히 린의 얼굴로 옮겨졌다. 그는 몽롱한 눈빛으로 린의 눈동자를 뚫어질 듯 바라보다가 일순 놀란 표정을 지었다. 푸르게 물들어 있는 린의 눈동자 위로 달이 반사되어 있었다. 저것은…….

곧 그는 다시금 린의 어깨를 부서질 듯 끌어안았다.

"……찾았다."

나지막이 중얼거리는 그의 목소리가 환희에 가득 차 있었다. 대체 무엇을 찾은 것인지 짐작조차 할 수 없었던 린은 가만히 그를 마주 안아주었을 뿐이었다.

성시혁은 다시 그녀에게 눈을 맞추고 부드럽게 웃었다.

푸른 달이다.

그토록 기다려왔던.

#Epilogue

릴레, 당신은 거짓말쟁이예요.

게다가 마지막엔 사랑하지 않은 척하다니.

당신은 마지막까지 왕자를 사랑했잖아요.

당신이 마지막 순간에 그 왕자의 침실까지 찾아간 건, 마지막으로 한 번이라도 더 보고 싶었으니까. 당신은 애초에 그를 죽일 생각이 없었어.

있잖아요, 내가 물거품이 되는 순간엔 그런 생각만이 들더라고요.

우리가 했던 사랑이 어리석은 사랑 따위일 리가 없다고.

난 그를 만난 며칠을 제외하곤 십수 년을 인간들 사이에서 죽어갔었어요. 하지만 그와의 며칠만으로 나머지 시간은 그럭저럭 괜찮더라고요.

아마 당신도 그랬을 거야. 그와 눈을 마주쳤던 시간, 가까이 서서 걸을 수 있었던 시간. 그것으로 당신은 행복했을 거란 걸, 나는 알아.

용서받는 방법이 있다고 했죠?

나, 해낸 것 같아요.

그게 생명력을 다시 뺏어가는 것 따위가 아닌 건 마지막 순간에야 알았어요.

당신이라면.

인어공주 '릴레'가 하지 못한 일이라면.

그건, 왕자에게 사랑받는 일이잖아…….

당신은 당신이 받지 못했던 사랑을 다른 인어라도 받길 바랐던 거겠죠. 아름다운 수면 밖 세상에서 혼자 외로워하지 않길 바랐던 거야.

린은 저 멀리 밀려오는 빛의 파도를 보고 눈을 찌푸렸다. 그것은 분명 파도였다. 한순간 몸을 뒤덮어 어딘가를 향해 강한 힘으로 밀어버리는 파도.

저 파도를 거치면 그 어디쯤에서 눈을 뜨게 될까.

그때, 짙푸른 향이 코끝을 스쳐왔다.

소녀는 미소 지었다.

너의, 향이잖아…….

#Side Story

성시혁은 오늘도 어김없이 품에 파고들어 오는 여린 몸을 바라보다가 소리 없이 웃음을 터뜨렸다. 본인은 모르는 것 같지만 린에게는 이렇게 잠결에 안겨오는 버릇이 있었다.

"그래, 확실히 귀엽긴 해."

낮게 읊조린 그는 커다란 손을 들어 그녀의 머리카락을 귀 뒤로 쓸어 넘겨주었다. 그러고는 드러난 귀에 속삭이듯 말했다.

"흥분되는 게 문제지."

이내 들릴 듯 말 듯 한 한숨을 내쉰 그는 여전히 단잠을 자고 있는 린을 복잡한 얼굴로 내려다보았다.

그 누구보다 제멋대로인 인간인 성시혁이 상대를 배려하여 깨울까 말까 고민하는 장면을 보면 말문이 막힐 사람이 꽤 여럿 있을 것이었다. 곧 그는 고개를 두어 번 저었다. 스스로가 생각해도 퍽 어이가 없었기 때문이었다.

어쩌다 이 지경까지 오게 됐는지는 모르겠지만 끝내 그녀의 몸짓 하나하나에 반응하는 경지에까지 이르러버렸다. 하지만 정작 린은 늘 무엇이 문제인 건지 전혀 파악하지 못하는 것 같았다. 지금만 해도 그렇다.

"……으응?"

잠에서 덜 깬 목소리를 낸 린은 성시혁과 눈이 마주치자 실없이 웃었다. 그의 눈이 가늘어졌다. 저 헤실거리는 얼굴도 꽤 귀엽다는 생각이 들다니, 확실히 중증이긴 한 것 같다.

눈을 다 뜨지도 못하면서 린은 막무가내로 손을 뻗어 성시혁의 머리카락을 가볍게 잡아당겼다. 가까이 오란 뜻인가. 성시혁은 낮은 한숨을 쉬면서도 기꺼이 이마를 마주할 정도의 거리까지 다가가 주었다. 숨결이 노골적으로 느껴졌다.

눈이 마주친 순간이었다. 린은 성시혁의 아랫입술을 가볍게 머금었다가 놓아주었다.

"……."

이건 또 무슨 상황이야.

성시혁은 미간을 찌푸린 채 열기 섞인 눈으로 린을 내려다보았다. 그러나 그녀는 말간 얼굴로 대답해올 뿐이었다.

"오늘분."

간단히 정리해, 오늘 그가 없는 동안 다리를 움직이기 위해 접촉한 거라는 뜻이었다. 그에 성시혁은 여유로운 웃음을 흘리며 입을 열었다.

"그런 거라면 헛수고인데. 오늘 출근 안 하거든."

"어, 왜?"

"하아? 왜라니."

"응?"

"기뻐하는 척이라도 해주면 참 좋을 텐데 말이지."

넌 그런 게 전혀 안 되는 애지만, 하고 덧붙이는 목소리는 덤덤했다. 린은 이제 알았냐는 듯 고개를 끄덕이면서도 천천히 그의 목을 끌어안았다. 다른 날이면 몰라도 오늘만큼은 그 의미가 선명했으므로 성시혁은 그녀를 가볍게 안아 들 뿐이었다.

어제는 비가 왔었다. 비가 와도 더 이상 몸이 떨리거나 하지 않는다는 걸 깨달은 그녀는 들뜬 나머지 비 오는 거리를 뛰듯이 걸어 다니다가 돌부리에 걸려 넘어졌다. 그 장면을 지켜보던 성시혁은 어이없는 웃음을 흘릴 수밖에 없었으나 걱정되는 건 사실이었다. 그 이후 발을 접질린 그녀는 잠이 들기 직전 새벽까지도 통증에 스스로 걷지 못했었다.

린을 안아 든 그는 거실의 소파로 걸어갔다. 이내 그녀를 내려놓은 후엔 발목 보호대를 해주기도 했다. 하얗던 복숭아뼈가 부어올라 있는 모습이 못내 신경 쓰였던 탓이었다.

성시혁은 낮게 혀를 차곤 입을 열었다.

"앞으로 웬만하면 뛰어다니지 마. 조심히 다녀. 비 오는 날엔 더더욱."

그 말에 린은 툴툴거리듯 답했다.

"나도 거기에 그렇게 커다란 돌이 있을 줄은 몰랐지."

"그래서, 네 잘못 아니야?"

"그건 맞지만……."

"알면 됐고."

퉁퉁 부어오른 발목을 부드럽게 감싸 쥔 성시혁은 그 위를 나릿하게 쓸어냈다. 명백히 성적인 의도가 담긴 행동이었다.

순식간에 린의 얼굴이 화르륵 달아올랐다.

"뭐, 뭐 하는 거야."

그녀는 서둘러 발목을 빼내려고 했지만 그 몸짓을 가볍게 제지한 성시혁은 으르렁거리듯 말했다.

"넌 아침부터 나한테 계속 이 비슷한 걸 해왔는데, 혹시 알아?"

"내가?"

"모를 줄 알았어. 너도 이게 얼마나 괴로운 건 줄 알면 안 그러겠지."

"괴로운 거야?"

그 뜬금없는 질문에 성시혁은 조용히 린에게 눈을 맞췄다. 그녀는 붉게 달아오른 얼굴로 우물거리며 말을 이었다.

"난 좋은데……."

그의 몸이 굳은 건 얼마 지나지 않아서였다. 젠장, 하고 낮게 욕설한 성시혁은 단번에 그녀의 어깨를 잡아챘다. 마주친 새까만 눈동자가 어둡게 번져 있었다.

"키스할 거야. 그만하고 싶어도 내가 자제가 안 될지도 몰라."

몸이 움찔 떨릴 만큼이나 열렬한 눈이었다. 린은 그와 시선을 마주한 채 작게 웃었다.

"응. 해줘."

성시혁은 대답 없이 낮게 숨을 내쉬기만 했다. 린은 그런 그의 어깨를 감싸 안으며 속삭였다.

"사랑받고 있다는 걸 느끼게 해줘."

그 달콤한 음성에 성시혁은 짙게 웃음 지었다.

"얼마든지."

그 즈음하여 서로에게 사랑을 속삭이는 연인의 위로 불어온 선선한 바람은 그토록 치열했던 여름의 종말을 알리고 있었다.

-마침-

#작가 후기

제일 처음『인어공주』라는 동화를 읽었을 때 어린 나이에 나름 큰 충격을 받았던 것 같아요. 다른 동화에서는 공주들이 여자주인공 버프를 받아 온갖 시련과 역경을 겪고도 잘만 살던데,『인어공주』에서는 물거품이 되어 사라지는 게 다였으니까요. 괜히 제가 다 억울하더라고요. 대체 그 인어공주라는 여자는 마지막 순간에 무슨 생각을 했기에 혼자서 모든 짐을 짊어지고 바다로 뛰어들었던 거지. 미련은 없었을까. 지금 생각해보면 그때 느꼈던 모든 감정들이『딥 블루』의 시작이 아닐까 싶습니다.

작가는 소설 속 인물들을 하나하나 움직이게 만드는 사람이 아니라 그들이 자유롭게 움직일 수 있도록 어떤 버튼을 눌러주는 사람이라는 이야기를 들은 적이 있습니다. 이 버튼을 누르는 데까지가 작가의 역할이고, 그 후부터는 등장인물들에게 맡기면 된다고도 했던 것 같네요.

사실 첫 장편소설을 완결 내고 지난 1년간 내가 과연 그런 버튼을 누를 만한 자격이 되는 사람인가에 대해서 고민을 많이 했었어요. 부끄럽지만 감히 그 버튼에 가까워지는 것조차 힘든 때도 있었고요. 그래서 시혁이와 린에게 특별히 고맙습니다.

이 이야기가 독자님께 어떤 의미로 남을 수 있을지는 모르겠어요. 사실 이 부분에 대해 제가 어떻게 할 수 있는 게 없으니 모든 여지는 독자님께 넘기겠습니다. 다만 이 『딥 블루』가 독자님께 조금은 괜찮았던 책으로 남을 수 있길 소망합니다. 욕심이려나요? 하핫.

그나저나 작가후기에 고마웠던 분들에 대한 감사 표시가 빠질 수 없다고 생각합니다. 그런 의미로 저도 감사를 표해보겠습니다……! 우선 이 책이 나올 수 있도록 열심히 일해주신 김은지 편집장님과 와이엠북스 감사드립니다. 또 혼자 힘들어할 때마다 주저 없이 이끌어주셨던 경연 쌤, 제가 많이 좋아하고 있습니다. 아름다우신 SH, 깜찍한 HJ, JW, EB, HE 고맙고, 예쁜 표지 만드느라 고생한 주영 언니 진짜 많이 고마워. JW, BH 사랑합니다.

처음 써보는 것도 아닌데 후기 쓰는 게 생각보다 어렵네요. 그냥 여러분 모두 행복하셨으면 좋겠습니다. 그럼 저는 곧 다시 뵐 수 있길 바라며, 이만 줄이겠습니다. 건강하세요!

-김레인 드림.